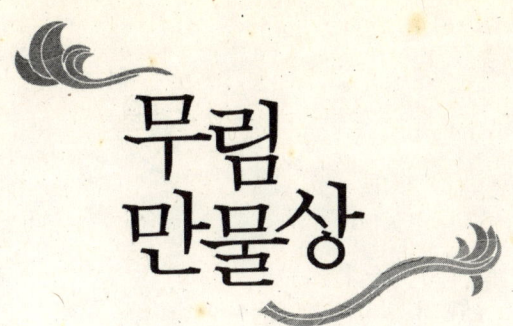

마라도 신무협 장편 소설

무림
만물상

3

武林萬物商

뿔미디어

武林萬物語

武林
萬物商

1 장

애기손

서찰을 와락 움켜쥔 손이 부르르 떨렸다.

눈에는 핏발이 서고 악다문 입술 사이로 거친 숨이 새어
나왔다.

"사영아."

"네! 전주님."

"이거 말이다. 확실한 거야?"

봉삼은 구겨진 서찰을 내밀며 물었다.

사영의 입에서 '착오였습니다.' 하는 말이 나오기를 기
대했다.

그러나 돌아오는 대답은 역시나였다.

"네! 그렇지 않아도 이번 일로 비영각이 비상입니다."

"하아……."

깊은 한숨이 흘러나왔다.

묵직한 돌덩이가 가슴에 얹힌 것마냥 가슴이 답답했다.

"미치겠네. 하고많은 것 중에 왜 하필 아기손이냐고. 아기들이 무슨 죄가 있다고."

봉삼은 애써 마음을 차분히 가라앉혔다.

마음 같아서는 한달음에 달려가 짐승만도 못한 놈들의 면상을 확인하고 싶었다.

하지만 모든 일에는 순서라는 것이 있는 법이다.

당장 주방에 숨어서 눈알을 뒤룩뒤룩 굴리며 도주를 꿈꾸고 있는 혈파도의 연자에 대해서도 가부간의 결정을 내려야 했다.

그리고 이대로 출발한다면 담사후는 둘째 치더라도 당명이 따라붙을 것이 뻔했다.

거기에 백자운이 동행을 하게 될 것은 불문가지였다.

여러모로 머리 아픈 그림이 머릿속에 떠올랐다.

일단은 이곳의 일을 정리할 필요가 있었다.

이리저리 궁리하던 봉삼이 사영을 불렀다.

"사영아."

"네! 전주님."

"흉수를 쫓는 일은 누가 하고 있지?"

"중요한 사안인지라 각주님이 직접 챙기고 있습니다."

"흐음. 비영이 직접 추적 중이라면 조만간 꼬리를 잡을 수 있겠군."

봉삼은 비영이 나섰다는 말에 고개를 주억거렸다.

지닌바 무위도 무위였지만 비영의 최고 장점은 추종술과 은잠술이었다.

특히 추종술에 관해서는 천하제일의 포쾌라는 포박자(捕縛者) 양수갑을 눈 아래로 볼 정도였다.

비영이라면 안심이 됐다.

믿을 수 있는 패를 쥐고 있다는 생각을 하니 조급함이 한결 누그리졌다.

마음의 여유가 생긴 봉삼은 앞으로의 일정을 곰곰이 생각하면서 득과 실을 따져 봤다.

비영과 합류한다 해도 흉수를 추적하는 일에는 별 도움이 안 된다는 판단을 내린 봉삼은 이곳의 일을 최대한 빨리 마무리를 짓고 떠나기로 마음먹었다.

봉삼은 머릿속으로 앞으로의 계획을 세우기 위해 사영에게 물었다.

"추적은 비영에게 일임하면 되겠고……. 만련자 장로는 선인곡에 계신가?"

"만련자 장로님께서는 따로 알아보실 것이 있다 하시며 보름 전에 곡을 나서신 것으로 알고 있습니다."

"현재 위치는?"

"정확한 위치는 파악하지 못 하고 있습니다. 다만 태산 쪽으로 향하신다는 전갈을 받았습니다."

"하필이면 이럴 때 자리를 비우셨다니."

사영의 대답을 들은 봉삼이 미간을 찌푸렸다.

선인곡의 다섯 장로 중 하나인 만련자는 무공으로는 말석을 차지하지만 술법에 관해서는 최고라 할 수 있는 인물이었다.

파괴력이나 내공을 비정상적으로 증폭하는 데 중점을 두고 제작하는 여타 마병들과 달리, 애기손은 술법의 극대화를 위해 제작하는 경우가 대부분이었다.

바꿔 말하면 애기손을 필요로 하는 자들은 술법사라는 것이다.

무인들은 술법을 요술처럼 눈속임으로 치부하거나 사술이라 경원시하는 것이 대부분이다. 하지만 그것은 술법을 제대로 펼치는 상대를 만나지 못해서 그런 것이다.

술법을 제대로 익힌 자를 만나게 된다면 단숨에 목을 치지 않는 이상 곤혹을 치르게 되는 것이 대부분이었다.

그것은 만련자 장로의 경우만 보더라도 쉽게 알 수 있었다.

만련자 장로의 무공 수위는 초절정의 끝자락에 불과했다.

그 정도만 해도 고수 소리를 듣는 것은 물론이요, 무림

의 서열로 따진다면 능히 백 명 안쪽에 들 수 있는 무위다.

하지만 화경에 이르렀거나 현경의 문턱을 밟은 나머지 장로들과 비교한다면 보잘것없는 수준이다.

그럼에도 불구하고 현경의 무위를 자랑하는 무광(武狂) 장로조차 만련자 장로를 경시하지 못했다.

"뼈마디 부실하다는 소리를 해 대시는 양반이 어딜 또 나가신 거야? 꼭 필요할 때는 자리에 안 계시니. 쩝."

봉삼은 아쉬운 얼굴로 입맛을 다셨다.

천인공노할 방법으로 마병을 제작하는 놈이라면 필시 수박 겉핥기 식으로 술법을 익힌 어중이떠중이는 아닐 터였다.

상대가 사이한 술법을 사용한다면 아무리 노련한 비영일지라도 위험할 수 있었다.

만사 불여튼튼이라고 이럴 때 만련자 장로가 비영과 같이 움직인다면 상대가 술법사가 아니라 술법사 할아비라도 안심이 될 것이었다.

여러모로 아쉬움이 들었다.

이래저래 일이 꼬인다는 생각에 앞으로의 일을 궁리하는 봉삼의 이마는 내 천 자를 그렸다.

봉삼이 머릿속으로 생각을 굴리는 동안, 꿔다 논 보릿자루마냥 눈치를 보고 있던 사후가 슬그머니 끼어들었다.

"애기손, 애기손 하는데, 그게 뭔데? 뭐하는 건데?"

"……."

"말 좀 해 봐. 애기손이 뭐기에 그렇게 역정을 내는데?"

말없이 인상만 쓰고 있는 봉삼이 답답했는지 사후는 재차 물었다.

"거참, 답답해 죽겠네. 입에 자물쇠를 채웠나. 말을 해 보라고. 말을."

재촉을 해 보지만 봉삼은 이맛살을 찌푸릴 뿐이다.

"밀담을 하려면 아예 안 보이는 곳에 가서 하던가. 할 말 안 할 말 다 해 놓고 조가비처럼 입만 꾹 닫고 있으면 어쩌겠다는 거냐?"

대거리를 해 대는 사후의 눈에 섭섭함이 묻어났다.

아예 대놓고 무시를 하는 것 같아 속이 상했다.

"쳇, 지가 무슨 신비 고수도 아니고 무슨 비밀이 그리 많은지."

입술을 불쑥 내민 사후는 들으라는 듯 중얼거렸다.

들으라고 빈정거려 보지만 봉삼은 망부석이라도 된 것처럼 말이 없었다.

더 이상 말해 봐야 씨도 안 먹힐 것 같았다.

그러고 보면 이제까지 봉삼의 입을 통해 시원스런 답을 들어 본 적이 없었다.

매번 그랬듯이 이번에도 은근슬쩍 빠져나갈 것이 분명했다. 그도 아니면 두루뭉술한 핑계를 대거나 말이다.

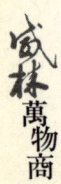

하지만 오늘은 평소와 달랐다.

능글능글한 봉삼을 대신 해 줄 좋은 먹잇감이 있었다.

바로 사영이었다.

친구의 부하라 그런지 처음 본 사이지만 왠지 정이 갔다.

그리고 만만해 보였다.

사후의 눈이 사영에게 돌아갔다. 사냥감을 노리는 사냥꾼마냥 사후는 사영을 뚫어지게 쳐다봤다.

끈적끈적한 시선을 받은 사영의 몸이 흠칫했다. 그리고는 얼른 봉삼의 곁에 바짝 붙었다.

사영은 비영각 소속이다. 만물전의 눈과 귀 역할을 하는 비영각은 정보 수집과 인연자들의 소재를 파악하고 살피는 일을 주로 한다.

더불어 만물전의 숙적(宿敵)에 대한 조사도 병행한다.

말 그대로 첩보 무사가 모인 곳인 것이다.

그러다 보니 수많은 정보를 접하게 되는 것은 당연한 일이다.

정보의 양도 방대하지만 질 또한 상당히 높다.

당연히 사후의 신변에 관련된 정보도 두루 꿰고 있다.

무림맹주 담리극의 외동아들이라는 것이나, 영약의 부작용으로 성장이 멈춰 버린 사연 등은 기본적인 것이다.

그 외에도 여러 가지 고급 정보가 많지만 사영에게 중요한 것은 사후의 신분이나 무위가 아니다.

제일 중요한 것은 봉삼의 친구라는 것이다.

그것도 유일한 친구.

사영은 어색한 미소를 지으며 딴청을 부렸다.

괜히 어거지를 부리며 닦달을 하면 심히 곤란해질 수도 있었다.

이럴 때는 그저 모르쇠로 일관하는 것이 상책이었다.

사영마저 조가비마냥 입을 꾹 다물어 버리자 사후의 얼굴에 심통이 가득해졌다.

"그래! 나는 남이다 이거지? 이런 식으로 따돌림을 하니까 속이 편하냐? 막역지우라는 말이 다 헛것이구나. 내 주제에 무슨 친구를 바라겠냐. 버림받은 인생에, 남는 것이 무에 있다고 미련을 버리지 못하는지. 에휴! 서글픈 인생에 언제나 볕이 들는지. 인생무상이란 이런 것이구나."

염불을 외듯 중얼거리는 사후는 땅이 꺼져라 한숨을 쉬는가 하면 억지로 쥐어짠 눈물을 글썽였다.

"알아서 좋을 것도, 득 될 것도 없는 일이다."

봉삼의 입이 열리자 가자미눈을 한 채 눈치를 보던 사후는 이때다 싶었다.

"득이 될지 해가 될지는 들어 봐야 알 거 아니야? 이번에는 절대 못 참아! 아니, 안 참아! 그러니 대충 넘어갈 생각 말고 자세히 얘기해 봐."

사후는 빚 받으러 온 빚쟁이마냥 봉삼을 다그쳤다.

16

이번에는 대충 넘어가지 않겠다는 듯 눈에 힘을 잔뜩 줬다.

강짜를 부리는 사후를 바라보는 봉삼의 눈가에 씁쓸한 웃음이 매달렸다.

"일부러 숨기는 것은 아니다. 사문의 일에 관련된 일이라 그런 것일 뿐. 다른 뜻이 있는 것은 아냐. 그러니 모른 체하고 있어라."

"매번 그 소리네. 내가 시집살이하는 며느리야? 아예 귀머거리 삼 년. 벙어리 삼 년을 채우기라도 해야 하는 거냐?"

시큰한 얼굴로 한마디 쏘아붙인 사후는 이번에는 처량한 목소리로 푸념을 늘어놓았다.

"난 그래도 지 놈을 하나뿐인 친구라 생각했는데, 착각이었나 보네. 에허. 가슴이 먹먹한 것이 눈물이 나려고 하네."

금방이라도 눈물을 흘릴 듯이 큰 눈을 껌벅이는 사후를 보던 봉삼은 고개를 가로저었다.

"허, 참. 이건 친구가 아니고 철없는 막내 동생을 달고 다니는 것 같구먼."

헛웃음을 터트린 봉삼은 잠시 망설이더니 이내 마음을 고쳐먹었다.

쉽사리 알려 줄 일도 아니지만 그렇다고 꽁꽁 숨겨 둬야 할 만큼 절대 비밀도 아니었다.

그리고 무엇보다 사후와 교감을 나누고 싶은 마음도 한

못했다.

만포대를 끌러 주둥이를 벌린 봉삼은 손을 집어넣어 휘휘 저었다.

곧이어 누런색의 빛바랜 책자 하나가 손에 딸려 나왔다.

"내 입으로 설명하려는 것만으로도 구역질이 치민다. 직접 읽어 봐라."

봉삼은 펼치는 것만으로도 기분 나쁘다는 듯 인상을 구겼다.

"전주님!"

사영이 놀란 얼굴로 외쳤다.

봉삼의 손에 들린 책자는 사영도 익히 알고 있는 것이었다. 선인곡에서 태어나 자란 사영도 비영각의 중추인 특급 추종객의 자리에 오른 뒤에야 볼 수 있었던 책이었다. 외인에게 함부로 보여 주거나 유출을 할 만한 책이 아니었다.

아무리 선인곡의 곡주이자 만물전의 전주인 봉삼이라고 하더라도 자칫하면 탄핵의 사유가 될 수 있을 만큼 중요한 내용들이 기록되어 있는 물건이었다.

"전주님. 재고하셔야 합니다."

"괜찮아. 사영이 하고 싶은 말이 무엇인지는 충분히 알고 있으니까. 길게 얘기하지 말자. 알겠지?"

"전주님!"

봉삼은 만류하는 사영의 어깨를 두들기는 것으로 대답을

18

대신하고 책자를 사후에게 넘겨주었다.

"진작 그럴 것이지. 후후후."

사후는 책자를 받아들고는 히쭉 웃었다.

옆에서 만류하는 사영의 행동으로 봐서 꽤나 중요한 책인 것이 분명했다. 그동안 섭섭했던 것이 한 번에 날아가는 것 같았다.

'십대마병록(十大魔兵錄)이라…….'

사후는 흥미가 동하는 얼굴로 책자를 훑어봤다.

세월의 흔적이 고스란히 묻어나는 책자의 표지에는 십대마병록이리는 글이 직혀 있있다.

조심스레 첫 장을 넘기니 저자로 보이는 사람이 남긴 첨언이 눈에 들어왔다.

후대에게 당부하노라.

무릇 병기란 것이 타인의 생명을 빼앗기 위한 물건임에는 누구도 부정할 수 없을 것이다.

그럼에도 불구하고 굳이 신병과 마병의 구분을 두는 이유는 마병이 가지는 특성과 폐해 때문이니, 후대 전주들은 노부의 당부를 명심해 주기 바란다.

사용자에 따라 차이가 있기는 하나 대저 마병은 피를 갈구하기 마련이다.

마병이 유독 피를 갈구하는 것에는 여러 가지 이유가 있 겠으나, 으뜸으로 치는 이유는 마병이 제작되는 과정이 대부 분 천리를 어기고 순리를 거스르는 방법을 쓰기 때문이다.

　올바른 방법으로 만들어져 세상에 나온다 한들 생명을 앗아 가는 도구가 되어 피를 묻히는 세월을 반복하다 보면 신병이기 또한 마병이 되기 십상인데, 하물며 천리를 어기 고 순리를 거스르고 태어난 마병이야 오죽하겠는가.

　특히나 사념을 이용하여 제작한 마병일수록 그에 가지는 사악함은 물론이거니와 제작 과정의 폐해가 심한지라 개탄 을 금할 수가 없노라.

　이에 수많은 마병 중에서도 열 개의 마병을 따로 골라 경계의 의미로 특이점과 제작 과정을 수록하니 후대들은 참고하기 바란다.

　제삼대 만물전 전주 장 순돌.

　'흠. 삼대 전주라고 되어 있는 것을 보니 봉삼이네 사조 이신가 보네.'

　호칭을 보고 저자의 신분을 짐작을 한 사후는 목차를 보 고는 애기손에 대해 서술된 부분을 찾았다.

　애기손.

마병서열 칠 위.

본시 애기손은 사이한 술법을 극대화하기 위해 고대의 주술사들이 만들어 사용하던 것에서 비롯되었다.

여타 마병들이 비정상적인 방법을 통해 제작되는 경우가 많다고는 하나 애기손이야말로 인륜을 저버린 인면수심이 낳은 결과물이니 후대는 애기손을 제작하려고 시도하는 자가 있다면 이유 불문하고 필히 척살해야 할 것이다.

더불어 제작 방법이 세상에 흘러 다니지 않도록 삭초제근할 것을 권하노라.

용사비등한 필체로 쓰인 첫 내용은 애기손을 제작하려는 자들에 대한 분노와 강경한 처벌을 하라는 뜻을 담고 있었다.

대체 어떤 방법으로 만들기에 이리도 노기를 드러내는가 하는 의구심을 뒤로하고 책장을 넘긴 사후의 얼굴이 금세 일그러졌다.

더불어 책자를 넘겨 가는 손가락이 분노로 인해 부르르 떨렸다.

"이런 미친 새끼들! 세상에 뭐 이런 놈들이 다 있어? 이런 놈들은 척살이 아니라 아예 씨를 말려야 해. 에잇! 퉤!"

사후는 어처구니가 없었다. 대체 이런 짓을 하는 인간이 있기는 있나 싶었다.

만약 있다면 그 인간의 머리를 열어 뇌 구조를 연구해 보고 싶은 심정이었다.

애기손을 제작하는 과정은 대략 다음과 같았다.

백일 전후의 아기와 어미를 납치하여 격리시킨 후 초승달이 뜨는 날에 맞춰 아기를 뒤주 속에 넣는다.

이때 숨구멍만 남겨 두고, 햇빛을 차단한 뒤주 주위로는 진법을 설치하여 음기가 쉽게 스며들 수 있도록 한다.

뒤주에 들어간 아기는 굶어 죽기 일보 직전까지 방치를 하게 되는데, 때마다 약간의 모유를 공급하여 아기가 보름 간 숨이 붙어 있도록 세심하게 조절을 한다.

단 아기와 어미는 철저하게 격리를 시킨다.

그렇게 보름의 시간이 지나 만월이 뜨는 자시에 맞춰 뒤주의 뚜껑을 열게 되는데, 완전히 열지 않고 아기의 손이 드나들 정도의 틈만 만들어 준다.

그러고 난 뒤 기진맥진해 있는 아기 앞에 같이 납치했던 어미를 데려와 뒤주 앞에 세워 놓는다.

그리하면 아기는 젖 냄새를 맡고는 초인적인 힘을 발휘해 어미를 향해 손을 뻗게 된다.

어미를 향한 아기의 순수한 집념과 자식에 대한 애끓는 모정이 겹치면서 사념이 극대화되는 순간인 것이다.

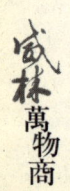

제작자는 이 순간을 노리고 있다가 불식간에 아기의 손을 자른다.

이리 되면 세상에서 가장 순수하고 강한 집념인 아기의 사념과 눈앞에서 자식이 죽어 가는 것을 바라봐야 하는 어미의 한이 뭉쳐 구천을 아우르는 사념의 덩어리가 나오게 된다.

이와 같은 방법을 반복하여 중첩된 한을 술법을 이용해 만든 손 모양의 기물에 주입하게 되는데, 이것을 애기손이라 칭한다.

거친 숨을 토해 내며 책자를 덮은 사후는 멍하니 천장을 올려다봤다.

책자의 내용대로라면 가히 인륜을 저버린 만행 속에서 태어나게 되는 마병 중에서도 마병이 바로 애기손이었다.

움켜쥔 책자를 들이밀며 사후가 물었다.

"여기 기록되어 있는 것이 사실이냐? 정말 이런 것이 있기는 있는 거야?"

봉삼의 눈초리가 슬쩍 올라갔다.

"사실이지. 그럼 없는 일을 있다고 하셨겠냐? 못 믿겠으면 기억 속에서 지워 버려라. 차라리 모르는 것이 정신 건강에 이로울 테니."

"못 믿는 것이 아니고, 여태껏 들어 본 적이 없어서 하는 말이지."

불퉁한 봉삼의 말에 사후는 꼬리를 말았다.

"눈으로 보고 귀로 듣는 것만이 세상의 전부가 아니다. 그리고…… 아니다. 더 이상 길게 얘기할 것도 없겠다."

봉삼은 말끝을 흐리며 마병록을 만포대에 챙겨 넣었다.

*　　　*　　　*

십대마병록을 건네며 사부는 말했었다.

말 못 하는 짐승이나 의지가 없어 보이는 식물도 념(念)이라는 것이 존재하거늘. 하물며 만물의 영장이라는 인간이 가지는 념은 복잡하고 강하기 마련이라고.

죽음을 수긍하지 못한 혼은 한을 남기게 되고, 한은 사념을 남기게 되는 법이라 했다.

어린 나이의 봉삼은 사부에게 물었다. 사념과 마병이 무슨 관계가 있냐고.

순진무구한 눈으로 고개를 갸웃거리는 봉삼에게 사부는 차근히 설명을 했다.

사념이란 놈은 또 다른 사념을 잡아먹으며 덩치를 불리게 되는데 그 매개체가 되는 것이 마병이라 했다.

그러면서 사부는 엄숙한 얼굴로 말했다.

만물전의 전주라면 마병을 제압하는 것은 물론이요, 악

순환의 연결 고리가 되는 마병을 다스릴 수 있어야 한다고.

봉삼은 다시 물었다.

만물전의 전주는 왜 마병을 제압하고 다스려야 하냐고.

사부는 빙그레 웃으며 봉삼을 안아 들었다.

품에 안긴 봉삼의 등을 토닥이며 사부는 말했다.

선택받은 운명이라고. 선조들이 걸어오신 길이라고.

어린 나이의 봉삼은 이해가 되지 않았다.

선택을 받는다는 것이 무엇인지. 선조들께서 걸어오신 길이라는 것이 무엇인지.

여전히 고개를 가웃거리는 어린 제자를 보며 사부는 푸근한 미소를 지었다.

후계자를 찾기 위해 중원을 헤매고 다닌 세월이 육십 년이었다. 그도 모자라 선인의 나라라는 조선을 비롯해서 남만과 천축을 이 잡듯이 뒤지고 다니기도 했다.

무려 백 년이었다.

품 안의 어린 제자를 찾기까지 걸린 세월이.

꼼지락거리는 고사리 같은 손을 보고 있자니 뭉클한 감정이 가슴 한곳을 간질였다.

새삼스러운 감정이었다.

반선의 경지에 오른 후 희미해져 가던 희로애락(喜怒哀樂)의 감정이건만 어린 제자를 보고 있노라면 주체할 수 없는 감정의 소용돌이에 휘말리곤 했다.

벌써부터 헤어지는 순간을 걱정할 만큼.

하늘이 인간에게 허락한 삶은 길어야 백이십 년.

세인들은 하늘이 허락한 시간이라 하여 이를 가리켜 천수(天壽)라 하였다.

천수를 넘어 이백 년의 세월을 흘려보낸 사부는 어렴풋이나마 천기(天機)를 엿볼 수 있었다.

희미하기는 하지만 사부는 알 수 있었다.

어린 제자가 가야 할 길이 순탄치만은 않을 것임을. 그리고 하늘이 자신에게 허락한 시간이 얼마 남지 않았음을.

평생을 등선을 목표로 정진해 온 터라 당장 육신을 탈피한다고 한들 별 미련은 없었다.

다만 자신이 가고 난 뒤 홀로 무거운 짐을 짊어질 제자가 마음에 걸릴 뿐이었다.

제자의 어깨를 무겁게 할 짐을 줄여 주고 싶었다. 할 수만 있다면 평생의 심득과 선기를 제자의 몸에 고스란히 옮겨 주고 싶었다.

길흉화복(吉凶禍福)을 점치는 점술사처럼 제자의 앞길을 막아설 겁난에 대해 속 시원하게 알려 주고 싶기도 했다.

그러나 걱정이 된다고 해서 천기를 누설할 수는 없었다.

천기를 거스르고 역행을 꿈꾸는 무리를 제압해야 하는 자신이 역천의 행위를 할 수는 없음이니.

그리고 천기란 것이 미리 안다고 해서 대비를 하거나 피할 수 있는 것도 아니었다.

그저 물이 흐르듯 순응할 수밖에는 도리가 없었다.

다만 제자의 앞길이 순탄할 수 있도록 최선의 노력을 할 뿐이었다. 약간의 안배를 하는 것은 덤이고 말이다.

문득 옛날 기억이 떠올랐다.

코흘리개 시절.

자신도 사부님의 등에 업혀 비슷한 질문을 한 적이 있었다.

선조님들은 왜 만물선을 만드셨냐고. 그리고 사부님은 왜 자신을 선택하셨냐고.

무려 이백 년에 가까운 세월이 흘렀건만 그날의 기억이 어젯밤처럼 생생했다.

아마 사부님께서도 사조님께 비슷한 질문을 했으리라.

세상이 알아주지도 않는 궂은일을 굳이 해야 하는 이유를.

세월이 유수 같다 하더니 사부님의 등에 업혀 있던 코흘리개는 백발의 노인이 되어 어린 제자를 품에 안고 있었다.

만감이 교차하는 얼굴로 봉삼을 바라보던 사부는 선조들의 발자취에 대해 이야기하기 시작했다.

*   *   *

무림 역사상 최고의 고수가 누구냐고 묻는다면 세인들은 주저 없이 두 사람을 꼽을 것이다.

달마와 천마.

무림의 태산북두인 소림사의 시조라 할 수 있는 달마 대사. 그리고 강호의 절대 패자로 군림해 온 천마교의 초대 천마.

역사는 전한다.

절대 종사의 영역에 발을 디딘 사람들 중 이들만큼 무림에 깊은 족적을 남긴 인물은 없다고 말이다.

그러나 역사에 기록되지 않았을 뿐 달마와 천마 이전에도 절대 강자들이 존재했으니 야사에는 그들의 흔적을 이렇게 전했다.

*　　　*　　　*

초인이라 불리는 이들이 있었다.

그들은 하늘에 가장 가까운 곳이자 사시사철 꽃이 피고 영물들이 뛰어노는, 선계로 가는 길목에 둥지를 틀고 모여 살았다.

범인의 발길 닿지 않는 곳에서 유유자적 은둔하는 그들에 대해 혹자는 그들은 사람이 아니라 신선이라고 했고,

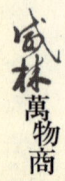

혹자는 그들의 정체가 치우의 후예라고 주장했다.

천재지변이 일어나 혼란이 생기거나 역병이 창궐할 때면 그들은 세상에 모습을 드러내곤 했다.

신비한 의술로 역병을 다스리기도 하고, 신기하고 이로운 지식을 전하기도 했으며, 하늘의 뜻을 전하기도 했다.

실의에 빠진 사람들에게 그들은 어둠을 밝혀 주는 등불이 되어 주었다.

사람들은 그들을 선인이라 칭하며 존경의 염을 보냈고, 그들이 모여 사는 곳을 선인곡이라 불렀다.

빛이 있다면 반드시 어둠도 존재하는 법.

기괴한 사술과 마공으로 사람들을 공포에 떨게 만드는 사람들이 있었다.

손짓 한 번에 산을 허물어트리고 한 번의 칼질에 장강의 물길을 가르는 능력을 가졌지만, 그들은 사람들에게 존경을 받지는 못했다.

그들은 하늘을 부정했으며 하늘의 뜻을 전하는 선인곡을 비웃었다.

사람들은 그들을 경원시했고, 그럴 수록 그들은 광포한 힘으로 군림하려고 했다.

오로지 강력한 힘만을 추구하며 선인곡과 반대의 길을 걷는 그들을 사람들은 마선의 후예라 불렀으며, 그들이 모여 있는 곳을 마황곡이라 불렀다.

이제는 입에서 입으로 전해 내려오는 전설 속의 주인공이 되어 버린 사람들.

그들이 언제부터 존재했는지, 어디서 왔는지는 의견이 분분했지만 확실한 것이 있었다.

그것은 그들이 분명히 존재했고 강했다는 것이다.

작금에 와서는 저잣거리의 삼류 소설에나 등장하는 허무맹랑한 이야기로 전락했지만, 그들은 지금도 사람들의 입과 입을 통해 조심스럽게 회자되었다.

석양이 질 무렵 시작된 이야기는 밤하늘을 수놓은 별들이 잠드는 새벽녘이 되어서야 끝이 났다.

사부는 어느새 잠들어 버린 봉삼을 물끄러미 내려다보며 중얼거렸다.

"봉삼아! 너의 어깨에 올려질 짐이 산더미 같구나. 내 대에서 악연을 뿌리 뽑지 못하는 것이 한스럽다만, 어쩌겠느냐. 이것도 다 하늘의 뜻인 것을……."

*　　*　　*

사부의 푸근한 얼굴이 아른거렸다.

'멀쩡한 집 놔두고 왜 사서 고생을 하는지……. 이왕에 맡기려고 마음먹었으면 화끈하게 떠넘기던가. 망할 노인네.'

집 나가면 고생이라는 만고의 진리를 몸소 실천하고 있

는 사부를 생각하니 입맛이 썼다.

전주 자리를 떠넘기고 가출을 해 버렸다고 구시렁거리지만 속마음은 달랐다.

제자에게 주책없는 노인네 취급을 받지만 명색이 반선의 경지에 오른 사부다.

반선이 무엇인가?

인간의 한계를 뛰어넘어 신선의 경지를 향해 걷고 있는 사람이다. 선계에 한 다리 정도는 척하니 걸치고 있다는 말이다.

그런 사부가 단순히 상호 유람이나 하려고 가출을 했다?

지나가는 황구가 코웃음을 칠 일이다.

이유야 뻔했다. 아직은 제자가 못 미더운 것이다.

오늘따라 사부의 어깨에 올려진 짐이 무겁게 느껴졌다.

"그런데 말이야. 도무지 이해가 되지 않는 것이 있어서 말인데."

상념에 젖어 있던 눈이 목소리가 들리는 쪽으로 향했다.

목소리의 주인은 사후였다.

"뭐가?"

봉삼이 귀찮다는 얼굴로 말했다.

어려운 과제를 눈앞에 두고 있는 서동마냥 인상을 쓰고 있는 모습을 보니 무슨 말이 나올지 뻔했다.

사람들은 자신이 모르는 것에 본능적으로 거부감을 가지

기 마련이다.

사후라고 다르지는 않을 것이다.

구구절절이 따지고 들며 확인하려고 할 것이다.

순간 짜증이 솟구쳤다.

강호의 정기를 수호하고, 일그러진 하늘의 기운을 바로 잡는다는 거창한 뜻을 품었으면 무엇 하는가?

아무도 알아주는 이가 없는데.

아니 알아주는 것은 고사하고 비딱한 시선으로 의심부터 안 하면 다행이었다.

"이렇게 잔인무도한 짓을 해 가며 만든 마병이라면, 당연히 피해도 많이 생겼을 텐데 말이야."

"그래서?"

봉삼의 고개가 삐딱하니 기울었다.

딱 봐도 심사가 꼬인 것이 분명했다.

바로 사후의 변명이 이어졌다. 한 번 꼬리를 말았더니 두 번째는 쉬웠다.

"아니, 마병록의 내용을 의심하는 것은 아니고…… 에잇! 그런 눈으로 볼 것까지는 없잖아!"

"보이는 것만이 전부는 아니라고 말했잖아."

착 가라 앉은 목소리에 날이 서 있는 것이 심사가 꽤나 불편해 보였다.

한바탕 따지려던 사후는 찔끔했다. 왠지 건드리면 안 될 것 같았다.

하고 싶은 말이 목구멍까지 치고 올라오는 것을 간신히 참은 사후의 눈이 만만해 보이는 사영을 향했다.

사영을 향해 슬쩍 눈짓을 보냈다.

왜 저러냐고.

사후의 눈짓에 사영은 어깨를 으쓱거렸다.

눈짓을 주고받는 두 사람을 사이에 두고 봉삼이 입을 열었다.

"일그러진 천기를 바로잡고, 강호를 암중으로 수호하는 것을 천직으로 삼는 사람들이 있어. 반대로 역천을 행하는 것을 평생의 업으로 삼고 호시탐탐 기회를 노리는 자들도 있지."

갑자기 진지한 얼굴로 말하는 봉삼을 사후는 멀뚱히 바라봤다. 뭔가 무겁고 진중한 내용이 나올 것 같았다.

봉삼의 곁에 시립하고 있는 사영을 보니 엄숙한 분위기가 느껴졌다. 어깨를 쭉 펴고는 가슴을 불쑥 내밀고 있는 것이 묘한 자부심도 보였다.

사후는 조용히 봉삼의 말을 경청했다. 왠지 그래야 할 것 같았다.

봉삼은 담담한 얼굴로 말을 이어 나갔다.

"세상은 선과 악이 대결하는 각축장이라고 할 수 있어. 악은 사람들의 욕심을 부추기며 달콤한 과실을 내밀고는 하지. 그러면 사람들은 독이 든 것도 모르고 덥석 받아먹게 되는 거야. 그리고 파멸의 길을 걷는 거지. 간혹 늦게나마 정신을 차리는 사람도 있지만 대부분이 폭주를 거듭하다 끝나고 말아. 이용당했다는 것도 깨닫지 못하고 말이야. 서글픈 일이지."

"그럼 네 말은 이 세상 어딘가에 악의 무리가 숨어 있다는 거야? 그 악의 무리는 사람들을 부추겨서 세상을 혼란에 빠트리려고 하고 말이야?"

"그렇다고 할 수 있지."

"악이 하려는 일을 막는 것이 네가 속한 곳이 하는 일이고?"

"선조들께서 해 오신 일이고, 이제는 내가 해야 할 일이지."

"그럼, 이런 일들이 한두 번이 아니었다는 말이야?"

사후는 믿을 수 없다는 표정으로 말했다.

아무리 암중으로 처리를 해 왔다고 하더라도 그토록 긴 세월 동안 해 왔다면 어디엔가 그 흔적이 남기 마련이었다.

사후의 의문 섞인 표정에 보는 봉삼의 입가에 씁쓸한 웃음이 매달렸다.

"가깝게는 칠십 년 전에도 등장했던 것들이다. 사부가 수거해서 폐기했다는 기록을 본 적도 있고."

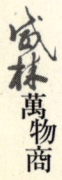

34

봉삼은 만포대의 주둥이를 꽉 조이며 말했다.

"칠십 년 전이라고?"

사후는 고개를 갸웃거렸다.

'칠십 년 전이라……. 그때 무슨 일이 있었더라…….'

武林
萬物商

2
장

강호비록

武林萬物商

사후는 영약의 부작용으로 성장이 멈춘 후, 무림맹 서고에 틀어박혀 의서를 탐독하는 것으로 시간을 보낸 적이 있었다. 부작용에서 벗어날 방법을 찾기 위해서였다.

　그러나 수많은 의서를 뒤지고도 방법을 찾아내지는 못했다.

　하긴 천하의 명의들을 두루 찾아다녔지만 얻지 못한 답이었다. 무림맹 서고가 방대하다고는 하나 구비된 의서의 질까지 높은 것이 아니었다.

　일반적인 의서에서 방법을 못 찾은 사후는 궁리에 궁리를 거듭했다.

　며칠간 고민으로 밤을 지새운 사후는 아버지를 찾아갔

다. 그리고는 비밀 서고를 출입하게 해 달라고 간청했다.

그러나 아버지는 일언지하에 거절했다.

이유는 무림맹주의 아들이라고 해도 자격이 없다는 것이었다.

실낱같은 희망을 품은 사후는 물러설 수 없었다.

끈덕지게 매달렸다. 매번 같은 말을 하는 아버지에게 한 달을 넘게 매달렸다. 이대로는 살 수 없다며 단식까지 감행했다.

자식 이기는 부모 없다고 했던가?

단식을 시작한 지 칠 주야가 지날 무렵, 아버지는 비밀 서고의 열쇠를 건네주었다.

열쇠를 내미는 아버지의 얼굴에는 고민의 흔적이 가득했다.

담리극은 열쇠를 굳게 쥐고 있는 사후에게 말했다.

"비밀 서고의 의서들은 맹주로 취임하던 해에 모두 읽어 보았다. 그러나 얻은 것은 없구나."

담담한 얼굴과 달리 두 눈은 안타까움으로 물들어 있었다.

더 이상 아들이 아파하는 모습을 보고 싶지 않았다. 희망 뒤에 절망이 찾아오는 일이 반복 될수록 자신도 아들도 지쳐 갔다.

자신이야 아비된 자로서 감내해야 할 일이지만, 아들은

무슨 죄가 있는가. 모든 것이 자신의 욕심에서 비롯된 것이거늘.

가슴을 짓누르는 돌덩이가 오늘따라 더욱 무게를 더하는 듯했다.

한숨이 새어 나오려는 것을 억지로 눌렀다. 아들 앞에서 약한 모습을 보일 수는 없었다.

"제 눈으로 확인하고 싶습니다. 저에게는 마지막 희망이니까요."

사후는 아버지를 향해 활짝 웃었다.

그러고 보니 아버지에게 웃음을 보인 적이 언제였던가 싶었다. 요 몇 년간 웃어 본 적이 없었다. 있어도 억지웃음일 뿐이었다.

원리 원칙을 중요시하는 아버지의 일생에 오점으로 남을 수 있는 일이었다.

'감사합니다. 아버지.'

입가에서 맴도는 말이 밖으로 나오지가 않았다.

왠지 쑥스럽기도 하고 낯간지럽기도 했다.

그날 이후 사후는 일 년 간을 비밀 서고에서 살다시피 했다. 그러나 고금 제일의 명의라는 화타의 의서까지 뒤져 보았지만 결과는 마찬가지였다.

한 가닥 희망을 품은 의서에서도 방법을 찾지 못한 사후가 다음으로 선택한 것은 강호의 비사를 기록한 책이었다.

영약의 부작용으로 성장이 멈춘 사례나 치료법이 있지 않을까 하는 마음에 닥치는 대로 읽었다.

대부분이 허무맹랑한 내용이 주를 이루는 잡서였지만 그 중에는 고증을 통한 내용으로 무장한 책도 꽤 있었다.

그중에서도 사후의 흥미를 동하게 만든 책이 있었다.

이름하여 강호비록.

강호비록은 무림사 연구가인 만박자가 평생에 걸쳐 집필한 역작이었다.

칠십여 권에 달하는 방대한 양도 놀랍지만 정사마를 아우르는 비사들이 가득한자라 금서로 지정된 책이기도 했다.

비밀 서고 구석에 볼품없는 모습으로 쌓여 있던 강호비록을 사후는 읽고 또 읽었다. 애초의 목적은 부작용의 치료법을 찾고자 한 것이었지만 흥미로운 내용으로 가득한 강호비록에 사후는 푹 빠져들었다.

그 덕분에 사후의 머릿속에는 강호의 숨겨진 이야기들이 가득 들어 있었다.

머릿속에 차곡차곡 쌓여 있는 기억들을 끄집어내던 사후의 눈이 순간 휘둥그레졌다.

"설마 귀혼강시?"

눈을 동그랗게 뜬 사후가 물었다.

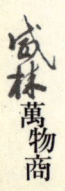

"들어는 본 모양이구나."

봉삼은 시큰둥한 얼굴로 대꾸했다.

"귀혼강시가 십대 마병이었어?"

"서열 오 위다."

"강호비록의 내용이 사실이었구나. 정말이었어."

사후의 입에서 억눌린 탄성이 터져 나왔다.

*　　*　　*

"이것이 사실인가? 보고 체계의 오류는 아니던가?"

무림맹 맹주 담리극은 믿을 수 없다는 얼굴로 손에 쥔 문서를 탁자에 내려놓았다.

"특급 전서응으로 도착한 밀지입니다. 오류는 있을 수 없습니다."

담리극의 물음에 총군사 사마영은 단호하게 말했다.

정파의 영역에 있는 열두 개의 무림맹 지부에 한 마리씩 배치되어 있는 특급 전서응은 일반 전서구와 달리 포획도 불가능하거니와 사용되는 밀지도 변조가 불가능한 재질이었다.

당연히 오류 따위는 있을 수가 없었다.

"멸문이라니? 경천문은 섬서에서 다섯 손가락 안에 드는 문파이거늘. 어떻게 하룻밤 사이에 멸문을 당할 수가 있단 말인가."

담리극은 여전히 믿을 수 없다는 얼굴이었다.

"섬서지부장 명일중은 신중한 인물입니다. 확실하지 않은 내용을 보고할 위인이 아닙니다."

"혹시…… 마교가 움직인 것인가?"

담리극은 조심스러운 얼굴로 십만대산에 웅크리고 있는 천마신교를 거론했다.

만일 경천문의 혈사가 마교의 소행이라면 자칫 정마대전이 일어날 수도 있었다.

"마교 쪽은 아닌 것 같습니다."

"흐음, 그나마 다행이군. 마교는 아니라니."

사마영의 말에 담리극은 조용히 한숨을 쉬었다.

단일 세력으로는 최강인 마교는 정파의 구심점인 무림맹에게도 두렵고 버거운 상대였다.

이십 년 전, 파죽지세로 밀고 내려오던 마교의 모습을 기억하고 있는 담리극에게는 더욱 그랬다.

"그럼, 사혈맹인가?"

"사혈맹 쪽도 의심을 할 만한 징후는 없었습니다. 더욱이 사혈맹은 마교와 달리 폐쇄적인 곳이 아닌지라, 움직이는 즉시 보고를 받을 수 있습니다."

"흐음, 그럼 대체 누구란 말인가? 경천문 정도의 문파를 단숨에 멸문시킬 수 있는 전력을 보유한 곳은 마교와 사혈

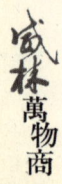

맹을 빼고는 우리 쪽뿐이지 않는가."

담리극은 답답한 표정으로 사마영을 채근했다.

"지금으로서는 밀지에 있는 내용이 전부인지라 확실한 내용을 파악하지 못하고 있습니다. 추가 보고가 올라와야 정확한 분석을 할 수 있을 것 같습니다. 그리고 이것은 섬서에 파견된 은영각의 첩보 무사가 따로 올린 보고서입니다.

사마영은 곤혹스런 얼굴로 대답하고는 평범해 보이는 봉투를 내밀었다.

낚아채다시피 봉두를 잡은 담리극은 안에 남긴 서찰을 꺼내 들었다.

특급 기밀임을 나타내는 붉은색의 밀지가 모습을 드러내자 망설임 없이 활짝 펼친 담리극은 놀라움을 감추지 못했다.

밀지에는 담리극을 놀라게 하기에 충분한 내용이 담겨 있었다.

"흐음, 귀혼강시라니…… 그것도 다섯!"

강호비록에 기록되어 있는 귀혼강시에 대해 떠올리는 담리극의 미간에 내 천 자가 뚜렷하게 새겨졌다.

한 구의 귀혼강시로 인한 피해만 해도 엄청났건만 다섯 구의 귀혼강시라니. 침음성이 절로 새어 나왔다.

"총군사!"

"네! 맹주님."

"이 밀지에 담긴 내용의 정확도는 얼마나 되는가?"

"정확도라 하심은……."

사마영은 말끝을 흐리며 담리극의 표정을 유심히 살폈다.

총군사의 직분을 맡아 담리극을 보필한 지가 햇수로 오 년이었다.

오 년이란 시간 동안 위기도 많았고 혼란도 많았다.

그때마다 담리극은 자신의 보고를 미심쩍어 하거나 의문을 표하는 일이 없었다.

그저 흔들림 없이 묵묵히 듣고 지시를 내릴 뿐이었다.

지금처럼 의문을 표하거나 흔들리는 모습은 처음이었다.

사마영은 자신이 모르는 무언가가 있음을 직감했다.

"첩보 무사가 본 것이 정말 귀혼강시인지, 아니면 마교의 천마강시나 사혈맹의 혈강시를 보고 잘못 판단을 한 것은 아닌가 하고 묻는 것일세."

"보고를 올린 은영각의 첩보 무사는 귀혼강시에 대해 비교적 자세한 지식을 갖고 있습니다."

"그 말은 실수를 할 리가 없다는 말이군."

"은영각이 하는 일 중 많은 비중을 차지하는 일이 정보를 모으고 분석하는 것이니까요."

"휴우!"

담리극은 한숨을 내쉬더니 눈을 지그시 감았다.

'아기를 빌었건만, 한 구의 귀혼강시도 제대로 상대하지 못했거늘. 다섯 구의 귀혼강시라니······. 차라리 숨겨진 사실을 몰랐으면 좋았을 것을.'

어깨에 올려진 짐의 무게가 더해져서인지 담리극은 오늘따라 집무실의 태사의가 불편하게 느껴졌다.

몸만 불편하게 느껴지는 것이 아니었다. 가시방석에라도 앉은 것처럼 마음까지 불편했다.

그러고 보니 무림맹주의 자리에 오른 후 한시도 마음 편한 날이 없었다는 생각이 들었다.

'이런 자리가 뭐가 좋다고 그렇게들 눈독을 들이는지······ 끌끌끌.'

담리극의 입가에 씁쓸한 고소가 배였다.

어두운 기색이 역력한 담리극을 지켜보던 사마영이 조심스레 입을 열었다.

"맹주님. 일단은 멸마대를 섬서로 보내야 하지 않겠습니까? 소림사에 지원도 요청하고 말입니다."

사마영이 잠시간의 침묵을 깨자 담리극이 서서히 눈을 떴다.

담담한 눈으로 사마영을 응시하던 담리극은 침중한 목소리로 물음을 던졌다.

"자네는 귀혼강시에 대해 어느 정도나 알고 있는가?"

"여러 기록들을 살펴본 바에 의하면 천마강시나 혈강시와는 비교도 되지 않는 마물이더군요. 도검불침은 기본이고 수화불침에 내력까지 사용했다고 기록되어 있는 것을 본 적이 있습니다. 강시임에도 지능을 가지고 있고, 생전에 배운 무공을 자유자재로 구사한다는 것도 보았습니다. 다만, 유실된 부분도 많고 워낙 단편적인 기록들만 남아 있는지라⋯⋯."

사마영은 잠시 말을 멈추고 담리극을 응시했다.

담리극은 유연한 눈빛을 보내며 고개를 끄덕였다.

"아는 대로 말해 보게."

"크흠! 그럼 지금까지 전해져 오는 기록을 토대로 말씀드리겠습니다."

이윽고 사마영은 무림맹 서고에서 찾아낸 내용과 구전으로 전해 내려오는 귀혼강시에 대한 이야기를 풀어놓기 시작했다.

*   *   *

칠십 년 전.

희대의 마물이 나타났다.

누가 만들었는지, 어떻게 만들었는지, 무엇 하나 속 시

48

원하게 밝혀진 것이 없는 이 마물을 가리켜 사람들은 훗날 귀혼강시라 불렀다.

귀혼강시가 강호에 처음 모습을 드러냈을 무렵, 무림인 들은 대수롭지 않게 여겼다.

그때까지만 해도 강시라 하면 술법사의 종소리에 맞춰 두 팔을 앞으로 뻗은 채 쿵쿵 뛰어다니는 시체정도로만 생각했다.

단지 몸뚱이가 단단할 뿐인 시체에게 겁을 먹을 무림인 은 없었다. 흉물스러울 뿐 위협의 대상은 아니었기에.

그러나 무림인들을 경악하게 만드는 일이 벌어졌다.

사건의 발단은 섬서의 소규모 무가인 현가장의 멸문에서 부터 시작되었다.

아침에 개파한 문파가 저녁에 멸문하는 일이 비일비재한 곳이 강호다.

강자존의 법칙이 우선시 되는 강호에서 소규모 무가인 현가장의 멸문은 그다지 새삼스러운 일은 아니었다.

이때만 해도 이름 없는 소규모 무가의 억울한 멸문 정도 로 여길 뿐 강호의 관심을 끌 만한 일은 아니었다.

문제는 현가장이 멸문하고 난 후였다.

현가장에 이어 한 달 만에 벌어진 도검문의 혈사.

섬서에서 욱일승천의 기세로 세력을 확장하던 도검문은 소규모 무가인 현가장과 달리 중소 문파의 규모를 벗어난 곳이었다.

문도의 수만 하더라도 삼백여 명에 달하고 일류에 이른 고수도 삼십 명은 훌쩍 넘는 문파였다.

더욱이 좌수검과 우수도를 동시에 사용하는 도검문의 문주 사중일은 초절정의 무위를 갖춘 고수였다.

그런데 그런 도검문이 잿더미로 변해 버린 것이다.

초절정의 고수와 삼백여 명의 문도가 버티고 있는 문파가 불과 하룻밤 사이에 멸문을 당하자 섬서 일대가 발칵 뒤집혔다.

급보를 접한 무림맹 섬서지부가 출동하고, 섬서의 패자인 종남파에서도 고수들이 조사를 위해 나섰다.

현가장의 멸문 때와는 달리 발 빠른 조사가 진행됐다.

잿더미로 변한 도검문에 도착한 섬서지부장 천종길과 종남파의 수석 장로 유해종은 흉수의 정체를 파악하기 위해 현장을 면밀히 조사했다.

그리고 놀라운 사실이 속속 밝혀졌다. 조사 결과는 극비 문서로 꾸며져 무림맹으로 전달되었다.

보고를 접한 무림맹의 수뇌부는 경악을 금치 못했다. 보고서의 내용대로라면 도검문이 멸문의 길을 걷는 데 걸린 시간은 한 시진에 불과했다.

더욱 놀라운 것은 흉수의 숫자였다.

생존자들이 증언하기를 흉수는 단 한 명이라고 했다. 온

몸에 철갑을 두르고, 악귀의 형상을 한 탈을 뒤집어쓴 흉수는 벌건 대낮에 도검문에 난입했다고 한다.

기괴한 괴성을 지르며 닥치는 대로 목숨을 빼앗던 흉수에 대해 생존자들은 지옥에서 뛰어나온 악귀라고 입을 모았다.

검강을 맨몸으로 받아 내고도 생채기 하나 나지 않았고, 한 시진 동안 홀로 도검문의 문도들을 도륙하는 내내 지친 기색이 전혀 없었다고 했다.

움직임 또한 표홀하기 이를 데 없어, 처음에는 강시인 줄도 몰랐다고 했다.

무림맹 수뇌부는 두 패로 나뉘어 흉수에 대해 갑론을박을 펼쳤다.

보고서의 내용을 경시하는 온건파와 사건의 심각함을 주장하는 강경파가 첨예하게 대립하던 사이, 충격적인 소식이 무림맹으로 날아들었다.

이번에는 종남파였다.

비록 소림사와 무당파의 성세에는 미치지 못했지만 구파일방의 자리에 이름을 올리고 있는 명실상부한 섬서의 패자인 종남파에 피바람이 분 것이었다.

도검문처럼 멸문을 당한 것은 아니지만 그 피해가 상상을 초월했다.

세 명의 장로와 백여 명에 달하는 제자들이 목숨을 잃

고, 장문인마저도 심한 부상을 입었다고 했다.

그럼에도 흉수를 제압하기는커녕 고전을 면치 못했다 하니 실로 놀라운 일이 아닐 수 없었다.

합격진도 소용이 없었고, 차륜전을 펼쳐도 효과가 없었다고 한다.

급기야 종남파의 최강 검진인 북두대천강검진(北斗大天剛劍陣)까지 펼치고서야 겨우 흉수를 몰아낼 수 있었다고 했다.

도검문이 멸문한 지 보름이 흐르고, 종남파의 혈사가 전해진 지 사흘이 지난 어느 날, 무림맹의 거대한 문이 열렸다.

멸마대 대주 복마신룡(伏魔神龍) 강남기와 휘하 무사 삼백 명은 무림 공적으로 선포된 흉수를 처단하기 위해 섬서로 질주했다.

멸마대가 섬서로 향하던 날, 무림맹의 요청을 받은 소림사에서도 전대 금강 중 한 명인 공지 대사를 필두로 십팔나한을 내려보냈다.

그 후 한 달이 흘러 섬서 일대를 피로 물들이고 강호를 경악하게 만든 귀혼강시는 한 줌의 흙으로 돌아갔다.

무수한 추측이 난무하고 억측이 흘러나왔지만, 무림맹과 소림사, 그리고 피해를 입은 종남파는 소림사의 공지 대사와 십팔나한의 희생으로 귀혼강시를 제거했다는 짤막한 내용의 결과를 공표하고는 침묵으로 일관했다.

*   *   *

"여기까지가 귀혼강시에 대해 남아 있는 내용입니다."

직접 본 것처럼 귀혼강시가 벌인 혈사에 대해 설명하는 사마영은 담담한 표정이었다.

책으로 전해지는 역사도 세월이 흐르다 보면 그 내용이 변질되어 신화로 탈바꿈하는 일이 부지기수였다.

하물며 입에서 입으로 전해 오는 이야기는 누말할 필요도 없었다.

사마영은 귀혼강시의 출현을 그리 심각하게 여기지 않았다.

중소 문파의 규모를 넘어선 경천문이 하룻밤 사이에 멸문한 것이 놀라운 일이기는 했다.

하지만 그뿐이었다.

경천문이 했던 역할을 대신할 문파는 차고 넘쳤고, 무림맹에는 경천문보다 강한 문파가 즐비했다.

더욱이 칠십 년간 무림맹은 귀혼강시의 출현에 대비해 만반의 준비를 해 왔다.

비록 귀혼강서의 표본이 없어 마교의 천마강시와 사혈맹의 혈강시를 대상으로 연구를 해 왔지만 그것만으로도 충분하다고 생각했다.

별 감흥 없이 설명을 마무한 사마영은 과민한 반응을 보이는 맹주를 위해 한마디 덧붙였다.

"크흠, 사견이기는 합니다만 과장이 많이 섞인 내용이 아닌가 생각합니다."

사마영은 겸연쩍은 얼굴로 말하고는 고개를 살짝 숙였다.

"과장이라……. 자네의 말대로 그랬으면 좋겠군."

"맹주님의 심려를 모르는 바는 아닙니다만 멸마대가 나선다면 별 무리 없이 제거할 것입니다. 오로지 귀혼강시를 상대하기 위해 조직적인 훈련과 연구를 병행해 온 멸마대입니다. 우려하시는 일은 없을 것입니다. 심려치 마십시오."

"우려로 끝날 수만 있다면 좋겠건만, 현실은 그렇지 않은 것 같네."

사마영의 위로에도 담리극의 표정은 여전히 어두웠다.

사마영은 이해가 되지 않았다. 백 번 양보해서 귀혼강시에 대한 기록이 사실이라고 한들 복마공(伏魔功)을 익힌 멸마대에게 귀혼강시는 움직이는 시체에 불과했다.

그것은 천마강시와 혈강시의 경우만 봐도 알 수 있었다. 고수들도 감히 경시하지 못하는 천마강시와 혈강시지만 멸마대 앞에서는 조족지혈이었다.

담리극은 씁쓸한 얼굴로 자리에서 일어났다.

덩그렇게 놓인 태사의가 무척 크게 보였다. 집무실마저도 황량하게 느껴졌다.

만사를 제쳐 두고 마음 맞는 이와 술 한 잔 나눌 수 있으면 좋으련만.

오늘따라 외롭다는 생각이 들었다.

'후우, 한가롭게 이럴 때가 아니거늘.'

담리극은 이내 고개를 내저었다.

부귀영화를 바랐다면 무림맹주가 되기보다는 담가장을 상호세일 세가로 키우는 섯에 매날렸을 섯이었다.

마음을 다잡은 담리극의 눈에서 정광이 쏟아졌다.

"총군사!"

"네! 맹주님!"

담리극의 묵직한 목소리에 사마영은 정중하게 허리를 굽혔다.

곧 이번 사건을 해결할 멸마대의 출전을 명하리라 예상한 행동이었다.

그런데 담리극의 입에서 엉뚱한 말이 튀어나왔다.

"이곳 지하에는 비밀 서고가 존재한다네. 자네도 알고는 있겠지?"

"그, 그것은…… 알고는 있습니다."

사마영의 신형이 멈칫했다.

갑자기 비밀 서고를 거론하는 담리극의 의도를 알 수가 없었다.

사마영은 무림맹의 총군사다. 무림맹의 실질적인 업무를 총괄하는 자리에 있다 보면 많은 것을 보고 듣기 마련이었다.

그중에는 알아도 모른 체해야 할 일도 있었다.

비밀 서고의 경우도 그랬다. 맹주만이 출입을 할 수 있는 비밀 서고에 관한 사항은 기밀 중의 기밀이었다.

아무리 맹주에게 수족 같은 총군사라고 하더라도 알아서도, 알려고 해서도 안 되는 일이었다.

그런데 위치까지 알려 주며 거론했다.

사마영은 머릿속으로 생각을 굴렸다. 이 시점에서 맹주는 왜 비밀 서고를 거론하는가?

사마영이 고민에 빠져 있는 사이 담리극은 품속에서 손바닥만 한 옥패를 꺼냈다.

옥패의 정체는 무림맹 맹주의 권위를 상징하는 천룡패(天龍牌)였다.

"맹주님!"

사마영은 천룡패를 보고 깜짝 놀라 소리쳤다.

천룡패는 무림맹의 맹주임을 증명하는 신패임과 동시에 정파 무림 전체를 동원하는 맹주령을 내릴 때 쓰이는 물건이었다.

멸마대를 출전시키는 일 정도에 사용할 만한 물건이 아니었다.

사마영이 당황스런 얼굴로 입을 열려고 하는 순간, 담리극이 천룡패를 쥔 손을 힘차게 앞으로 뻗으며 외쳤다.

"총군사 사마영은 명을 받들라."

"존명."

천룡패를 마주한 사마영은 황급히 한쪽 무릎을 꿇으며 복명했다.

"이 시간 이후로 무림맹 총군사 사마영에게 비밀 서고에 출입할 수 있는 권한을 부어한다. 단 기간은 사흘로 제한할 것이며 비밀 서고에서 본 내용에 대해서는 외부로의 유출을 엄히 금한다."

"무림맹 총군사 사마영. 명을 받듭니다."

얼떨떨한 얼굴로 듣고 있던 사마영은 급히 복명을 하며 허리를 깊숙이 숙였다.

"일어나게."

"예, 맹주님!"

자리에서 일어난 사마영은 상기된 얼굴로 물었다.

"맹주님 어찌 이런 명을 내리시는 것인지……."

"이유는 곧 알게 될 걸세."

담리극은 신형을 돌려 태사의를 움켜잡더니 옆으로 밀어냈다.

거대한 태사의를 공깃돌 다루듯이 밀어낸 담리극은 바닥
에 깔린 융단을 걷어 냈다.

그러자 태사의가 있던 자리에 작은 틈새가 드러났다.

틈새에 천룡패를 끼우자 틈새는 감쪽같이 사라졌다.

담리극은 좌수에 내력을 불어넣더니 망설임 없이 틈새가
있던 자리를 내려쳤다.

쿠웅!

"맹주님! 안 됩니다."

조용히 보고 있던 사마영이 놀라며 소리쳤다.

하지만 담리극은 다시 바닥을 내려쳤다.

쿠웅!

우웅―.

바닥을 타고 은은한 진동음이 퍼져 나갔다.

담리극은 눈을 지그시 감고는 바닥에 손을 짚었다.

손바닥을 통해 전해 오는 진동이 가라앉자 담리극은 다
시 좌수를 들어 바닥을 내려쳤다.

쿵!

우웅― 우웅―

이번에는 전과 달리 강한 진동음이 퍼져 나갔다.

그 순간.

그그그긍―

기관이 작동하는 소리가 들리더니 태사의가 있던 곳이

서서히 밀려났다.

그그그긍— 쿠웅!

바닥이 완전히 밀려나자 태사의가 있던 자리에 아래로 내려가는 계단이 드러났다.

"흐음, 이것도 오랜만에 해 보니 쉽지가 않구먼."

허리를 펴고 일어난 담리극이 사마영을 돌아보며 쓴웃음을 지었다.

멍하니 보고 있던 사마영이 얼른 다가가 틈새에 꽂힌 천룡패를 살폈다.

"휴우, 다행히 천룡패는 상하지 않은 것 같습니다."

"쯧쯧쯧! 그까짓 신패가 무에 대수인가. 어서 내려가세나."

조심스럽게 천룡패를 살피는 사마영을 보며 담리극이 혀를 찼다.

"하지만, 맹주님. 천룡패는 챙기셔야……."

"시간이 없네. 그리고 천룡패는 입구가 닫히면 비밀 서고로 내려오게 되어 있으니 걱정 말게."

담리극은 익숙한 걸음으로 계단을 내려갔다.

"알겠습니다, 맹주님!"

계단을 내려가는 사마영의 가슴은 기대에 부풀어 올랐다.

비밀 서고의 존재를 알면서도 내색조차 할 수 없었기에

가슴앓이를 한 적도 있었다.

비록 사흘간의 짧은 시간이었지만 문사인 사마영으로서는 무림맹 비밀 서고야말로 신천지라 할 수 있었다.

그그그긍— 쿠웅!

열 계단 정도를 내려가자 입구가 닫히는 소리가 들렸다.

잠깐 어둠이 밀려왔다.

사마영은 품에서 화섭지를 꺼내려다 손을 멈췄다.

입구가 완전히 닫혔음에도 주변이 그리 어둡지 않았다.

"이곳은 화기를 쓸 수 없는 곳이네. 대신 야광주를 사용한다네."

앞서 걷던 담리극이 돌아보며 입을 열었다.

그제야 사마영의 눈에 벽을 따라 야광주가 촘촘히 박혀 있는 모습이 보였다.

계단이 끝나고 평지에 발을 딛자 거대한 철문이 앞을 가로막고 있었다.

일체의 장식이 없는 철문에는 천룡패에 새겨진 용의 모습과 똑같은 문양이 양각되어 있었다.

철문 앞에 신형을 세운 담리극은 용이 물고 있는 여의주에 내력을 불어넣었다.

그러자 여의주가 붉게 빛나더니 기관이 작동하는 소리가 들렸다.

그그그긍!

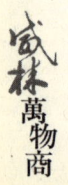

60

거대한 철문이 올라가면서 내부가 보이기 시작했다.

담리극의 곁에 바짝 다가선 사마영을 긴장된 얼굴로 안쪽을 주시했다.

철문이 올라가는 잠깐의 시간이 억겁의 세월처럼 느껴졌다.

그그그긍! 쿠웅!

드디어 기관이 멈추고 비밀 서고의 내부가 완전히 드러났다.

"이곳이 비밀 서고일세. 들어가세나."

"예! 맹주님."

담담한 얼굴로 앞장서는 담리극과 달리 사마영은 주위를 휘휘 둘러보며 연신 감탄성을 터트렸다.

장방형으로 이루어진 서고에는 반 장 넓이의 통로 사이로 책장들이 줄지어 서 있었다.

책장마다 빼곡히 들어찬 서책들을 둘러보는 사마영의 눈이 절세 비급을 만난 무인처럼 빛이 났다.

"자네가 이곳에 머무를 수 있는 시간은 사흘이네. 무엇을 보던 자네의 자유지만 절대 외부로의 유출은 안 되네. 이곳에 있는 내용을 유출하는 순간 공적이 될 수도 있음이니, 명심하게나."

온통 책으로 둘러싸인 서고에 정신이 팔려 있던 사마영은 담리극의 경고가 섞인 당부에 그제야 정신이 번쩍 들었다.

"잠시 제 직분을 잊고 있었습니다. 명심하겠습니다, 맹
주님!"

사마영은 다부진 목소리로 다짐했다.

"믿겠네."

유연한 눈으로 사마영을 응시하던 담리극은 고개를 끄덕
이고는 서고의 가장자리로 걸음을 옮겼다.

서고의 가장자리에는 자단목으로 만들어진 탁자와 의자
가 놓여 있었다.

"서책은 여기서 읽으면 될 걸세. 식사는 여기 벽곡단과
물로 해결을 하게나."

담리극의 손이 가리키는 곳에는 벽곡단과 식수가 담긴
것으로 보이는 항아리 두 개가 놓여 있었다.

"알겠습니다."

사마영은 공손히 대답하고는 담리극을 응시했다.

서고를 들어설 때만 해도 상기되어 있던 얼굴이 차분해
져 있었다.

"궁금하지 않은가? 자네를 이곳에 데려온 이유가."

"궁금합니다. 갑작스런 일이라 당황스럽기도 합니다."

사마영이 차분한 목소리로 말했다.

"그런데 왜 묻지 않는가?"

담리극의 물음에 사마영은 잔잔한 미소를 지었다.

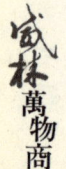

"사사로이 저를 쓰실 분이 아님을 알기 때문입니다. 그리고 맹주님을 믿기 때문입니다."

"과찬이구먼."

"아닙니다. 이것은 속하의 진심입니다."

"고맙네."

"이제 말씀해 주시겠습니까? 굳이 비밀 서고를 개방해야 할 만큼 맹주님의 심기를 어지럽히는 일에 대해서 말입니다."

"으음, 굳이 이곳을 비밀스럽게 운영하는 것도 모자라 맹주에게만 출입을 허락한 이유기 무엇이겠니? 자네리면 짐작을 하고 있을 텐데."

"그거야 외부로 유출되어서는 안 되는 마공이나 사공을 안전하게 보관하기 위해서 아닙니까?"

"그것은 표면적인 이유인 것이고, 사실은 숨겨진 진실 때문이네."

"숨겨졌다 하심은……."

담리극의 말을 되뇌던 사마영의 얼굴이 딱딱하게 굳어졌다.

"외부에 알릴 수 없는 치부 때문이군요."

"따라오게."

담리극은 사마영을 이끌고 책장 사이를 걸어갔다.

"자네 말대로 이곳에는 세상으로 나가서는 안 되는 마공과 사공이 담긴 비급들만 해도 족히 이천 권은 될 걸세. 그 외에 이백 년간 지탱해 온 무림맹의 중요 문서가 따로 보관이 되어 있기도 하고 말이야. 대부분이 무림맹의 비밀스런 행사가 기록되어 있는 것이지만, 그중에는 구파일방과 오대세가를 비롯한 무림맹의 근간이 되는 문파들에 대한 것도 꽤 된다네. 일종의 안전장치지."

담리극의 발걸음이 멈춘 곳은 책장이 도열해 있는 서고의 중간쯤 되는 곳이었다.

담리극은 손을 뻗어 제일 위 칸의 서책을 한 권 꺼내 사마영에게 내밀었다.

"이것이네, 원칙을 어기면서까지 자네를 이곳에 데려온 이유가."

책자를 받아 든 사마영은 책자의 표지를 살폈다.

표지에는 강호비록이라는 제목과 함께 만박자라는 이름이 있었다.

'만박자라······.'

평생을 책을 끼고 살아온 사마영도 처음 들어 보는 이름이었다.

"이 책들은 무림맹에서 만든 것이 아니네. 전임 맹주 시절, 그러니까 이십 년 전 무림맹으로 흘러들어 왔네. 누가 만들었는지 어떤 과정을 통해 흘러들어 왔는지는 밝혀진 바 없네."

책자의 겉모습을 유심히 살피던 사마영은 담리극의 말에
의문스런 눈빛을 던졌다.

　"그렇다면 굳이 비밀 서고에 보관할 이유가 없지 않습니
까? 정체도 불확실한 사람이 만든 책의 내용을 어떻게 믿
을 수 있겠습니까. 신뢰가 가지 않는 책이라면 차라리 폐
기를 하는 것이 낫지 않겠습니까."

　사마영은 책장을 채우고 있는 나머지 강호비록을 힐끔
쳐다보며 말했다.

　"전임 맹주께서도 처음에는 자네와 같은 생각이셨다고
하네. 한네 책에 담긴 내용을 보시고는 생각을 바꾸셨
지."

　"그럼 신뢰할 수 있는 내용이라는 말씀입니까?"

　"그렇다네."

　담리극은 고개를 끄덕였다.

　사마영은 전임 맹주인 불마신승 혜공 대사를 떠올렸다.

　소림사 방장의 사조가 되는 혜공 대사는 공명정대한 성
품으로 인망이 높았다.

　맹주로 있을 때도 존경을 받았지만 물러난 후에도 존경
을 한 몸에 받는 인물이었다.

　"그럼, 강호비록을 비밀 서고에 보관하도록 하신 분이
혜공 대사이십니까?"

　"그렇네. 전임 맹주께서도 섣불리 알려서는 안 되는 내

용들이라 생각하신 게지. 강호비록에 담긴 내용은 무림맹에서 따로 모아 둔 기록들과 거의 일치하네. 무림맹은 물론이고 정파에 속한 거대 문파들이 숨기고 싶어 하는 비밀들이 무수히 들어 있다네. 그리고 무엇보다 중요한 것은 강호비록의 마지막 권에 있는 내용일세."

'대체, 무슨 내용이기에…….'

놀라워하던 사마영은 서고에 꽂힌 나머지 강호비록 중에서 마지막 권을 찾아냈다.

손이 저도 모르게 마지막 권을 향해 뻗어 갔다.

"자네에게 사흘의 시간을 준 이유는 첫 권부터 차분히 읽도록 하게 하기 위함이네."

서책을 움켜질 찰나 담리극이 제지했다.

"죄송합니다, 맹주님. 놀란 나머지 경솔함을 보였습니다."

사마영은 얼굴을 붉히며 고개를 숙였다.

"지금부터 자네가 할 일은 강호비록을 만든 사람의 의중을 정확히 파악하는 것이네. 그와 더불어 대책도 마련해야겠지. 아마 무거운 짐이 될 걸세. 할 수 있겠는가?"

명을 내리는 담리극의 전신에서 항거할 수 없는 위엄이 뿜어졌다.

"무림맹 총군사 사마영! 성심을 다해 노력하겠습니다."

사마영은 다부진 목소리 각오를 다졌다.

"그럼 사흘 뒤에 보세. 부디 자네의 현명함이 빛을 발하기를 기대하겠네."

심유한 눈빛으로 사마영을 한동안 응시하던 담리극은 이내 신형을 돌려 서고를 빠져나갔다.

武林

萬物商

3
장

만박자

"놀라기는."

대수롭지 않다는 듯 말하는 것과 달리 봉삼의 입가가 슬며시 올라갔다.

곁에 있는 사영도 어깨를 부풀리며 가슴을 내밀었다.

아무도 알아주지 않는 일에 매진한다고 늘 투덜대지만 자부심이 없는 것은 아니다.

오히려 강호를 드리우는 암운을 거둬 온 만물전의 당대 전주로서의 자부심은 차고 넘쳤다.

공을 세우고도 내세우지 못하고 늘 신분을 감춰야 하는 지라 심통이 나기는 하지만 선대부터 해 온 일은 자부심을 가지기에 부족함이 없는 일이었다.

가끔 회의를 느끼기는 하지만 그것도 잠시였다. 누가 뭐래도 자신은 일그러진 천기를 바로잡고 강호의 정기를 수호하는 선인곡의 곡주이자 만물전의 전주이니 말이다.

두 사람의 표정에서 사후는 알 수 있었다. 강호비록에 등장하는 신비 고수가 봉삼이의 사부님이라는 것을.

"그럼 귀혼강시를 일 수에 제압했다는 신비 고수가 너네 사부님이셨던 거야?"

사후의 얼굴은 한껏 들떠 있었다. 강호비록에 등장하는 신비 고수는 실의에 빠져 있던 사후에게 꿈과 희망을 안겨 준 인물이었다.

희대의 마물이라는 귀혼강시를 일 수에 한 줌의 흙으로 만들었다는 절대 고수.

소림사의 자랑이라는 십팔나한진을 펼치고도 제압하지 못한 마물을 홀로 격퇴한 그는 사후의 가슴속에 살아 숨쉬는 영웅이었다.

숨겨진 보물을 발견한 것처럼 흥분하는 사후의 반응에 봉삼은 의아한 얼굴로 물었다.

"신비 고수? 일 수에 제압을 해? 누가 그러디?"

"강호비록에 기록되어 있기를, 귀혼강시를 제압한 것은 소림사가 아니라 홀연히 나타난 신비 고수라고 되어 있던데?"

"강호비록? 그런 책도 있었나?"

봉삼은 고개를 갸웃거렸다.

여태껏 강호사가 기록된 책을 두루 읽었지만 강호비록이란 이름은 처음이었다.

귀혼강시야 워낙 악명을 떨쳤던 마물인지라 세간에도 여러 가지 기록이 남아 있었다.

마지막으로 출현한 칠십 년 전에도 섬서 일대를 피로 물들여 놓았으니 알 만한 사람은 다 아는 이야기였다.

다만 누가 무슨 목적으로 만들었는지, 어떤 방법으로 만드는지를 모를 뿐이었다.

"만박자라는 기인이 집필한 책인데, 귀혼강시에 대한 내용도 자세히 기록이 되어 있지. 그 외에도 강호에 알려지지 않은 무수한 비밀이 묻혀 있기도 하고 말이야."

사후는 어깨를 으쓱거리며 설명했다.

"외부에 알려질 일이 아닌데. 이상하네."

"외부라고 할 것도 없어. 무림맹 비밀 서고에서도 금서로 지정되어 따로 보관을 하는 책이니까."

"금서라고? 그럼 함부로 볼 수 있는 책이 아니란 말이네?"

"그렇지. 비밀 서고는 무림맹주만이 출입을 할 수가 있는 곳이지. 당연히 외부로의 유출은 있을 수 없는 일이고."

"그렇단 말이지. 만박자……. 아무래도 의심이 가는데."

나지막하게 중얼거리던 봉삼은 순간 이마를 잔뜩 찌푸렸다.

선조께서 십대 마병으로 지정한 마병들은 시기는 다르지만 대부분 강호에 모습을 드러낸 적이 있었다.

강호 일통을 꿈꾸는 효웅의 독문병기로 등장한 적도 있었고, 복수를 위해 폭주하는 자의 손을 빌려 나타난 적도 있었다. 때로는 영웅의 모습을 한 간웅의 손에 들려 있기도 했다.

출현 시기와 종류는 달랐지만 공통점도 있었다.

피를 부르는 일이 다반사였다는 것과 그 출처가 불분명하다는 것. 그리고 강호에 악명을 날렸다는 것이다.

모습을 드러낼 때마다 악명을 날리니 그 존재가 강호사에 남는 것은 당연지사였다.

그러나 강호에 모습을 드러내기도 전에 묻힌 일도 부지기수였다.

사람들은 몰랐다. 마병의 출현에 신경을 곤두세우고 있는 만물전의 역대 전주들이 미리 나서서 수거를 했기에 그나마 피해가 적었다는 것을.

만물전의 원칙 중 하나가 강호에 모습을 드러내지 않는다는 것이기에 신병을 전할 때도 그렇지만 특히 마병을 수거할 때면 만물전의 존재가 알려지지 않도록 각별한 신경을 써 왔다.

그런데 사부의 존재를 아는 자가 있다고 한다. 거기다 세세히 기록한 책까지 있다니 의심을 할 수밖에 없다.

허무맹랑한 내용이라면 굳이 금서로 지정을 하고 맹주만이 드나들 수 있는 비밀 서고에 따로 보관을 할 필요가 없다.

여러모로 수상했다.

"사후야."

"왜?"

"강호비록을 만들었다는 만박자 말이야. 어떤 사람이지?"

"평생을 강호사를 연구하는 데 보낸 사학자야."

"사학자? 강호인이 아니고?"

"그렇다니까. 기록에 의하면 초야에 묻혀 강호사를 연구하는 데 몰두한 기인이었다고 되어 있어."

"그래? 그럼 그 사람에 대해서 아는 사람이 많지 않다는 거네?"

"아무래도 그렇겠지. 나도 궁금해서 군사전의 문사들에게 물어본 적이 있는데 아는 사람이 없더라고."

"흐음, 그렇단 말이지."

봉삼은 고개를 끄덕이고는 생각에 잠겼다.

'말이 좋아 초야에 묻혀 강호사를 연구한 기인이지. 결론은 정체가 불확실한 자란 말인데? 그럼에도 무림맹에서 금서로 지정해서 따로 보관을 하고 있다면 내용만큼은 확실하다는 것이겠군. 무림맹의 입장에서는 숨길 수밖에 없는 치부도 함께 기록되어 있다는 소리고. 흐음, 확인을 해봐야 할 것 같은데. 어쩐다.'

강호비록을 만들었다는 만박자에 대해 부쩍 의심이 갔다.

의심을 품었으니 확인을 해야 했다.

그런데 방법이 마땅치가 않았다. 직접 볼 수 있으면 좋겠지만 책이 있는 곳은 무림맹 비밀 서고다. 아무나 출입을 할 수 있는 곳이면 굳이 비밀스럽게 만들지 않았을 터. 보고 싶다고 해서 아무나 들여보내 줄 리가 없는 곳이다.

그렇다고 막무가내로 밀고 들어갈 수도 없다.

당명이나 백자운에게 부탁을 하기도 애매했다.

'이러나저러나 애매하기는 매한가지네. 몰래 들어가려면 꽤나 고생일 텐데. 쉬운 방법이 없으려나. 쩝.'

봉삼은 코끝을 찡그리며 머릿속으로 생각을 굴렸다.

"이번에는 뭔데 그렇게 우거지상이야?"

이래저래 궁리를 하는 봉삼을 물끄러미 보던 사후가 지루하다는 얼굴로 물었다.

"별거 아니다."

"우쒸! 또 그런다. 뻑하면 별거 아니래."

"정말 별거 아니다."

76

시치미를 뚝 떼는 봉삼을 지그시 노려보는 사후의 두 볼이 찐빵처럼 부풀어 올랐다.

"쳇. 매번 그 소리지. 됐다, 됐어. 나도 치사해서 안 듣는다. 대신 너네 사부님 얘기나 해 봐라."

"우리 사부? 그건 왜?"

"왜라니. 궁금하잖아. 소림사의 전대 금강과 십팔나한이 나서고도 제압하지 못한 귀혼강시를 일 수에 한 줌 흙으로 만들어 버린 신비의 절대 고수. 캬하! 멋있다. 멋있어."

사후는 탁자를 두들겨 가며 감탄사를 연발했다.

반면 봉삼이나 사영은 떨떠름한 표정이었다.

"멋있기는 개뿔이! 그리고 그 신비 고수가 우리 사부라는 증거는 어디에도 없다. 엉뚱한 상상은 하지 마라."

"정황으로만 봐도 딱 맞는데, 뭐가 아니라는 거야? 그러지 말고 얘기 좀 해 봐. 비밀은 지킬게. 절대로 다른 사람에게는 말하지 않을게. 내 이름을 걸고 맹세한다."

"정황은 정황일 뿐. 증거는 될 수가 없는 법이다. 그리고 우리 사부는 네가 상상하는 그런 양반이 절대 아니야. 그냥 모르는 것이 정신 건강에 이로울 거다."

"치사하게 정말 이럴 거야?"

사부에 대한 궁금함에 매달리는 사후와 달리 봉삼은 시큰둥한 얼굴이었다.

그도 그럴 것이 칠십 년 전 귀혼강시를 폐기한 일에 대해서는 역대 전주들의 행적과 공적을 기록해 놓은 집행록을 통해 익히 알고 있는 내용이었다.

그리고 이제껏 사부 대신 신병이기를 회수하면서 겪은 일들을 생각하면 그 당시 사부의 모습이 어땠을지는 직접 본 것처럼 알 수 있었다.

분명히 온갖 허풍을 치고, 갖은 점잔을 떨었을 것이다.

그러다 말이 안 통하면 약간의 실력 행사를 하고 말이다.

귀혼강시가 아무리 희대의 마물이라고 해 봐야 시체일 뿐이다. 여타 강시와 달리 지능을 가지고 있고, 생전에 익히고 있던 무공을 자유자재로 사용한다는 것이 다르기는 하지만, 그래 봐야 사악한 술법을 토대로 만들어진 근본은 같았다.

어둠의 힘을 이용해 명부로 가야 할 혼을 강제로 붙잡아 만드는 귀혼강시는 무림인들에게는 공포의 대상이 될지언정 선기를 내뿜는 사부에게는 한주먹거리도 안 됐다.

한주먹은 고사하고 사부가 백 장 이내에만 나타나도 본능적인 두려움에 갈팡질팡하다가 움직임을 멈췄을 것이다.

그만큼 선기(仙氣)와 사기(邪氣)는 상극 중의 상극이었다.

"흥! 그딴 식으로 나오시겠다! 그럼 나도 생각을 달리해야겠네."

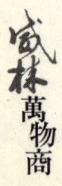

"달리 생각한다니, 무슨 소리야?"

봉삼은 이맛살을 찌푸리며 물었다.

그러자 사후가 입가를 실룩이며 묘한 웃음을 지었다.

"뭐긴, 뭐겠어. 독왕 할아버지부터 시작해서 검왕 할아버지. 그리고 괴벽자 장로까지. 너에 대해 궁금해 하는 사람들을 한자리에 모와 일장 연설을 하는 거지. 큭큭큭."

"그걸 협박이라고 하고 있냐? 아니면 아무 생각이 없는 거냐?"

"그러니까. 요리조리 빼지 말고 속 시원하게 털어놓으란 말이다. 감질나게 하지 말고."

"오늘도 쌍코피가 터져야 정신을 차릴래? 이번엔 아예 주둥이를 꿰매 줄까? 말만 해라. 원하는 대로 해 주마."

봉삼이 주먹을 내밀며 다그쳤다.

"쳇. 무식한 놈이 주먹만 세 가지고는. 농담 한번 한 것 가지고 발끈하기는."

사후는 쌍코피 얘기에 툴툴거리며 한발 물러섰다.

실체를 알았으니 시간은 많았다. 봉삼의 사부에 대해서는 두고두고 물어볼 생각이었다.

대신 애기손을 만들고 있는 놈들의 처리를 어떻게 할 것인지를 물어볼 생각이었다.

"좋아! 그럼 네 사부님 얘기는 천천히 듣는 것으로 내가 양보를 하도록 하지. 대신 애기손을 만들고 있다는 놈은 어떻게 할 것인지 말해 봐."

사후는 큰 인심을 쓴다는 듯이 말하고는 귀를 기울였다.

의기양양한 기세의 사후를 보며 봉삼은 풀썩 웃었다.

"일단 여기 일을 마무리 해야겠지. 그리고 지금부터 궁리를 해 봐야지."

"엥. 그게 다야?"

사후는 어이가 없다는 얼굴이 되었다.

뭔가 그럴듯한 계획이 있을 줄 알았다.

그런데 고작 한다는 말이 이제부터 궁리를 한단다.

사후의 이마에 시퍼런 핏줄이 지렁이마냥 꿈틀거렸다.

자리에서 벌떡 일어난 사후는 두 주먹을 불끈 쥐고는 주루가 떠나가라 고함을 질렀다.

"궁리할 게 뭐가 있어? 당장이라도 쫓아 가서 아작을 내야지. 그런 놈들은 한시라도 빨리 정리를 하는 것이 장땡이야."

"당장 달려가서 어떻게 할 건데?"

봉삼이 답답하다는 얼굴로 물었다.

그러자 사후는 뻔한 것 아니냐는 얼굴로 말했다.

"어떻게 하기는 불문곡직하고 모가지부터 따야지."

"어디에 있는 줄 알고? 그런 짓을 하는 놈들이 드러내 놓고 하겠냐?"

"그거야…… 정 안 되면 무림맹에 알려 행방을 쫓게 하

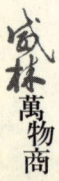

80

면 되지. 무림첩을 돌리는 방법도 있고."

"쯧쯧쯧, 단순하기는."

"뭐든지 해야지. 이렇게 두 손 놓고 있으면 죽도 밥도 안 된다는 거 몰라? 적극적으로 나서서 해결을 해야지."

"무림맹이 무슨 전가의 보도라도 된다던? 그리고 알리면 '아! 그렇군요!' 하면서 바로 조사를 한다던? 무림첩을 돌리면 동네방네 소문이 퍼질 테고, 그러면 놈들은 종적을 감춰 버릴 텐데. 생각 좀 하고 살아라. 응?"

봉삼은 말에는 무림맹을 비꼬는 기색이 역력했다.

말문이 마힌 사후의 얼굴이 시뻘게지더니 버럭 소리를 질렀다.

"아, 그러면 어쩌라고? 지금 이 시간에도 죄 없는 아기들이 죽어 가고 있을 텐데. 빨리 움직여야 더 이상 피해가 없게 할 거 아니야. 내말이 틀렸냐? 틀렸으면 틀렸다고 말을 해 봐."

"네 마음을 모르는 것은 아니다만 서두르기만 한다고 되는 일이 아니다. 그리고 네 말처럼 두 손 놓고 있는 것은 아니다. 그러니 걱정 말아라."

"끄응. 걱정이 안 되게 생겼냐? 강호를 암중으로 수호한다는 놈이 이렇게 태평한데. 지금 이 순간에도 죄 없는 아기들이 죽어 가고 있을지도 모르는데. 우라질!"

힘없이 주저앉은 사후는 애꿎은 탁자만 노려봤다.

"여기 있는 사영만 하더라도 강호의 여느 추종객 못지않은 실력을 갖춘 첩보 무사다. 그리고 흉수를 추적하고 있는 비영은 추종술 만큼은 타의 추종을 불허하는 인물이다. 만물전의 눈과 귀를 담당하는 비영각의 각주이기도 하고 말이야."

봉삼은 곁에서 공손히 시립하고 있는 사영을 추켜세웠다.

어지간해서는 칭찬을 안 하는 봉삼이었다.

사영의 입꼬리가 슬쩍 올라갔다.

"큿. 그다지 능력이 있어 보이지는 않는데."

사후가 영 미덥지 못하다는 얼굴로 말했다.

봉삼의 칭찬에 기분 좋은 웃음을 흘리던 사영의 얼굴이 삽시간에 굳어졌다.

'이런 난쟁이 똥자루만 한 놈이. 전주님 친구만 아니면 그냥 귀싸대기를 날려 버릴 텐데. 어이구, 주먹이 운다. 주먹이 울어.'

사영은 속으로 울분을 터트리며 사후를 째려봤다. 대놓고 노려보기에는 후환이 두려워서 슬그머니 눈총을 줬다.

수상한 분위기를 느낀 사후의 시선이 사영을 향했다. 가자미눈을 하고 있는 사영과 마주한 사후가 눈을 한껏 부라렸다.

무림맹주의 아들이란 신분으로 보낸 세월이 오 년이다.

사영의 고까운 시선이 어떤 의미인지 척 보면 안다.

"웬만하면 눈 깔지?"

"하도 깔아서 깔 것도 없는데요."

"쓰읍! 상관의 친구는 상관과 동격이란 거 몰라?"

"그런 말은 들어 본 적이 없습니다만. 그리고 저의 임무
는 전주님을 보좌하는 것이지, 공자님을 모시는 것이 아닙
니다. 전 본연의 임무에 충실할 뿐입니다."

"꼬박꼬박 말대꾸는……. 앞으로 자주 볼 텐데, 자꾸 이
러면 너만 고달파지는 거야. 앞으로 잘해라."

'끄응, 언제 봤다고 꼬박꼬박 반밀이야.'

마지못해 눈을 돌리는 사영의 입이 댓발이나 튀어나왔지
만, 사후는 빙그레 웃을 뿐 더 이상 타박을 주지 않았다.

앞으로 자주 볼 사이인데 적당히 하자 라는 생각이 들어
서였다.

사후의 머릿속은 이미 앞으로의 계획을 나름대로 짜 놓
은 상태였다. 무림맹을 나서는 것이야 부작용을 치료한다
는 명목이 있으니 일사천리로 진행될 것이고 봉삼이야 적
당히 구슬리면 될 터였다.

사후가 계획한 것은 제마멸사가 곁들여진 강호행이었다.

애기손을 제작하려는 간악한 무리를, 직접 나서서 일망
타진하는 것은 당연한 것이다.

그러다 보면 마음속의 영웅인 봉삼이의 사부님을 뵙는

것은 정해진 수순이다. 거기다 부작용을 치료해서 훤칠한 기남아가 되어 아리따운 소저들의 뜨거운 시선을 한 몸에 받는다.

사후는 앞으로 벌어질 일을 상상하면서 헤벌쭉하게 웃었다.

흐뭇함에 젖어 있는 사후를 보며 봉삼은 쓴웃음을 지었다.

사후가 무슨 상상을 하고 있는지 눈에 훤히 보였다.

사후의 행복한 상상에 찬물을 끼얹어야 하는 입장이라 입맛이 쓰기는 했지만 어쩔 수 없었다.

앞으로의 여정이 위험하다는 것도 이유가 되겠지만 무엇보다 중요한 것은 만물전의 원칙이었다.

감성에 젖어 애기손에 대해 말해 주고 마병록까지 보여 줬지만 사후에게 말해 줄 수 있는 부분은 여기까지였다.

봉삼이 아무리 만물전의 전주라도 말이다.

"사후야."

"왜, 지금 출발하게? 우리끼리 말도 없이 사라지면 독왕 할아버지가 방방 뛸 텐데. 괜찮을까? 괜찮겠지. 괜찮을 거야. 우선은 급한 불부터 끄는 것이 순서 아니겠어."

사후는 한껏 들뜬 얼굴로 주절거리더니 자리를 박차고 일어났다.

"이왕에 이렇게 된 거, 당장 출발해서 사람 같지도 않은

잡놈들을 한 방에 때려잡고 불쌍한 아기들을 구해 내자.
너는 나만 믿으면 되는 거다. 일어나라, 봉삼아!"

"휴우."

봉삼의 입에서 한숨이 새어 나왔다.

실망은 크겠지만 어쩔 수 없는 일이었다.

마음이 약해지려는 것을 다 잡은 봉삼은 조심스레 입을
열었다.

"그래서 말인데. 네가 협조를 해 줘야겠다."

"협조? 당연히 해야지. 어떤 협조를 원하는데?"

"너도 일다시피 나는 애기손을 만들려는 놈들을 서리하
기 위해 떠나야 하는 입장이다. 당장 길을 나서야 할 만큼
시급한 일이라는 것은 너도 충분히 알고 있을 테니, 긴말
은 하지 않으마."

"그거야, 두말하면 잔소리지."

사후는 당연하다는 얼굴로 고개를 주억거렸다.

봉삼은 잠시 망설이다 입을 열었다.

"이 일은 사문의 일로 외부에 알려서도 안 되고, 도움을
받아서도 안 되는 일이다. 무슨 뜻인지 알아든겠지?"

"못 알아든겠는데."

사후의 목소리가 갑자기 착 가라앉았다.

"다시 한 번 말하마. 이번 일을 처리하는 데 있어 외부인
과 같이할 수 없다는 뜻이다. 그 대상이 내 친구라 할지라

도 말이다."

"말도 안 되는 소리! 순수한 마음으로 친구의 일을 돕겠다는데, 안 된다니. 그런 법이 어디 있어."

사후는 발끈해서는 버럭 소리를 질렀다.

"너의 마음을 모르는 것은 아니다. 하지만 무작정 우긴다고 될 일이 아니다. 나는 사문의 뜻을 계승하고 지켜야 할 책임이 있는 사람이다. 그리고 어린 나이지만 한 집단의 수장이다. 원칙과 규율을 몸소 지키고 실행해야 하는 입장이란 말이다. 이해해다오."

능글맞은 모습은 온데간데없고 위엄이 솔솔 풍겼다.

"예외란 것도 있잖아."

사후의 목소리가 잦아들었다.

"예외가 있다면 그것은 이미 원칙이 아니다."

봉삼은 강경한 어조로 말했다.

달래는 것은 여기까지였다.

더 이상 말싸움을 하기도 싫거니와 시간도 없었다.

"내가 어떻게 해 주면 되는 거냐?"

사후가 풀이 죽은 목소리로 말했다.

"내가 혼자 길을 떠난다고 하면 독왕 영감님이 기를 쓰고 쫓아 오려고 할 거다. 그러면 노문주님도 덩달아 같이 쫓아올 테고 말이야."

"그렇겠지. 너네 할머니를 뵙게 됐다고 들떠 있는 양반

이니, 그러고도 남을 일이지. 더구나 그 양반 성격이 워낙
직선적이라. 안 봐도 눈에 선하지."

사후는 고개를 주억거리며 수긍했다.

"그렇다고 말없이 떠나기는 그렇고, 네가 옆에서 내 말
을 좀 거들어 줘야겠다."

"뭐, 어려운 일도 아니네."

"대신 할머니를 만날 수 있도록 손을 써 놓으마. 영약의
부작용으로 자라지 않는 너의 몸도 고쳐야 하니 말이야.
독왕 영감님과 같이 만나면 되지 않겠냐."

"알았다. 그렇게 할게. 아십지만 이쩔 수 없지."

봉삼의 말에 사후는 힘없이 고개를 끄덕였다.

어거지를 부려서라도 따라가고 싶은 마음은 굴뚝같지만
친구임을 내세워 끼어드는 것도 한계가 있었다.

그리고 따라가서 도움이 될지, 짐이 될지도 미지수였다.

무공이 봉삼보다 높은 것도 아니고 따로 세력을 거느리
고 있는 것도 아니었다.

내세울 것이라고는 무림맹주의 아들이라는 것 하나밖에
는 없었다.

그러고 보니 이제껏 온실 속의 화초처럼 살아왔다는 생
각이 들었다.

같은 나이의 봉삼은 한 세력의 수장으로 책임을 다하고
있건만 자신은 투정이나 부리고 있다니 얼굴이 저절로 붉

어졌다.

"그래! 이번에는 내가 양보하마. 하지만 다음에도 이러
면 의절이다. 알겠지."

사후는 애써 밝게 웃었다.

봉삼도 마주 보며 빙그레 웃었다.

武林
萬物商

4
장

방종에게 찾아온 기연

주방에서 빠끔히 고개를 내밀고 있던 방종은 몸을 움츠
렸다.

오한이 든 것처럼 온몸이 부들부들 떨리고 다리에 힘이
빠져 제대로 서 있기가 힘들었다.

독약을 양껏 태운 술을 들이키는 것을 볼 때만 해도 쾌
재를 부르며 희희낙락하던 방종이었다.

한몫 단단히 잡을 생각에 히죽대던 방종이 이렇게 된 것
은 사영이 나타나면서부터였다.

일순간에 창문을 넘어 달려오는 사영의 모습은 어쭙잖은
눈으로 봐도 고수의 냄새가 폴폴 풍겼다.

거기다 독주를 연거푸 마시고도 까딱없는 봉삼을 보니

눈앞이 캄캄했다.

확실했다. 저놈들은 고수였다.

'이런 제기랄. 요새는 만나는 놈마다 고수 아닌 놈이 없네.'

우거지상이 되어 푸념을 하던 방종은 조심스레 몸을 일으켰다.

새파랗게 질린 얼굴로 구석에 쪼그리고 앉아 있는 주모가 어떻게 할 거냐는 눈짓을 보냈다.

원망이 가득 담긴 눈초리를 쏘아 보내는 주모를 보니 울화가 치밀어 올랐다.

'쓰불! 한몫 잡게 됐다고 좋아 할 때는 언제고, 확 눈깔을 뽑아 버려?'

시원스레 욕이나 한 바가지 퍼부으면 속이라도 시원하련만 입안에서만 맴돌았다.

고리눈을 하고는 부라려 보지만 그뿐이었다.

산전수전 다 겪으며 밑바닥 인생을 살아온 주모다.

방종 같은 하류 잡배가 눈 한 번 부라린다고 냉큼 눈을 내리깔 만큼 녹록한 여인네가 아니었다. 오히려 손톱에 날을 세우고 달려들지나 않으면 다행이었다.

방종은 떨리는 가슴을 진정시키기 위해 아랫배에 힘을 줬다.

이럴 때일수록 침착해야 했다.

호랑이에게 물려 가도 정신만 차리면 살 수 있다고 했다.

　여태껏 살아오며 목숨이 위태로웠던 적이 한두 번이 아니었다.

　이틀 전에도 밀천대 무사인 줄은 꿈에도 모르고 엉겨 붙었다가 목이 날아갈 뻔했다.

　그 바람에 극악한 마인들을 가둬둔다는 무림맹 뇌옥을 구경하는 영광까지 누렸다.

　삼류 건달에 불과한 방종에게는 평생 잊지 못할 기억이었다.

　다행히 하루 만에 풀려나기는 했지만 아직도 그 일을 생각하면 등골이 오싹했다.

　이마에서 흐르는 식은땀을 훔치고는 슬쩍 밖을 내다봤다.

　그 순간 독주를 들이키는 봉삼과 눈이 마주쳤다.

　허억!

　방종의 입에서 헛바람이 새어 나왔다.

　봉삼이 손가락을 까닥거리며 히죽거리고 있었다.

　손가락의 방향은 분명 자신을 향하고 있었다.

　방종의 얼굴이 누렇게 떴다.

　'이런 쓰불!'

　방종은 얼른 주저앉아 눈길을 피했다.

가슴이 쿵쿵 뛰는 것이 전날의 악몽이 되살아났다. 하지
만 들려오는 소리마저 피할 수는 없었다.

"숨어서 모가지만 삐죽인다고 묘수가 생기는 것도 아닌
데, 이만 나오지? 어차피 달아날 구멍도 없을 텐데."

'내가 미쳤나. 나가게.'

더욱 몸을 움츠리고 아예 귀를 막아 버렸다.

"맞고 기어 나올래? 알아서 걸어 나올래?"

그리 크지 않은 음성이 한밤중에 울리는 뇌성벽력처럼
크게 들렸다.

놀란 가슴을 부여잡고 숨을 죽이고 있던 방종은 입술을
지그시 깨물었다.

눈칫밥으로 버텨 온 세월이 무려 이십 년.

지금은 결단이 필요한 시기임을 본능적으로 알 수 있었
다.

흐읍!

방종은 깊은 심호흡으로 긴장을 달래고는 비장한 얼굴로
일어났다.

죽기 아니면 까무러치기였다.

아랫배에 힘을 꽉 주고는 주먹을 불끈 움켜쥐었다.

그리고는 결전을 앞둔 장수처럼 보무도 당당하게 주방을
나섰다.

스르릉!

어디선가 맑은 금속성이 들렸다.

방종의 눈이 소리가 들린 곳을 향했다.

언제 뽑았는지 사영의 손에 날이 시퍼런 검이 들려져 있었다.

꿀꺽!

방종의 목젖이 심하게 출렁거렸다. 떡 벌어진 어깨가 축골공을 시전한 것처럼 급격히 좁아졌다.

꼿꼿하던 허리는 꼽추처럼 반으로 접혔다.

굳은 의지를 나타내던 주먹은 어느새 쫙 펴져 있었다.

"헤헤헤. 부르셨습니까요? 나으리!"

간사함이 뚝뚝 떨어지는 입가에 침을 한가득 묻힌 방종은 헤픈 웃음을 흘리며 눈치를 살폈다.

까닥. 까닥.

봉삼은 말없이 손가락을 움직여 손짓하고는 술잔을 비웠다.

방종의 눈가가 부르르 떨렸다.

어수룩해 보이던 강호 초출의 모습은 온데간데없었다.

'쓰벌, 나하고 무슨 원한이 있기에 접근을 한 거야.'

도무지 이해가 안 됐다.

자신은 독주를 물 마시듯 하는 고수가 노릴 만한 대상이 아니었다.

수중에 가진 것이라고는 허리춤에 꿰고 있는 가벼운 전

낭이 다였다.

하오문에 간신히 이름을 올리고 있기는 하지만 그뿐이다. 워낙 직급이 낮아 자신의 입을 통해서 얻을 수 있는 정보라고 해 봐야 저잣거리에 나도는 쓸데없는 소문 정도다.

무엇 하나 고수가 노릴 만한 것이 자신에게는 없었다.

결론은 한 가지였다.

자신은 오늘 똥 밟은 것이다.

비척거리며 다가온 방종에게 봉삼이 술잔을 척하니 내밀었다.

"덕분에 보기 드문 명주를 맛보았는데, 그냥 넘어가면 사람의 도리가 아니지. 한잔 받아라."

"안 주셔도 되는데……."

돌돌돌.

술잔을 채워 가는 술을 보는 방종의 이마에서 땀방울이 뚝뚝 떨어졌다.

꿀꺽.

마른침을 삼키는 소리가 방종의 뇌리에 천둥처럼 들렸다.

'쓰벌. 엿 됐네. 이거 한 잔이면 바로 골로 가는데.'

방종의 얼굴은 울상이 되었다.

얼굴색이 푸르죽죽한 것이 당장이라도 울음을 터트릴 기

세였다.

엉거주춤한 자세로 술잔을 받쳐 든 방종은 열심히 머리를 굴렸다.

평소에 쓰지 않던 머리를 굴리려니 극심한 두통이 몰려왔다.

"무릇 사내라면 받은 잔을 남김없이 털어야 하는 법. 시원하게 들이켜라."

덤덤한 얼굴로 술을 채운 봉삼이 말하자 사후가 한마디 보탰다.

"한 방울이라도 흘리면 뒈진다."

사후는 짐짓 눈을 부라리며 엄포를 놓았다.

우울한 기분을 방종에게 풀기로 마음먹었음이 분명했다.

눈을 부라리며 겁박하는 사후를 힐끔거리는 방종의 얼굴이 실룩거렸다.

'어린놈의 새끼가 말하는 꼬락서니 하고는……. 뉘 집 새끼인지 네놈 아비 어미도 어지간히 속을 썩겠구나.'

속으로야 오만 욕을 할 망정 겉으로는 비굴한 얼굴을 유지하고 있던 방종은 무릎을 털썩 꿇었다.

밑바닥 인생을 전전하는 방종이다. 자존심 따위는 애초에 없었다.

목숨을 부지할 수만 있다면 바짓가랑이 사이를 기라고

해도 웃으면서 할 수 있었다.

까짓것 무릎 정도야 얼마든지 꿇을 수 있었다.

"대협. 죽을죄를 지었습니다."

방종의 얼굴이 갑자기 비장해졌다.

"소인이 오늘따라 눈이 삐었는지 협객님들을 몰라 뵙는 경거망동을 저질렀습니다. 사죄하는 뜻으로 눈깔을 뽑아 죄를 청할까 합니다."

방종은 지난날을 속죄하는 사파의 고수마냥 분위기를 잡았다. 넙죽 절을 올리며 고개를 처박고는 잠시 반응을 살폈다.

쿵! 쿵! 쿵!

기다리는 반응이 없자 방종은 눈물을 머금고 이마를 바닥에 쿵쿵 찧었다.

피라도 흥건히 쏟아지면 그럴듯하게 보이겠는데, 아프기만 할 뿐 피라곤 한 방울도 흐르지 않았다. 박치기로 명성을 날리던 단단하기 그지없는 이마가 원망스러웠다.

쿵! 쿵! 쿵!

방종은 더욱 열심히 이마를 찧었다.

그러나 방종에게 날아온 것은 사후의 발길질이었다.

퍽!

"어이쿠, 나 죽네."

방종은 비명을 지르며 데구르르 구르더니 구석에 처박혔

다.

"아이고, 어머니. 불효자식은 먼저 갑니다."

온몸을 부르르 떨면서 고함을 지르는 모습이 여간 실감 나는 것이 아니다.

사후의 얼굴에 같잖다는 표정이 떠올랐다.

내공도 사용하지 않고 순수한 근력으로 걷어찼다. 무공으로 단련되기는 했지만 그래 봐야 아이의 체구다. 힘이 실려 봐야 일반인의 발길질만도 못 했다.

그런데 곧 죽을 듯이 엄살을 부리다니. 확 짜증이 일었다.

"이런 상렬의 새끼를 봤나. 지금 누구 앞에서 수작질이야? 당장 안 튀어 와. 아예 여기서 포를 떠 줄까? 오늘 날 한 번 잡아 봐?"

사후는 소리를 버럭 지르더니 양쪽 소매에서 비수를 꺼냈다.

청색과 홍색의 손잡이에 한 자에 못 미치는 날을 가진 비수는 체구가 작은 사후를 위해 제작이 된 것인 듯했다.

신병이기까지는 아니지만 명장의 손길이 닿은 듯 수수해 보이면서도 날카로운 기운이 뿜어졌다.

"어쭈, 내 말이 우습다 이거지? 길게 끌 것도 없다. 그냥 죽어라."

날이 시퍼런 비수를 장난감처럼 돌리며 윽박지르는 사후

의 모습에 방종은 갈등했다.

계속 엄살을 부리며 버틸 것인가, 아니면 냉큼 달려가 목을 길게 빼고 매달릴 것인가.

쇄에엑.

사후의 손에서 빙글빙글 돌면서 재주를 부리던 비수가 방종을 향해 날아갔다.

퍽.

"허억!"

사지를 벌리고 부르르 떨고 있던 방종은 순간 숨이 멈출 뻔했다.

사타구니를 불과 한 치 앞에 두고 박힌 비수가 분하다는 듯 부르르 떨고 있었다.

"이런! 오늘따라 제대로 되는 일이 없네. 이번에는 확실하게 맞춰 주마. 움직이면 죽인다."

사후는 엄포를 놓고는 나머지 비수를 겨누었다. 필살의 의지를 다진 무인처럼 신중하기 그지없는 얼굴이 작은 체구와 달리 매섭기 그지없었다.

당장 숨이 넘어갈 듯이 엄살을 부리던 방종이 벌떡 일어났다.

움직이면 죽인다던 사후의 경고는 신경 쓰지도 않았다. 이대로 있다가는 목숨을 건져도 고자 신세가 될 것 같았다.

방종은 쏜살같이 튀어 왔다. 그리고는 곧바로 무릎을 꿇

었다. 어쭙잖은 연극으로는 통하지 않는 상대였다.

이제 남은 방법은 빌고 또 비는 것뿐이었다.

"아이고, 대협님들. 저 같은 무지렁이가 뭘 알겠습니까? 그저 살려만 주십시오. 살려만 주신다면 시키는 대로 하겠습니다."

퍽.

이번에도 발길질이 대답을 대신했다.

"내 말이 그렇게 우습니? 한 방울이라도 흘리면 뒈진다고 그랬지? 그리고 움직여도 죽는다고 그랬지?"

콸콸콸.

담사후는 술잔 대신 널찍한 대접을 가져와 가득 채웠다.

방종의 얼굴이 새하얗게 질렸다.

한 잔만 마셔도 목숨 줄이 끊길 마당에 대접으로 마신다면 결과야 불을 보듯 뻔한 일.

애처로운 얼굴로 봉삼을 바라보지만 돌아오는 것은 희미한 웃음뿐이다.

이래 죽으나 저래 죽으나 매한가지.

방종은 입을 굳게 다물고 도리질을 해 댔다.

사후의 눈매가 새치름해졌다.

"이 잡것이 주면 주는 대로 받아먹을 것이지 도리질을 해? 아예 술병째로 주둥이에 처박아 주리?"

사후의 자그마한 손이 방종의 입가를 쭉 잡아당겼다.

"ㅇㅇㅇ."

방종의 입에서 앓는 소리가 흘러나왔다.

입가에 걸쳐진 손가락을 콱 깨물어 버릴까 하는 마음이 굴뚝같지만 그것도 잠시였다.

독약을 양껏 태운 술을 마시고 멀쩡한 것을 보면 싸가지가 밥맛인 이놈도 겉가죽만 어린애일 뿐 고수가 분명했다.

시정잡배나 사용할 거친 말투를 스스럼없이 내뱉는 것을 보면 사파나 마교의 흉악한 마두일지도 몰랐다.

그리고 벌건 대낮에 검은 야행복을 입고 다니는 저놈은 아무리 봐도 살수 같았다.

곧 있으면 죽는다는 생각이 들자 설움이 복받쳤다.

갑자기 얼굴도 모르는 어머니가 보고 싶었다.

지난 온 인생이 주마등처럼 머릿속을 스치고 지나갔다.

방종은 태어난 지 두 해 만에 버려진 신세였다.

남의 집 업둥이로 자란 터라 부모의 얼굴은 고사하고 신세 내력도 모르고 자랐다.

지금은 저잣거리를 배회하며 행패나 일삼는 하류 잡배지만 원래부터 그랬던 것은 아니었다.

고된 종살이에 지쳐 키워 준 주인집을 뛰어나온 후, 밑

바닥 인생을 전전하다 보니 자연스레 물들어 갔다.

배운 것 없고 변변한 배경도 없는 방종이 살아가는 방식은 강자에게 허리를 굽히고 약자를 핍박하는 것이었다.

돈이 되는 일이라면 파렴치한 짓도 마다하지 않았던 세월이었다.

도둑질은 물론이고 강도 짓도 망설이지 않았다.

철전 한 닢을 빼앗기 위해 일면식도 없는 사람의 등에 비수를 꽂은 일도 있었다.

그러고 보니 이제껏 착한 일을 한 적이 있었던가 싶었다.

생각나는 것은 모두가 손가락질받을 만한 일뿐이었다.

후회가 되었다.

왜 그랬을까 싶었다.

눈물이 하염없이 흘렀다.

꺼어어, 으흐엉──

방종은 어깨를 들썩이더니 기어코 울음을 터트렸다.

"쳇, 사내 녀석이 이 정도로 울기는…… 뚝!"

혈도를 찍어 입을 벌리면 될 것을 굳이 실랑이를 벌이던 사후는 방종이 대성통곡을 하자 멋쩍은 얼굴로 손을 풀었다.

독주를 눈앞에 두고 버티는 방종을 보며 느긋하게 앉아 있던 봉삼도 풀썩 웃고는 그만하라는 손짓을 했다.

"그렇게 먹기 싫다면 어쩔 수 없지."

"그냥 무림맹 뇌옥에 한 십 년 동안 처박아 놓을까?"

사후가 방종을 힐끗거리면서 겁을 줬다.

딸꾹! 딸꾹!

어느새 울음을 그친 방종이 무림맹 뇌옥이라는 말에 놀라 딸꾹질을 해 댔다.

"무림맹 뇌옥? 그거 좋은 생각인데."

순간 봉삼의 머리에 기가 막힌 생각이 떠올랐다.

방종이 하는 짓을 봐서는 당장 혈파도를 손에 쥐어 줘 봐야 십 리도 못 가서 칼을 맞을 것이 뻔했다.

그렇다고 데리고 다닐 수도 없고, 선인곡으로 보낼 수도 없었다.

박첨지의 경우처럼 산속에 한 십 년 정도 처박아 놓는 것이 딱 맞기는 한데 이놈은 기본이 없어도 너무 없었다.

이래저래 고민이 많던 차에 한 방에 고민이 해결되었다.

봉삼은 방종을 보며 빙그레 웃었다.

'흐흐흐, 이로써 네놈의 거주지는 결정되었다.'

"말만 해라. 이래 뵈도 내가 무림맹주 아들 아니냐. 원한다면 평생을 처박아 둘 수도 있다."

봉삼의 말에 사후는 한술 더 떠서 진지한 표정으로 말했다.

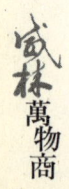

듣고 있던 방종의 얼굴이 푸르죽죽해졌다.

'쓰벌, 진짜 무림맹주 아들인가? 에이, 설마 아니겠지. 아닐 거야. 무림맹주의 아들이 나 같은 잡배한테 이럴 이유가 없잖아? 간단하게 목을 치면 그만인데.'

방종은 설마 했다.

무림맹주는 고사하고 그 아들이라고 해도 방종에게는 별천지의 사람이었다.

말 한 번 섞는 것도 언감생심 꿈도 못 꿀 일이고, 부딪칠 이유는 더더욱 없었다.

그리고 사후이 말투나 행동을 봐서는 정파의 상징인 무림맹주의 아들이라는 말은 허풍으로 들렸다.

차라리 사혈맹주의 아들이라고 하면 모를까.

방종이 사후의 정체에 대해 갈팡질팡하는 사이 봉삼은 만포대를 끌러 무엇인가를 열심히 찾고 있었다.

"어디에 처박혔기에 안 집히는 거야."

만포대에 어깨까지 집어넣어 한참을 휘젓던 봉삼의 입가에 미소가 걸렸다.

"옳지! 여기에 있었구나."

봉삼은 씨익 웃으며 만포대에서 손바닥만 한 크기의 목곽을 꺼냈다.

견고해 보이는 것 말고는 별 특징이 없는 것이 시중에서 흔히 볼 수 있는 그런 물건이었다.

"거참, 보면 볼수록 신기하단 말이야. 겉보기에는 홀쭉한데 별의별 물건이 다 나오니."

사후가 신기하다는 얼굴로 만포대와 봉삼의 손에 들린 목곽을 번갈아 쳐다봤다.

보면 볼수록 신기하고 탐이 나는 물건이었다.

만포대 끄트머리를 슬쩍 쥐고는 재질을 살피던 사후가 넌지시 물었다.

"봉삼아, 나도 어떻게 하나 안 될까?"

"세상에 딱 두 개뿐인 물건이다."

"두 개? 잘됐네. 그럼 한 개는 나한테 넘기면 딱 맞겠다."

사후는 헤벌쭉하게 웃으며 만포대를 쓰다듬었다.

"이거는 내가 써야 하니 안 되고, 나중에 나머지를 쓰고 있는 임자를 만나면 잘 얘기해 봐라."

"그게 누군데?"

"우리 사부."

봉삼은 히죽 웃었다.

"쳇! 그림의 떡이구면."

만포대가 없던 시절, 선조들은 특수한 마차를 제작해서 신병이기들을 싣고 다녔다고 한다.

선인곡에 만물전이라는 별칭이 붙은 이유도 마차에 온갖 신병이기와 영약을 가득 싣고 다닌 것에서 비롯된 것이었

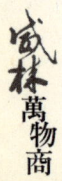

다.

그러다가 선조 한 분이 서역에서 마법이라 부르는 특이한 기술을 접하시고는 술법의 대가인 만련자 장로의 선조에게 만포대를 만들도록 하셨다고 한다.

그 후 수많은 실패를 거듭하며 삼 대에 걸쳐 연구한 끝에 탄생한 것이 만포대였다.

차원의 경계에 있는 공간을 이용한 것이라는데, 하여튼 작금에 와서는 만물전에 없어서는 안 되는 물건 중 하나였다.

탁.

목곽을 탁자에 올려놓은 봉삼은 뚜껑을 열고는 신중한 표정으로 내용물을 확인했다.

목곽 안에는 호두알 크기의 환단 세 개가 나란히 들어 있었다.

봉삼은 청, 홍, 적색으로 뚜렷이 구분되는 환단 중 청색의 환단을 집어 들더니 사영을 돌아봤다.

"사영아, 이걸 보니 옛 기억이 새록새록 떠오르지 않나?"

목곽을 열 때부터 환단을 뚫어져라 쳐다보던 사영이 미간을 찌푸리며 입을 열었다.

"말도 마십시오. 저뿐이겠습니까? 그거 먹고 염라대왕 앞으로 끌려갈 뻔한 사람이 한둘이 아닙니다. 보기만 해도 경기를 일으킬 정도면 말 다한 것 아니겠습니까."

사영은 생각하기도 싫다는 듯 진저리를 쳤다.

그 모습을 본 사후가 코를 킁킁거리더니 고개를 갸웃거렸다.

"냄새는 그럴듯한 것이 독단 같지는 않은데 뭐로 만든 거야?"

[호심호뇌단(護心護腦丹)이다.]

"진짜? 진짜 호심……."

사후가 깜짝 놀라 소리치다가 봉삼의 눈짓에 황급히 입을 다물었다.

[쉿! 전음으로 얘기해라.]

[진짜 호심호뇌단이야?]

[진짜지. 그럼 가짜겠냐?]

봉삼의 전음에 사후는 어이가 없다는 얼굴이 되었다.

사후는 영약의 부작용을 고치기 위해 화타의 의서를 비롯해 방대한 양의 의서를 탐독했었다. 거기다 독왕 당명을 통해 온갖 영초와 독초를 먹은 경험도 있었다. 영약에 대해서는 웬만한 연단가는 사후 앞에서 이름을 내밀지 못할 정도였다.

호심호뇌단이라면 사후도 복용을 한 적이 있는 영약이었기에 그 효능과 들어가는 재료를 잘 알고 있었다.

심신을 바르게 하고, 특히 뇌에 사기가 침범하지 못하게

돕는다는 호심호뇌단은 구파일방의 장문 제자나 오대세가
의 장자에게나 복용하게 하는 영단이었다.

연단에 들어가는 재료가 워낙 희귀한 것들이 많은지라
돈이 많다고 해서 구할 수 있는 것도 아니었다.

사후가 기억하는 것만 해도 인형하수오, 명정수, 자심
초, 회령초, 황금봉밀 등 하나같이 희귀한 영초들이었다.

[너 미쳤냐? 저런 잡놈한테 영약을 먹이다니. 지금 제정
신이야?]

[다 이유가 있어서 그러는 거다.]

흥분을 감추지 못하는 사후를 보며 봉삼은 풀썩 웃었
다.

호심호뇌단만 해도 이렇게 방방 뛰는데 나머지 환단이
기활구령환(氣活九靈丸)과 조화신단(造化神丹)인 것을 알
면 기절초풍할 것 같았다.

봉삼은 손바닥에 올려놓은 호심호뇌단을 방종에게 스윽
내밀었다.

"먹어라."

"안 먹으면 안 될까요?"

무릎을 꿇고는 처분을 기다리는 방종의 이마에 한 줄기
식은땀이 주르르 흘러내렸다.

"몸에 아주 좋은 거다. 한입에 삼켜라."

"꼭 먹어야 합니까요? 그냥 먹은 것으로 치면 안 될까

요?"

"쓰읍, 피가 되고 살이 되는 것이다. 믿고 먹어라."

'쓰벌! 너 같으면 그 말을 믿겠냐?'

눈치를 보아하니 독은 아닌 것 같았다. 그렇다고 몸에 좋은 거라는 말도 믿을 수는 없었다.

독주를 먹여 강도 짓을 하려고 한 놈에게 뭐가 예쁘다고 좋은 것을 주겠는가. 자신 같으면 벌써 치도곤을 냈을 것이다.

울상이 된 방종은 될 대로 되라 하는 심정으로 입을 벌렸다.

"흐읍!"

순간 방종이 두 눈이 부릅뜨더니 목을 움켜잡았다.

"컥! 독, 독약을……."

"어쩌 이건 먹는 사람마다 반응이 똑같네."

봉삼은 고개를 절레절레 흔들었다.

모름지기 영단이라면 복용을 하는 순간 알싸한 향기와 함께 부담 없이 넘어가야 하거늘, 월야 파파가 만든 영약은 하나같이 먹는 순간 독단을 먹었다는 착각을 하게 만들었다.

지금도 그랬다. 방종의 얼굴은 푸르죽죽한 것이 영락없이 극독을 먹고 중독된 것처럼 보였다.

"살, 살려 줘!"

"엄살은…… 이제 어느 정도 진정이 될 때가 됐는데."

목을 부여잡고 괴로워하는 방종의 반응을 살피던 봉삼이 두 번째 환단을 집어 들었다.

홍색으로 물들어 있는 환단은 기활구령환(氣活九靈丸)이었다.

호심호뇌단이 뇌의 활성화를 돕고 사기의 침범을 막는 것이라면, 기활구령환은 대맥과 세맥에 찌들어 있는 탁기를 몰아내는 데 탁월한 효능이 있는 영단이었다.

보통 내공 수련은 어린 나이에 기초를 잡아야 하는 법이나.

열 살 전후가 되면 화식을 한 탓에 싸인 탁기가 기맥을 막기 마련이다. 간혹 특이한 신체가 있어 상대적으로 탁기가 적게 쌓인 사람도 있긴 하지만 아주 드문 경우다.

그래서 늦은 나이에 내공을 연마하게 되면 아무리 노력을 해도 빛을 보지 못하게 된다.

기연을 얻어 영약을 복용한다고 해도 그 효능을 제대로 보지 못하고, 그저 신체를 튼튼하게 만드는 것으로 그치게 되는 것이다.

그래서 고수들에게는 내력을 증진 시키는 효능을 보이는 영약이 범인에게는 보신의 효능만 나타나는 것이다.

[이번에도 영단은 아니겠지?]

기활구령환을 미심쩍은 눈으로 쳐다보던 사후가 전음을

날렸다.

[기활구령환이다. 들어는 봤지?]

[컥! 기활구령환? 대체 뭐하자는 거야?]

호심호뇌단만 해도 어이가 없는데 기활구령환이라니, 사후의 입이 딱 벌어졌다.

사후의 눈이 휘둥그레진 반면 봉삼은 대수롭지 않다는 표정이었다.

[뭐하기는 벌모세수하기 전에 먹이려는 거지.]

[벌모세수! 그게 가능하냐? 저놈 나이가 서른은 됐을 텐데.]

[호심호뇌단과 기활구령환이 만나면 가능하다.]

봉삼은 자신만만한 표정이었다.

사후는 어이가 없었다.

벌모세수는 아이가 태어나고 백일 안에 시행을 하는 것이 상식이었다. 기맥이 전혀 막히지 않은 상태의 아이를 온갖 영초가 녹아든 영수에 일 주야 동안 담구고 정순한 내력을 가진 고수가 추궁과혈을 해도 성공을 장담하지 못한다는 것이 벌모세수였다.

그런데 서른은 족히 되는 사내에게 하겠다니…….

사후가 보기에는 말도 안 되는 일이었다.

"개정벌모세수대법(開頂伐毛洗髓大法)라는 것이 있는데, 효과가 아주 탁월하거든. 두 가지 영약이 꼭 들어가야

112

한다는 것과 최소한 화경의 경지에 올라선 고수가 있어야
한다는 제약이 있기는 하지만 효과만큼은 확실해."

"말도 안 돼! 그럼 누구든지 고수가 될 수 있다는 소리잖
아. 네 말대로라면 세상에 넘치는 게 고수겠다."

사후가 말도 안 된다는 얼굴로 따졌다.

"거참, 말귀를 못 알아듣네. 말했잖아. 두 가지 영약과
화경의 경지에 오른 고수가 있어야 한다고. 그리고 개정벌
모세수대법에도 정통해야 하고 말이야."

"그, 그래도……."

사후가 빈박힐 말을 찾지 못해 더듬는 사이, 봉삼은 약
기운을 이기지 못하고 쓰러져 있는 방종의 상태를 살피며
말했다.

"한 가지 예를 들자면 너의 부작용을 치료하는 방법도
개정벌모세수대법과 원리는 같아. 너의 몸에 뭉쳐 있는 영
약의 기운을 자연스럽게 풀어내면서 환골탈태를 유도하는
것이니까. 물론 아무나 할 수 있는 것은 아니고 말이야. 내
가 알기로 딱 한 분뿐이지."

봉삼은 자랑스러운 표정으로 어깨를 으쓱거렸다.

부작용의 치료법에 관한 얘기가 나오자 사후의 눈이 반
짝였다.

"그분이 너의 할머니시구나. 독왕 영감님의 사부님이시
라는…… 맞지?"

"독왕 영감님의 사부인지는 모르겠고, 우리 할머니인 것은 맞다."

"대체 어떤 분이시기에…… 독왕 영감님의 경우만 봐도 대단한 분이라는 건 짐작하겠는데, 도무지 상상이 안 간다."

"만나게 되면 정신 바짝 차려야 할 거다. 후후후."

봉삼은 월야 파파의 괴팍한 성정을 떠올리며 미소를 지었다.

봉삼에게는 한없이 자애로운 할머니지만 선인곡 사람이라면 사부를 비롯해 장로들까지 설설 기게 만드는 누구도 못 말리는 여장부였다.

파파를 만나는 순간, 사후는 후회를 거듭하게 될지도 몰랐다.

파파의 이름만 듣고도 벌벌 떠는 사영처럼 말이다.

"사영아, 이제 시작하자."

"네! 전주님."

사영이 방종을 일으켜 가부좌를 틀게 한 뒤 뒤에서 어깨를 떠받치자 봉삼이 완맥을 거머쥐고 방종의 안색을 유심히 살폈다.

전체적으로 푸르죽죽하던 얼굴색은 어느새 정상으로 돌아와 있었다.

미처 밀어내지 못한 사기(邪氣)가 미간에 남아 있기는

했지만 이 정도면 만족할 수준이었다.

호심호뇌단의 약발이 제대로 먹힌 것을 확인한 봉삼은 기활구령환을 방종의 입에 넣어 주고는 목에 있는 혈도를 자극했다.

꾸르르—

방종의 목젖이 움직이는가 싶더니 기활구령환이 녹아내려 가는 소리가 들렸다.

"사영아, 자리를 바꾸자."

"네! 전주님."

자리에서 일어난 사영은 대법을 시전하는 동안 무방비 상태가 되는 봉삼을 위해 두 눈을 번뜩이며 주위를 경계했다.

사영이 자리에서 일어나자 봉삼이 방종의 등에 장심을 붙이고는 오행의 기운 중 토(土)의 기운을 끌어올렸다.

그러자 봉삼의 장심이 황금빛으로 물들기 시작했다.

그와 동시에 방종의 신형이 움찔거리더니 시간이 지날수록 부르르 떨었다.

그렇게 일각 정도가 지나자 방종의 머리에서 수증기가 피어오르더니 피부에서 찐득한 진액이 흘러나왔다.

심지어는 고뿔에 걸린 것처럼 코에서도 누런 진액이 흘러내렸다.

탁해 보이는 빛깔에 시큼털털한 냄새가 진동을 하는 진

액은 방종의 온몸을 흠뻑 적시고 나서야 더 이상 나오지 않았다.

"휴우—."

나직한 한숨을 내쉰 봉삼이 장심을 거뒀다.

장심을 거두자 방종의 신형은 힘없이 꼬꾸라졌다.

고약한 냄새가 코를 찌르고 온몸이 진액으로 범벅이 되었건만, 기분 좋은 꿈이라도 꾸는지 방종의 입가에는 미소가 한가득 걸려 있었다.

"대체 몸 관리를 어떻게 했기에 이렇게 애를 먹이는 거야?"

봉삼은 모로 누워 있는 방종을 향해 눈을 부라리며 투덜거리더니 몸을 일으켰다.

휘청—

"으윽!"

"괜찮으십니까?"

호법을 서고 있던 사영이 얼른 다가와 부축하며 물었다.

"괜찮아. 잠깐 쉬고 나면 괜찮아질 거야."

"정말 괜찮은 거야?"

코를 쥐어 막고 인상을 쓰고 있던 사후도 걱정스런 얼굴로 물었다.

얼굴색이 창백하고 일어나면서 신형을 휘청거리는 것이

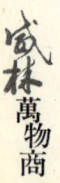

꽤나 힘들어 보였다.

"괜찮다니까. 워낙에 탁기가 많이 쌓여 있어서 내력 소모가 많았을 뿐이야."

"좀 쉬어야 할 것 같다. 얼굴색도 그렇고, 많이 피곤해 보인다."

"쉬더라도 마무리는 해야지. 끙차!"

힘겹게 자리에서 일어난 봉삼은 마지막 남은 검은색의 환단을 집어 들었다.

"그것도 영약이냐?"

이제는 포기했는지 사후가 덤덤한 목소리로 물었다.

"조화신단(造化神丹)이야"

"컥! 그거 일 갑자의 내공을 증진시킨다는 영약 아니야?"

이제는 적응이 될 만도 하건만 사후의 입은 쩍 벌어진 채 다물어질 줄을 몰랐다.

"흐리멍덩한 머리는 호심호뇌단이 어느 정도 해결을 해줄 테니 됐고, 탁기가 쌓인 신체도 벌모세수를 했으니 이제 잠력을 불어넣어 줘야지."

"대체 이렇게까지 하는 이유가 뭐냐? 심성이 맑은 것도 아니고, 재질이 좋은 것은 더더욱 아니고, 고수로 만들어서 수하로 부릴 것도 아닌 것 같은데……. 도무지 이해가 안 간다."

"이유라……. 나도 아직은 완전히 이해가 안 되기는 마찬가지다. 그저 인연이 이끄는 대로 행하는 것일 뿐이지."

방종은 꿈에도 모를 것이다. 평생을 찾아 헤매도 인연이 없으면 만나지 못한다는 기연이 자신에게 왔음을.

봉삼은 묘한 미소를 짓고는 조화신단을 방종의 입에 넣어 주었다.

조화신단이 방종의 입으로 사라지는 모습을 보는 사후의 얼굴에는 못마땅하다는 기색이 역력했다.

아무리 좋게 생각을 해도 방종은 천고의 영약을 먹을 자격이 없었다. 복인복과(福因福果)라고. 여태껏 착한 일을 하거나 인정을 베푼 적이 없어 보이는 놈에게 너무나 과한 기연이었다.

불만이 가득한 사후의 얼굴을 보며 봉삼은 내심 쓴웃음을 지었다.

협기를 지닌 협사이든 아니면 사악함으로 똘똘 뭉친 마두든 일단 혈파도가 선택한 연자이니 기회를 줘야 했다.

그것은 만물전의 법칙이었다.

그리고 만물전의 전주인 봉삼은 정화를 마친 혈파도의 새로운 연자가 스스로 신병을 지킬 수 있는 발판을 마련해 줘야 할 의무가 있었다.

기연이 인연이 될지 악연이 될지는 모든 것이 방종이 하기 나름이었다.

이제 혈파도를 다시 회수하는 그날까지 봉삼은 그저 지켜볼 뿐이었다.

武林萬物商

5
장

무림맹을 나서다

武林萬物語

사영에게 방종의 뒤처리를 맡긴 봉삼은 사후와 함께 잠룡각으로 돌아왔다.

내력의 소모가 심했는지 봉삼은 꼬박 하루를 잠을 자는 것으로 보냈다.

"끄응!"

신음성을 흘리며 눈을 뜬 봉삼은 주위를 둘러봤다.

일전에 사후와 다투며 난장판을 만들었던 사후의 거처였다.

다시 눈을 감았다.

몸이 물먹은 솜처럼 무거웠다.

개정벌모세수대법을 시전한 후유증이었다.

함부로 몸을 굴리면서 살아온 방종의 탁기가 예상외로 많았던지라 무리를 했다.

생기속근단(生肌續筋丹)을 복용했음에도 비어 버린 단전은 좀처럼 채워지지 않았다.

운기조식이라도 해 볼까 하다가 이내 마음을 바꿨다.

봉삼은 따로 운기조식을 하지 않아도 자연의 기운을 받아들일 수 있었다.

가부좌를 틀고 하는 좌공이나 서서 하는 입공이나 봉삼에게는 별다를 것이 없었다.

심지어 누워서 하는 와공도 마찬가지였다.

가만히 있는 것보다 약간 빠르게 모이기는 했지만 그리 큰 차이는 없었다.

그것은 봉삼의 특이한 신체 때문이었다.

봉삼과 같은 특이한 신체를 강호의 식자들은 공령지체라고 불렀다.

무공을 익히기에 최상의 신체라는 천강지체나 하늘이 시샘하여 내린 형벌이라는 구음절맥 또한 백 년에 한 번 꼴로 태어나는 특이한 신체지만, 공령지체에 비할 바는 아니었다.

기감이 뛰어나 천지 만물과 소통할 수 있으며 자연의 기운을 자유롭게 이용하기에 내공의 축적이 따로 필요 없는 최상의 신체. 그러하기에 사람들은 공령지체를 일러 하늘이 내리는 최고의 신체라고 말하기를 주저하지 않았다.

꼬르륵!

하루 종일 잠을 잔 데다 체력 소모가 심했던 터라 뱃속에서 먹을 것을 달라는 투정을 부렸다.

비어 버린 단전이야 시간이 지나면 알아서 채워 질 테니 조급해 할 필요는 없었다.

지금은 텅텅 비어 버린 위장을 채우는 것이 더 급했다.

먹을 만한 것을 찾아 밖으로 나가려는데 발자국 소리가 들렸다.

끼이익!

문이 열리면서 사영이 머리를 들이밀었다.

"전주님! 일어나셨습니까?"

"그렇지 않아도 나가려던 참이다."

"괜찮으십니까? 아직 회복이 안 되신 것 같습니다."

사영이 걱정스런 표정으로 물었다.

"괜찮다. 그런데 사영아, 네 옷이…… 어떻게 된 거냐?"

사영은 비영각의 단체복이라 할 수 있는 검은 야행복 대신 알록달록한 비단 장삼을 입고 있었다.

"그것이, 야행복을 입은 채로 돌아다니면 눈에 잘 띌 것 같다고 담 공자께서 한 벌 사 주셨습니다. 하하하."

사영은 뒤통수를 긁으며 겸연쩍은 듯 웃었다.

"내가 보기에는 지금이 더 잘 띌 것 같은데."

봉삼은 사영의 옷을 가리키며 웃음을 지었다.

늘 야행복을 입고 다니는 것만 보다가 비단 장삼을 입은 모습이 새롭기는 했다.

사영도 새 옷이 마음에 드는지 흡족한 얼굴이었다.

"그건 그렇고, 마무리는 잘하고 온 거냐?"

"네! 전주님. 지시하신 대로 처리했습니다."

"의심은 하지 않던?"

"담 공자님 덕분에 수월하게 처리했습니다. 처음에는 울고불고 매달리더니 하루가 지나니까 바로 적응을 하더군요."

"그래? 내공 심법과 혈파도법의 구결은 제대로 전해 줬고?"

"네. 호심호뇌단을 복용해서 그런지 대여섯 번을 불러 주니 달달 외우더군요."

봉삼의 물음에 사영은 흡족한 미소를 지었다.

그 모습을 보며 봉삼이 혀를 찼다.

"쯧쯧쯧. 안 봐도 훤하다. 어지간히 쥐어박았겠구나."

아무리 호심호뇌단이 뇌를 보호하고 맑게 해 준다고는 하지만 갑자기 머리가 좋아진다거나 기억력이 높아지는 것은 아니었다.

"무림맹 뇌옥에 갇혀 평생을 썩느니 자진을 하겠다고 설치기에, 살짝, 아주 살짝 몇 대 쥐어박았습니다. 절대 개인

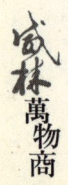

126

적인 감정은 없었습니다. 정말입니다! 크흠!"

사영은 변명을 하고는 난처한 얼굴로 헛기침을 터트렸다.

봉삼은 풀썩 웃었다.

하긴 말보다 주먹이 잘 먹힐 때도 있는 법이고, 따지고 보면 모두가 방종을 위한 일이었다.

물론 당사자는 이를 부득부득 갈겠지만 말이다.

방종을 굳이 무림맹 뇌옥에 집어넣은 이유는, 안전하다는 이유도 있었지만 더욱 큰 이유는 잡념을 없애 빠른 시간 안에 밑바탕을 만들게 하기 위함이었다.

지금은 꿈에도 모르고 있지만 시간이 지나면 자신의 상태가 전과 다르다는 것을 눈치챌 것이었다.

그러면 다듬어지지 않은 어설픈 능력을 믿고 불길을 향해 달려드는 불나방처럼 날뛸 것이 분명했다.

"뇌옥에 가둬두는 기한은 어떻게 했지?"

"전주님, 지시대로 삼 년으로 해 놓았습니다. 죄명은 무림맹 서고에 무단 침입을 했다가 잡힌 것으로 꾸몄습니다. 그 외 잡다한 부분까지 담 공자께서 신경 써 주셔서 수월하게 마무리했습니다."

"삼 년이라……. 그 정도면 충분하겠어. 그 시기에 맞춰 혈파도를 전해 주면 끝이 나겠군. 좋아! 혈파도에 대해서는 이제 손을 떼고, 애기손에 집중하자고. 비영의 현재 위치는 어디지?"

"정주 인근에 있다는 전갈을 방금 받았습니다."

"정주라……. 빠르게 이동하면 사흘 안에 합류할 수 있겠군. 그 외 다른 소식은 없나."

봉삼은 현재의 몸 상태를 감안한 이동 시간을 꼽아 보고는 고개를 끄덕였다.

"정주에서 추적의 실마리를 놓친 상태라는 것 외에는 특별한 전언이 없었습니다."

"그래? 이럴 때 설향모가 있으면 만련자 장로도 그렇고, 흉수를 찾는 데도 큰 도움이 될 텐데. 정작 필요할 때는 없으니……. 아쉽네, 아쉬워."

봉삼이 사부를 따라나선 것으로 짐작되는 설향모를 떠올리며 아쉬워하자 사영이 입에 미소가 걸렸다.

"저, 얼마 전에 설향모가 돌아왔습니다."

"돌아왔다고? 설향모는 사부를 따라나선 것이 아니었나?"

봉삼이 되묻자 사영의 미소가 짙어졌다.

"저희도 그런 줄 알았습니다. 그런데 얼마 전에 돌아왔습니다. 그리고 혼자 온 것이 아니라 새끼를 달고 왔습니다."

"새끼?"

봉삼이 놀라는 얼굴로 물었다.

그러자 사영이 만면에 웃음을 지으며 말했다.

"네! 그것도 다섯 마리나 낳아서 왔습니다. 아마 영물인

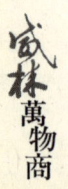

지라 새끼 낳는 것을 보이고 싶지 않았나 봅니다."

"헛! 다섯 마리씩이나? 그놈 큰일 했네. 그런데 설향모와 짝이 될 만한 놈이 있나? 내가 알기로는 설향모는 영물이라 웬만한 다람쥐는 거들떠보지도 않을 텐데?"

사윗감에 대해 궁금해 하는 아비마냥 봉삼은 설향모의 짝에 대해 궁금했다.

"마누라와 새끼가 걱정되는지 주위를 배회하는 것을 몇 번 본 적이 있습니다. 영물까지는 아니지만 그놈도 만만찮게 영악한 놈이던데요."

사영은 설향모의 짝에 대해 말하며 히죽거렸다.

"그래? 어떤 놈인지 궁금하네. 얼마나 잘난 놈이기에 설향모의 마음을 뺏은 거지? 고놈 참 신통한 놈일세."

봉삼은 딸자식을 시집보낸 아비마냥 흐뭇했다.

영물이란 것이 영성이 통해야 따르는 습성이 있는지라 선인곡의 영물들 대부분이 봉삼보다는 사부를 따랐다.

한데 설향모는 달랐다. 사부보다 선기가 약한데도 유독 봉삼을 따랐다.

유달리 자신을 따르던 설향모를 차지한 놈이 괘씸하면서도 왠지 마음이 푸근한 것이 마음이 뒤숭숭했다.

"그럼 설향모를 움직여서 만련자 할아범을 찾으면 되겠군. 그 뒤에는 흉수를 쫓는 일에 투입하고 말이야."

봉삼은 한시름 덜었다는 얼굴로 말했다.

그러자 사영이 난감하다는 얼굴로 뒷머리를 벅벅 긁었다.

"그렇지 않아도 만련자 장로님이 계신 곳을 알아보려고 시도를 해 봤습니다. 그런데 새끼들 때문인지 꼼짝을 하지 않습니다. 아시다시피 노전주님이나 전주님의 명만 듣는 놈인지라 저희 말은 들은 척도 하지 않습니다."

"쩝. 워낙 까칠한 놈이니 그럴 수도 있겠군."

봉삼은 평소에도 도도함을 잃지 않던 설향모를 떠올리고는 피식 웃었다.

겉보기에는 털 색깔만 특이할 뿐 여타 다람쥐와 별반 다를 것이 없지만 설향모에게는 특이한 능력이 있었다.

그것은 상상을 뛰어넘는 후각과 영성이었다.

후각이 발달한 사냥개라 할지라도 대상이 십 리를 벗어나면 추적이 어려워지기 마련이다.

한데 설향모는 무려 백 리에 달하는 거리에 있는 대상도 찾아낼 수 있었다.

거기에 영물답게 추적하는 속도 또한 빠른지라 사람을 추적하는 데는 안성맞춤이었다.

문제는 사영의 말대로 사부나 자신의 말이 아니면 콧방귀도 뀌지 않는다는 점이었다.

아무리 뛰어나면 무엇하겠는가. 당장 쓸 수 없으니 다 헛것인 것을.

곰곰이 생각하던 봉삼은 이윽고 입을 열었다.

"여기 일을 마무리하는 대로 출발할 테니 그동안 놈들의 은거지를 파악해 놓으라고 해."

"알겠습니다. 전주님."

사영이 읍을 하며 고개를 숙이자 봉삼은 재차 당부했다.

"그리고 섣불리 움직여서 화를 부르는 일이 없도록 하라고 전하도록 하고."

"존명!"

봉삼에게 허리를 깊게 숙여 예를 올린 사영은 품속에서 복면을 꺼내 쓰려다가 멈칫했다.

붉은 비단으로 만든 상삼에 검은색 복면은 아무리 봐도 어울리지 않았다.

복면을 품속에 다시 갈무리한 사영이 고개를 숙였다.

"그럼 비영각 일조장 사영. 이만 물러가겠습니다."

사영이 사라지는 난 뒤 봉삼도 자리를 박차고 일어났다.

*   *   *

꽝! 쩌쩍.

애꿎은 탁자가 박살이 났다.

"무슨 말도 안 되는 소리냐? 혼자 간다니?"

당명의 고함이 쩌렁쩌렁 울렸다.

분통을 참지 못한 얼굴빛이 심상치 않았다.

손에 쥔 곰방대에 푸르스름한 기운이 아른거렸다.

봉삼은 박살이 난 탁자를 힐끗 쳐다봤다.

딱 봐도 탁자의 생명은 끝나 있었다.

'거참. 노인네 성질머리 하고는.'

"급한 일이 생겼다 하지 않았습니까."

퉁명스런 대꾸에 당명의 추궁이 이어졌다.

"그러니까, 그 급한 일이라는 것이 뭐냔 말이다."

"이제까지 듣고도 무슨 말인지 못 알아들으셨습니까?"

일방적인 통보에 도발적인 언사였다.

당치도 않다는 얼굴로 따지던 당명은 답답하다는 듯 가
슴을 쳤다.

"말 돌리지 말고 제대로 된 이유를 대란 말이다."

"사문의 일이라 자세히 말씀드리기는 곤란합니다."

봉삼은 단호하게 자르고는 입을 다물었다.

조개마냥 입을 꾹 다문 모습에 당명의 송충이 같은 눈썹
이 부르르 떨렸다.

싸가지가 없어도 너무 없었다.

주먹으로 얄미운 주둥이를 후려치고 싶은 마음이 간절했
다.

양껏 쥐어박고 나면 속이 시원할 것 같았다.

하지만 그럴 수는 없었다.

칼자루를 쥐고 있는 쪽은 봉삼이었다.

더구나 어설픈 실력 행사는 통하지도 않을 놈이었다.

"휴우우—."

울화를 다스리기 위해 심호흡을 깊게 한 당명이 누그러진 목소리로 봉삼을 달랬다.

"사문이고 오문이고 간에 약조를 했으면 지켜야 할 것이 아니냐? 남아일언 중천금이라 했다. 무릇 남아라면 자신의 말에 책임을 져야 하는 법이다."

"약조라니요? 제가 언제 약조를 했다 그러십니까? 누가 들으면 제가 약조도 지키지 않는 파렴치한 놈인 줄 알겠습니다."

봉삼은 무슨 소리냐는 얼굴로 딱 잡아뗐다.

애당초 고분고분하게 따를 당명이 아니었다.

한바탕 설전이 오고 가리라 예상했다. 어쩌면 주먹다짐을 하는 사태가 일어나리라 생각했다.

성질 급한 당명이라면 충분히 있을 수 있는 일이었다.

어떻게 하면 당명을 떼어 놓을까 궁리하던 봉삼이 선택한 것은 오리발을 내미는 것이었다.

오리발이 안 되면 닭발이라도 내밀 생각이었다.

"이놈아, 이제 와서 오리발을 내밀면 어쩌자는 것이냐? 그때 분명히 네놈 입으로 말하지 않았느냐? 사부님을 만나게 해 주겠다고. 당장은 힘드니 기별을 넣겠다고 하지 않았느냐?"

"음, 제가 그랬던가요?"

봉삼은 고개를 갸우뚱거리며 물었다.

당명의 눈썹이 곤두섰다.

의뭉스런 얼굴을 보고 있자니 분통이 터졌다.

저놈의 뱃속을 가르면 천 년 묵은 이무기가 똬리를 틀고 앉아 있을 것 같았다.

휴우우—

다시 한 번 심호흡을 깊게 해 보지만 영 약발이 안 먹혔다.

"참아야 하느니. 참아야 하느니. 참아야 하느니."

주문을 외우듯 중얼거리는 얼굴이 애달프기 그지없었다.

'이러다 주화입마에 드시는 것 아닌가 모르겠네. 쩝.'

곁에서 보고 있던 사후는 입맛을 다셨다.

일방적으로 당하는 당명을 보니 안쓰러웠다. 그렇다고 편을 들어줄 수도 나서 줄 수도 없었다.

봉삼과 이미 입을 맞춘 후인지라 그저 후딱 끝나기만을 기다리는 수밖에는 별도리가 없었다.

울화를 가라앉힌 당명은 응원군을 청했다.

말을 아끼고 있는 백자운이었다.

"여기 자운이도 분명히 들었거늘. 발뺌을 하려는 게냐?"

"글쎄요. 기억이 가물가물한 것이 그랬던 것 같기도 하고, 아닌 것 같기도 하고."

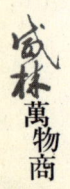

봉삼은 시치미를 뗐다.

"허허허!"

당명의 입에서 허탈한 웃음이 흘러나왔다.

능글맞은 봉삼을 상대로 더 따져 봐야 얻는 것이라고는 주화입마밖에 없을 것 같았다.

당명이 백자운을 돌아보며 눈짓을 했다. 자신보다 말주변이 월등히 나은 백자운이라면 상대가 될 것 같았다. 어쩌면 시원스럽게 해결을 할 수 있을지도 몰랐다.

"이보게 봉삼이."

독촉의 눈빛을 받은 백지운이 봉삼을 넌지시 불렀다.

"네, 노문주님. 말씀하십시오."

"사문의 일이라 하니, 더 이상 강권을 하기는 어렵구면."

"옳으신 말씀이십니다. 과연 연륜이 깊으신 분은 다르십니다."

봉삼은 기다렸다는 듯이 백자운을 추켜세웠다.

막무가내인 당명보다 체면을 따지는 백자운이 다루기가 쉬웠다.

"하지만 말일세. 인지상정이라고 했거늘. 약속을 해 놓고 딱 잡아떼는 것은 여러모로 보기가 안 좋구면."

"크흠! 그 점에 대해서는 사과를 드리겠습니다. 제가 생각이 짧았던 것 같습니다."

봉삼은 백자운에게 정중히 사과를 했다.

그 모습을 보는 당명의 눈초리가 부르르 떨렸다. 차별을 해도 어느 정도가 있지 자신한테는 오리발도 모자라 닭발까지 내밀더니, 백자운에게는 저렇게 공손하게 대하는 것도 모자라 사과까지 하다니. 어이가 없었다.

더구나 사과를 받아야 할 사람은 자신이 아닌가? 뒷목이 뻣뻣한 것이 풍이라도 올 것 같았다.

"명이, 저 친구가 자네의 조모님을 뵙기를 갈망했던 세월이 무려 칠십 년이네. 이번 기회가 아니라면 언제 기회가 있을지 장담할 수 없지 않겠나. 부디 넓은 마음으로 방법을 찾아보게나."

백자운의 당부가 끝나자 당명이 애처로운 눈빛으로 한마디 거들었다.

"이놈아, 네 나이가 벌써 아흔이다. 언제 북망산천에 주거지를 옮길지 모르는 나이인데. 어떻게 맥없이 기다리라는 말을 하느냐. 네놈도 생각이 있으면 말을 해 봐라."

당명은 아예 사정조로 말했다.

봉삼은 슬슬 본론을 꺼낼 때가 되었다는 생각이 들었다.

"그러면 이렇게 하시죠."

"어떻게 말이야?"

낚싯대를 드리우자 바로 당명이 달려들었다.

"말씀드렸다시피 전 사문의 일을 수행하러 가야 합니다.

그 누구와도 동행을 해서는 안 되는 일입니다. 떼를 쓰신다고 되는 일이 아니란 말입니다."

"천하의 독왕이니라. 도움이 되면 되었지. 폐가 될 일은 없을 것이다."

"도움이 되고말고의 문제가 아닙니다. 외부의 도움을 받을 일도 아니거니와 알릴 일도 아니기 때문에 그러는 겁니다."

"섭섭하구나. 할머니의 제자에게 남이라니."

"어쩔 수 없습니다. 영감님이 할머니의 제자가 맞다한들 바뀌지 않는 일입니다."

봉산은 단호하게 당명의 말을 잘랐다.

"그럼 어떻게 하자는 것이야? 결국은 혼자 가겠다는 말이 아니더냐?"

"가기는 혼자 가되 할머니께 기별을 넣겠습니다. 어차피 사후의 부작용을 고쳐 달라는 청을 넣을 겸 연락을 하려고 마음먹고 있었습니다. 그리하면 굳이 저를 따라오시지 않아도 할머니를 만나 뵐 수 있습니다. 어떻습니까? 이렇게 해 드리면 되겠습니까?"

봉삼은 백자운을 향해 눈빛으로 의중을 물었다.

백자운이 고개를 끄덕이며 수긍을 했다.

이제 쐐기를 박을 차례였다.

봉삼은 사후에게 슬쩍 눈짓을 했다.

"그렇게 하세요. 봉삼이도 나름대로 사정이 있어서 그러는 것 아니겠어요. 독왕 할아버지께서 이번에는 양보를 하세요. 중요한 것은 은사 되시는 분을 만나시는 것이지, 봉삼이를 따라가는 것이 아니잖아요."

"누가 그걸 모른다더냐. 막무가내로 혼자 떠난다고 하니까 그랬던 게지. 크흠, 그럼 사부님이 계신 곳을 알려다오. 사후를 데리고 내가 직접 가도록 하마."

당명은 겸연쩍은 얼굴로 말하고는 봉삼을 힐끔거렸다.

당명의 눈총을 받은 봉삼은 빙그레 웃었다.

입질이 왔으니 이제 끌어당겨야 할 시간이었다.

"잘 생각하셨습니다. 개봉에 가시면 애심원이라는 곳이 있습니다. 개방도 중 아무나 붙잡고 물어보시면 금방 알 수 있는 곳입니다."

봉삼은 개방 방주 구지신개와 엮일 수 있도록 개방도를 언급했다.

"애심원? 거기는 뭐하는 곳이야? 문파나 세가는 아닌 것 같은데."

"가 보시면 압니다."

당명이 의문스런 얼굴로 물었지만 봉삼은 두루뭉술하게 넘어갔다.

"그리고 노문주님께서 동행을 하실 요량이시면 일전에 약속하셨던 은자는 애심원 원주에게 전해 주십시오."

"알겠네. 내 그리하겠네."

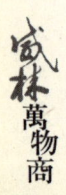

"감사합니다. 노문주님께서 이번에 무리를 많이 하셨다는 것은 익히 알고 있습니다. 덕분에 개봉에서 추진하고 있는 일을 시작할 수 있었습니다. 다시 한 번 감사드립니다."

봉삼은 백자운에게 감사의 예를 올리면서 당명이 반응하기를 기다렸다.

아니나 다를까 당명이 미끼를 덥석 물었다.

"은자라니? 그게 무슨 소리냐? 무슨 일이기에 자운이에게 은자를 융통했더냐?"

"별거 아닙니다. 영감님은 모르셔도 되는 일입니다. 그리고 융통을 한 것이 아니라 거래를 한 것이지요."

"어허, 몰라도 되는 일이라니. 너는 어떻게 그런 섭섭한 소리를 아무렇지 않게 하느냐?"

"구구절절이 말할 사연이 아니라서 그럽니다. 정히 궁금하시면 가셔서 보십시오. 여유가 되시면 도와주셔도 좋고요."

"천하의 독왕이 네놈 앞에만 서면 매번 체면을 구기는구나. 허어."

"혹시 압니까? 개봉에 가시면 체면을 확실하게 살릴 수 있는 방법이 있을지 말입니다."

봉삼은 미끼를 덥석 물고 몸부림치는 당명을 보며 어떻게 요리를 할지 머리를 굴렸다.

하천 정비를 하는 데 들어가는 자금이 생각 외로 많이 드는지라 백자운에게 받은 이만 냥과 앞으로 받을 삼만 냥을 합친다 하더라도 턱없이 모자랐다.

그래서 생각한 것이 경쟁심을 유발시켜 당명에게 기부를 하도록 하는 것이었다.

천검문에 비해 재정이 튼튼한 당가의 전대 가주인 당명이라면 십만 냥 정도는 동원할 수 있을 것이었다.

월야 파파와의 관계를 감안하면 어쩌면 그 이상도 가능할지 몰랐다.

"그럼 그렇게 하시는 것으로 알고 전 이만 일어서겠습니다."

"바로 출발하려고?"

자리에서 일어나는 봉삼을 따라 일어난 사후가 아쉬운 표정으로 물었다.

"알다시피 지체할 겨를이 없다. 마무리를 하는 대로 개봉으로 갈 것이니 그때 보도록 하자."

"후우! 아쉽지만 이미 결정을 한 것이니……. 몸조심하고 내 몫까지 합해서 혼내 줘라."

봉삼은 말없이 고개를 끄덕였다.

"그럼, 개봉에서 보도록 하세. 우리도 용봉지회가 끝나는 대로 출발을 하도록 하겠네."

"이름만 요란한 비무 대회 따위 볼 게 뭐 있어. 당장 출발하면 되지. 우리 먼저 가 있을 테니, 얼른 끝내고 개봉으로 오너라."

당명은 당장 출발할 것처럼 엉덩이를 들썩거렸다.

"개봉에 가시면 할머니 말고도 반가운 분이 계실 겁니다. 오랜만에 만나셔서 회포라도 푸십시오."

"반가운 사람?"

당명이 고개를 갸웃거렸다.

개봉에 아는 사람이라고 해 봐야 개방의 전대 방주인 걸왕이나 그의 제자인 현 방주 구지신개 정도였다.

그마저도 걸왕이 칠 년 전 갑자기 사라진 뒤로는 개봉으로 걸음을 한 적이 없었다.

"가 보시면 아시게 됩니다. 그럼 보중하십시오."

봉삼은 백자운과 당명에게 정중하게 예를 표했다.

*   *   *

사마영은 이틀 만에 비밀 서고에서 나왔다.

담리극이 허락한 시간은 사흘이었지만 강호비록을 읽고 난 후 사마영은 더 이상 비밀 서고에서 한가로이 있을 수가 없었다.

퀭한 눈으로 담리극 앞에 마주한 사마영은 당혹스런 표정이었다.

"맹주님. 강호비록에 담긴 내용 중 어디까지가 진실입니까?"

"충격이 컸었나 보군."

"충격 정도가 아니었습니다. 두렵다는 생각이 들 정도였습니다."

"그랬겠지."

담리극은 사마영의 심정을 충분히 이해할 수 있었다.

자신도 강호비록을 처음 대하던 날, 한동안 충격 속에서 헤어 나오지를 못했으니 말이다.

"이제는 자네와의 대화가 쉬워지겠군. 아니, 통한다고 해야 하나. 왜 귀혼강시에 대해 우려하는지 알 테니 말일세."

"그렇군요. 맹주님과 저는 비밀을 공유하고 있는 셈이군요."

"어떤가? 강호를 송두리째 뒤흔들 수 있는 비밀을 공유한 소감이."

담리극은 충격에 빠져 있는 사마영을 보며 묘한 동질감을 느끼고 있었다.

무거운 짐을 나눠 지었다는 동지애도 느껴졌다.

"차라리 몰랐으면 하는 생각입니다. 강호에 대한 배신감이 들기도 하고요. 혼란스럽습니다. 무엇이 옳고 그른 것인지조차 판단이 안 설 정도로요."

"어쩌겠는가. 본시 세상이라는 곳이 아수라장인 것을."

담담한 목소리만큼이나 담리극의 눈빛은 가라앉아 있었다. 마치 모든 것을 초탈한 것처럼.

"맹주님께서 너무나 무거운 짐을 저에게 지우신 것 같습니다."

사마영이 강호비록을 통해 본 강호는 썩을 대로 썩어 있었다.

정파의 허울을 뒤집어쓰고 암약하는 무리가 부지기수였고, 역천을 꿈꾸는 무리에게 이용을 당하는 줄도 모르고 꼭두각시 노릇을 하는 자들도 상당수였다.

무엇보다 사마영을 경악하게 만든 것은 무려 천 년의 세월 동안 강호를 집어삼키기 위해 암중에서 움직여 온 세력이 존재한다는 것이있다.

그와 반대로 역사의 뒤편에 서서 강호를 지켜 온 사람들이 있다는 것도 알게 되었다.

그리고 그들이 어떤 희생을 치러 가며 강호를 지켜 왔는가도.

사마영이 이제껏 알고 있던 역사는 반쪽짜리였다.

강호비록의 마지막 장을 덮었을 때, 정파의 대들보라는 무림맹 총군사로서의 자부심과 사명감을 갖고 일해 온 사마영은 부끄럽다 못해 자괴감마저 들었다.

"정파라고 해서 모두가 올바른 사고를 가지고 행동을 하는 것은 아니네. 반대로 마교라고 해서 우리가 생각하듯이 잔인무도한 자들이 주를 이루는 것도 아니고 말이네. 때로는 정파의 허울을 뒤집어쓴 무리들이 더욱 파렴치한 짓을 벌일 때도 있는 것이고, 손가락질받는 마도의 무리가 더욱 인간적일 때도 있네. 정이든 마든, 혹은 사든 모두가 사람이 모여 만든 것이 아니던가. 더욱이 무리를 짓고 세를 넓히다 보면 부조리가 생기게 되고 이를 감추다 보면 부패가 되기 마련이지."

제자를 앞에 두고 가르침을 내리는 스승처럼 담리극은 차분하게 말했다.

담리극은 사마영이 혼란스러움을 딛고 빨리 현실에 적응하기를 원했다.

지금은 한가롭게 명분을 따질 때가 아니었다. 실리를 따질 때였다.

탁상공론으로 보낼 시간도 없었다. 위기는 이미 코앞까지 다가와 있었다.

"하지만…… 저는 정파를 대표하는 무림맹의 총군사입니다. 몰랐다면 모르되, 알고서도 좌시할 수는 없습니다."

사마영의 격앙된 목소리에는 굳은 의지가 깃들어 있었다.

담리극은 고개를 가로저었다.

지금은 정의를 표방하며 집안 정리를 할 때가 아니었다. 자칫하다가는 내부에서 모든 것이 무너질 수도 있었다.

"자네가 총군사라면 본인은 무림맹을 대표하는 맹주일세. 나라고 왜 괴리감이 없었겠는가? 칼을 들어 썩은 환부를 들어내고 싶었지만 그럴 수는 없었네. 아직은 때가 아

니기에 참아야만 했네. 지금도 마찬가지네. 지금은 앞으로
닥쳐올 환란에 대비를 해야 할 시기이지, 분란을 키울 때
가 아니네."

"때가 아니라 하여 미룬다면 영원히 기회를 잃어버릴 수
도 있습니다. 늦은 감이 있지만 속하는 오히려 지금이 절
호의 기회라 생각합니다."

사마영은 담리극을 설득하고 싶었다. 지금이라도 칼을
빼 들어 썩어 버린 환부를 도려내고, 헛된 야망을 꿈꾸는
무리에게 철퇴를 내리고 싶었다.

"자네의 생각이 틀린 것은 아니네만 그러기에는 환란의
징후가 너무나 뚜렷하게 보이고 있네. 지금은 결속을 해
야 할 때이네. 안에서 썩고 있는 고름은 그 후의 일일세.
혈기만으로 해결을 하려다가는 천추의 한을 남길 수 있음
이니……."

"맹주님!"

사마영의 눈에 안타까운 빛이 떠올랐다가 사라졌다. 틀
린 말이 아니기에 더 이상 반박을 할 수 없었다.

머리는 담리극을 따르는데, 가슴은 그의 뜻을 거부했다.

"자네의 심정은 충분히 이해가 가네. 하나 지자라면 눈
앞의 나무를 보지 말고 멀리 있는 숲을 봐야 하는 법. 냉철
한 판단만이 다가올 환란을 걷어 내고 자네의 이상을 실현
할 수 있는 길이 될 걸세."

담리극은 조용히 사마영을 달랬다.

담리극이 보기에 사마영은 누구보다 영민하고 명석한 두뇌를 가지고 있었다. 거기에 대쪽 같은 성품을 가졌기에 외압에 흔들릴 일도 없었다.

담리극이 계획하고 있는 대계를 조율하고 이끌어 나갈 만한 역량이 충분했다.

다만 아직 젊은 나이라 혈기가 넘치고 관록이 모자란다는 것이 흠이기는 하나, 그것은 시간이 흐르면 해결될 일이었다.

"제가 앞으로 해야 할 일을 알려 주십시오."

사마영은 결국 머리가 시키는 대로 따르기로 마음먹었다.

가슴이 시키는 대로 하기에는 강호에 드리운 먹구름이 너무 짙고 무거웠다.

"잘 생각했네. 먼 훗날 오늘 내린 결정에 대해 만족해 하는 날이 올 걸세."

신중한 눈으로 사마영을 살피던 담리극은 품 속에서 두 장의 서찰을 꺼내 사마영에게 내밀었다.

"이것을 가지고 마교와 사혈맹을 은밀히 방문하게. 그리고 답장을 받아 오게."

"맹주님!"

"왜 그리 놀라는가?"

"저는 무림맹의 총군사입니다. 한데 저더러 마교와 사혈

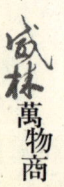

146

맹에 다녀오라니요?"

사마영은 당혹스런 얼굴로 따지듯이 물었다.

"맹주인 내가 갈 수는 없지 않은가?"

"매, 맹주님."

사마영은 말문이 막혔다.

당황하는 사마영을 보며 담리극은 속으로는 웃으면서도 겉으론 심각한 표정으로 입을 열었다.

"강호비록은 마교와 사혈맹에도 존재하네. 다만 앞부분이 다를 뿐. 나는 확인하고 싶네. 그들도 나와 같은 생각인지."

담리극의 눈에는 굳은 의지가 깃들어 있었다.

사마영은 멍하니 담리극을 쳐다봤다.

'무림맹의 총군사가 밀서를 갖고 마교와 사혈맹에 가야 한다니. 허허허!'

사마영은 마교 교주와 독대를 하고, 사혈맹 맹주와 차를 마시는 자신의 모습을 상상했다.

도저히 어울리지 않는 모습이었다.

武林萬物商
6
장

비영

해가 지고 사위에 어둠이 깔리기 시작했다.

터벅터벅 산길을 내려온 비영은 마을 입구를 앞에 두고 망설였다.

멀리 보이는 객잔의 불빛이 마음을 혹하게 했다.

꿀꺽.

입안에 침이 절로 고였다.

열흘 내내 건량으로 끼니를 때웠더니 입안이 까칠했다. 산속을 헤집고 다닌 탓에 의복은 물론이고 머리에서도 쉰 내가 풀풀 났다.

따뜻한 국물에 화주라도 한잔하고 싶은 마음이 굴뚝같았다. 거기에 따뜻한 물에 목욕을 할 수 있다면 금상첨화겠지만 모두 희망 사항일 뿐이었다.

객잔에 들기를 포기한 비영은 큼직한 바위를 골라 앉았다.

노곤한 몸뚱이가 이제는 쉬자고 아우성을 쳤지만 지금은 편한 잠자리를 찾을 때가 아니었다.

그저 잠깐의 휴식으로 만족을 해야 했다.

한 달 전, 무영을 통해 올라온 보고를 접한 비영은 서둘러 선인곡을 나섰다.

애기손을 제작하려는 징후를 포착했다는 보고는 각주인 비영을 손수 움직이게 하기에 충분했다.

하남성 일대를 돌며 애기손에 관련된 흉수를 찾아 헤맨 지도 벌써 한 달. 정주 인근의 마을에서 발이 묶인 비영은 애써 초조함을 누른 채 봉삼을 기다리고 있었다.

십대 마병 중 하나인 애기손에 대한 일인만큼 쉽지 않으리라는 예상은 했었다.

비영각을 비상 체제로 돌리고, 특급 추종객인 십영(十影) 중 다섯 명을 추적에 투입했다.

일급으로 분류되는 일에 한 명씩 투입하는 전례를 생각한다면 과하다 할 수도 있었다.

하지만 선인곡의 숙적인 마황곡을 생각한다면 만반의 준비를 해야 했다.

십대 마병을 제작할 수 있는 곳은 하늘 아래 단 두 곳.

만물전의 모태인 선인곡과 역천의 무리들이 득실거리는 마황곡뿐이다.

마병은 수거하여 폐기하는 것이 원칙인 선인곡이다. 마병을 제작할 일도 없거니와 유출시킬 리도 없다.

그렇다면 남은 곳은 한곳. 십중팔구 마황곡과 연관이 있다고 봐야 했다. 아니 확실했다. 직접 움직였는지 아니면 배후에서 조종을 하는지가 관건일 뿐.

"오늘도 허탕인 것 같군. 이거 벌써 퇴물이 된 건가. 전주님이 아시면 비영도 한물갔다고 놀리시겠군."

비영의 입가에 씁쓸한 웃음이 매달렸다.

현역에서 물러나 현장 일에서 손을 뗀 지가 얼추 십 년이 되었다. 그래서인지 감각이 예전만 못 한 것 같았다.

이번 일만 해도 그랬다. 선인곡을 나설 때만 해도 한 달이면 일망타진은 못 하더라도 본거지 정도는 파악할 수 있으리라 예상했다.

그러나 결과는 정반대였다.

한 달 동안 풍찬노숙을 감수하며 흉수의 흔적을 쫓아 이잡듯이 뒤졌건만, 건진 것이라고는 아기의 어미로 보이는 여인의 시신 한 구뿐이었다.

그마저도 정주에서 끊어진 흔적을 더듬다 우연히 발견한 것이니 난감한 일이 아닐 수 없었다.

"분명히 흔적이 이어졌건만 잡히지는 않으니. 휴우! 별

수 없지. 이제는 기다려 보는 수밖에……."

심호흡을 깊게 한 비영은 자리를 털고 일어났다.

추종에 실패를 했으니, 이제부터는 반대로 흉수가 오기를 기다려 보기로 마음먹었다.

옷에 묻은 먼지를 툭툭 털어 내며 주위를 둘러보니 마을 입구를 지키고 있는 느티나무가 눈에 들어왔다.

느티나무에 비영각의 고유 표식을 새겨 넣고는 품속에서 자그마한 옥병을 꺼내 들었다.

옥병 속에서 찰랑이는 액체는 추종향 중 최고라는 천리미향(千里迷香)이었다.

천 리까지는 아니지만, 능히 백 리는 향이 퍼지는 천리미향은 추종객에게는 보물로 취급되는 기물이었다.

표식을 새긴 부분에 천리미향을 조심스럽게 바르고는 신발에도 세심하게 발랐다.

천리미향이 제대로 배인 것을 확인하는 얼굴에 만족스런 표정이 떠올랐다.

이 정도면 족히 한 달은 흔적이 남을 것이고, 봉삼이 찾아오는 데 무리가 없을 것이었다.

준비를 마친 비영은 복면을 뒤집어쓰고는 마을로 걸음을 옮겼다.

이백여 가구가 모여 사는 마을의 모습은 여느 마을과 별반 다르지 않았다.

옹기종기 모인 초가들 사이로 마을의 유일한 객잔이 그나마 불을 밝히고 있을 뿐, 마을을 가로지르는 소로는 한적했다.

정주에서 백여 리 떨어진 곳의 작은 마을이라 관아조차 없었다. 대신 촌장이 대소사를 주관했다. 요즘같이 뒤숭숭한 소문이 돌면 마을 청년들이 순번을 정해 순찰을 돌 뿐 특별한 조치도 없는 곳이었다.

비영이 향한 곳은 마을 외곽에 있는 초가였다.

간간이 옹알이가 들려오는 이 집은 마을에서 유일하게 백일 전후의 아기가 있는 곳이었다.

은잠술을 펼친 비영의 신형이 소리 없이 싸리문을 넘어 마당을 가로질렀다.

한 줄기 바람이 되어 움직이는 비영의 귀에 두런거리는 소리가 들렸다.

집주인 부부의 목소리였다.

"여보, 당분간 큰 마을로 가 있는 것이 낫지 않을까요?"

"불안한가 보구려."

"흉흉한 소문이 여기저기서 들리니 불안하네요."

"조금만 참구려. 터전을 두고 다른 곳으로 간다고 한들 입에 풀칠도 하기 힘들게요."

"하지만……."

응애! 응애!

불안한 목소리로 얘기하던 여인은 아기의 칭얼대는 소리
에 뒷말을 잇지 못했다.

　아기를 보듬는 모습이 방문 너머로 설핏 보였다.

　휴우—

　아기 아버지의 긴 한숨이 비영의 귓가를 간질거렸다.

　'그나마 당신들은 운이 좋구려. 적어도 횡액을 당할 일
은 없을 테니.'

　방문에 비치는 부부를 향해 비영은 씁쓸한 표정으로 중
얼거렸다.

　그동안 비영각이 조사한 것만 해도 실종된 아기와 산모
의 수가 오십을 넘기고 있었다.

　드러나지 않는 숫자까지 감안한다면 그 수가 백은 넘을
것이라는 것이 비영각의 판단이었다.

　비영은 영 마음이 편치 못했다.

　추적에 실패하지 않았다면 희생을 줄일 수 있었을 거란
생각이 머릿속을 떠나지 않았다.

　납치된 아기와 산모의 생사 여부를 생각하면 더욱 그랬
다.

　조용히 방문에서 물러난 비영은 신형을 뽑아 올려 지붕
위로 올라섰다.

　순간 복면 속의 두 눈이 날카롭게 빛나는가 싶더니 강렬
한 빛이 폭사되었다가 금세 깊게 가라앉았다.

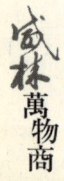

어둠 속에서 사물을 훤한 대낮처럼 볼 수 있는 야백안(夜白眼)을 시전한 비영은 주위를 세심하게 살폈다.

반 각 정도의 시간이 지날 동안 세심하게 주위를 관찰하던 비영은 별다른 움직임이 없음을 확인하자 긴 호흡을 하기 시작했다.

흐읍! 휴우!

서너 차례 긴 호흡과 함께 비형의 신형이 흩어지는가 싶더니 어둠 속으로 녹아 들어갔다.

어둠에 동화되어 신형을 감춘 비영은 눈을 지그시 감고 기감을 열었다.

칭얼대는 아기를 달래는 여인의 목소리가 들렸다. 한숨을 들이쉬고 내쉬는 남자의 장탄식도 들렸다.

기감을 더욱 넓게 운용하자 부엉이의 날갯짓소리가 들리더니 풀벌레 우는 소리가 귓가를 간질였다.

십 장, 이십 장, 삼십 장. 기감이 미치는 영역이 확대될수록 비영의 뇌리로 주변의 정보가 쏟아져 들어왔다.

급기야 백 장의 거리까지 기감을 펼친 비영은 만족스런 미소를 지었다.

'이제 기다리는 것만 남은 것인가?'

사방 백 장의 거리에 먹잇감을 노리는 비영의 거미줄이 완벽하게 쳐졌다.

봉삼은 입에서 단내가 나도록 달리고 또 달렸다.

무림맹을 나서 관도가 끝나는 곳까지 말을 이용해 도착
한 이후로는 거리를 단축하기 위해 산을 가로지르고 강을
건너뛰며 오로지 경공을 이용해 이동했다.

조금이라도 내력을 모으기 위해 평소에는 하지 않던 운
기조식까지 하며 움직인 결과 이틀 만에 정주 부근까지 도
착할 수 있었다.

대신 개정벌모세수대법의 후유증에서 벗어나 회복되고
있던 체력은 바닥을 쳤다.

다리가 휘청거리고 눈이 퀭한 것이 중병을 앓고 있는 환
자로 보일 정도였다.

허억! 허억!

정주 인근의 산을 가로지르던 봉삼은 거친 숨을 토해 내
며 바닥에 주저앉았다.

"흉수를 잡는 것은 고사하고, 내가 먼저 죽겠네."

내력 소모가 덜한 풍운보를 시전해 달렸건만 완전하지
않은 몸으로 무리하게 달린 탓에 봉삼의 체력은 한계에 와
있었다.

하단전에 남아 있던 내력은 이미 고갈된 지 오래였고 중
단전을 채우고 있던 오행의 기운도 서서히 바닥을 보이고

있었다.

움직이는 상태에서도 내력을 보충할 수 있는 공령지체라도, 모이는 것보다 나가는 것이 많으니 버틸 재간이 없었다.

"휴우, 일단 내력부터 보충하자. 이 상태로 갔다가는 잡는 것이 아니라 잡히겠다."

가부좌를 틀고 앉은 봉삼은 생기속근단을 입에 털어 넣었다.

기본 재료만 해도 인형설삼과 공청석유가 들어가는 생기속근단은 강호에 유명세를 떨치는 소림사의 소환단이나 무당파의 소청단에 버금가는 영단이었다.

영약을 섭취한 적이 없는 무인이 복용한다면 능히 십 년의 내공을 얻을 수 있는 무가지보였지만 봉삼에게는 그저 피로를 풀고 고갈된 내력을 보충해 주는 역할을 할 뿐이었다.

환단 형태의 생기속근단을 혓바닥에 올려놓고 살짝 굴렸다.

그러자 상쾌한 약 향이 입안에 가득 도는가 싶더니 스르르 녹아 목을 타고 내려갔다.

봉삼은 생기속근단이 주는 활력을 느끼며 눈을 지그시 감았다.

액체가 되어 위장으로 내려온 생기속근단은 곧바로 기화

되어 다시 세상 밖으로 나가려고 발버둥을 쳤다.

요동치는 기운을 느낀 봉삼은 호흡을 멈추고 단전으로 향하는 길을 열었다.

갈 길을 찾지 못해 우왕좌왕하는 약력은 열린 길을 따라 질서 정연하게 움직이더니 단전으로 고스란히 모여들었다.

텅 비어 버린 단전에 자리를 잡은 약력은 곧 진기로 탈바꿈되어 전신 세맥으로 빠르게 퍼져 나갔다.

일 다향 정도의 시간이 흐르자 세맥에 자리 잡지 못한 거대한 진기는 다시 단전으로 방향을 바꿔 달리기 시작했다.

그런데 단전을 향해 힘차게 달리던 진기가 돌연 방향을 바꾸더니 엉뚱하게도 백회혈을 향해 치달았다.

그 순간 봉삼의 정수리에서 뿌연 김이 무럭무럭 솟아올랐다.

어이없게도 단전에 자리를 잡아야 할 진기들이 정수리를 통해 기화되고 있었다.

휴우―

깊은 숨을 내뱉으며 반개하고 있던 눈이 서서히 떠졌다.

퀭하던 눈에 정기가 돌고 까칠하던 얼굴색도 많이 좋아 보였다.

"세맥에는 어느 정도 진기가 찼는데 여전히 단전은 허전하네. 에휴, 아무리 좋은 영약이면 뭐하나. 그림의 떡인데.

쩝!"

　봉삼은 여전히 바닥을 드러내고 있는 단전의 상태가 아쉬운지 입맛을 다셨다.

　봉삼의 현재 경지는 화경의 초입.

　비슷한 경지인 당명이 생기속근단을 복용하고 운기조식을 했다면 단전이 상하는 상처를 입지 않은 이상 한 번의 운기조식으로 능히 단전을 완전하게 채울 수 있었다.

　이미 영약의 힘으로 발전을 꾀하는 단계는 넘어섰기에 내공의 증진은 없겠지만, 고갈된 내력을 채우는 데에는 모자람이 없는 효능을 갖춘 것이 생기속근단이었다.

　달리 영단이 아닌 것이다.

　한데 봉삼은 영단을 복용해도 단번에 단전을 채우지 못했다.

　기껏해야 전신 세맥에 진기를 보충할 뿐이었다.

　그것은 공령지체의 장점이자 단점 때문이었다.

　자연의 기운을 자유롭게 받아들일 수 있는 반면, 자연의 기운을 머금고 있는 영약은 아무리 섭취해 봐야 내력으로 바꾸기도 전에 기화되어 버리는 탓이었다.

　천고의 영약이라도 그저 보신의 효과 이외에는 기대할 것이 없으니 만포대에 차곡차곡 쌓여 있는 영약들은 그저 그림의 떡이었다.

　"꿍차! 단전이야 시간이 지나면 알아서 찰 테고, 슬슬 움직여 볼까."

후읍—

자리를 박차고 일어난 봉삼은 깊게 숨을 들이마시고는
바닥을 힘차게 굴렀다.

휘리릭—

한 번의 도약으로 오 장 높이의 거목에 올라선 봉삼은
빽빽하게 들어찬 거목들을 주시하고는 내력을 주입한 우수
를 쪽 뻗었다.

그러자 팔목에 차고 있는 각반에서 은색의 실이 빠르게
풀려 나갔다.

끝에 손톱만 한 추가 달린 은사는 백 장 가깝게 날아가
아름드리나무에 박혔다.

은사를 팽팽하게 당겨 탄력을 확인한 봉삼은 곧바로 허
공을 박차고 튀어 나갔다.

쇄애액!

대기를 찢어발기는 소리가 산중을 울렸다.

시위를 떠난 화살처럼 튀어 나간 신형이 창공을 누비는
한 마리 매처럼 허공을 가로질렀다.

주위로 숲 속의 정경이 휙휙 지나갔다.

무려 백 장에 가까운 거리를 날아간 봉삼은 또 다른 거
목을 향해 은사를 풀었다.

그렇게 일각여를 날다시피 이동하자 정주로 이어지는 관

도가 눈에 들어왔다.

관도까지 단숨에 달린 봉삼은 잠시 숨을 골랐다.

사람들의 왕래가 많은 관도에서 경공을 사용할 수는 없는지라 봉삼은 느긋하게 걸음을 옮겼다.

대신 조금이라도 많은 내력을 모으기 위해 부지런히 호흡을 계속했다.

반 시진 정도를 관도를 따라 걷자 정주의 모습이 보였다.

봉삼은 걸음을 옮기는 와중에도 비영각의 표식을 찾기 위해 주변을 세심하게 실폈다.

이제부터는 비영각의 표식을 따라 이동을 해야 했다.

정주를 둘러싸고 있는 성곽이 완연하게 보일 무렵 봉삼의 눈에 이채가 어렸다. 정주로 들어가는 성곽의 커다란 입구에는 사영의 호적수 무영이 초조한 얼굴로 서성이고 있었다.

"전주님!"

봉삼을 발견한 무영이 주위의 시선도 아랑곳하지 않고 경공을 사용해 달려왔다.

그 모습을 본 수문장과 병졸 들의 눈이 휘둥그레졌다.

성문을 통과하기 위해 길게 줄을 서 있던 사람들도 놀라기는 마찬가지였다.

"쯧쯧쯧, 호들갑을 떨기는……. 일단 성안으로 들어가

자. 주위 눈도 있으니."

"죄, 죄송합니다. 상황이 별로 좋지 않은지라."

"가면서 얘기하자."

"네!"

두 사람이 성문 쪽으로 걸음을 옮기자 사람들이 분분히 물러나며 길을 내주었다.

범인들에게 삼십 장은 족히 되어 보이는 거리를 날 듯이 움직이는 무영은 두려움의 대상일 수밖에 없었다.

그것은 병장기를 지닌 병사들도 마찬가지였다.

두 사람이 무림인임을 짐작한 수문장은 별 제지 없이 통과를 시켰다.

대신 애꿎은 백성들을 향해 엄포를 놓으며 눈을 부라렸다.

武林萬物商
7 장

재회

武林萬物痁

작은 소동을 뒤로하고 성내로 들어온 두 사람은 가까운 객잔에 자리를 잡았다.

　구석진 자리에 마주 앉은 두 사람에게 점소이가 조르르 달려와 허리를 숙였다.

　"식사를 하시겠습니까?"

　점소이는 어깨에 걸친 수건으로 탁자를 닦는 시늉을 하며 물었다.

　"오리구이와 간단한 소채로 준비해 줘."

　"날도 어두워지는데 술도 같이 준비할까요? 두강주부터 소홍주까지 웬만한 명주는 다 있는뎁쇼."

　점소이는 계산대에서 눈총을 주는 주인이 좋아할 만한

말을 늘어놓았다.

스읍!

술을 권하는 소리에 입맛을 다시던 봉삼은 고개를 가로저었다.

"술이라. 당기기는 하다만…… 나중에 들러서 팔아 주마."

'쳇, 할 말 없으면 꼭 다음이라고 하지.'

등에 메고 있는 검을 보니 낙양의 용봉지회를 보기 위해 가는 강호 초출 같은데 술 한 잔 팔아 보겠다고 엉겨 붙어 봐야 신통한 매상을 올려 줄 것 같지도 않았다.

"그러시지요. 그럼 오리구이와 소채만 준비하겠습니다."

점소이는 더 이상 권하지 않고 휑하니 주방으로 향했다.

"상황이 안 좋다니? 차근하게 말해 봐."

봉삼이 객잔 내부를 휘휘 둘러보며 무영에게 물었다.

"현재 흉수에 대한 이렇다 할 실마리가 전혀 없는 상태입니다. 정주 인근까지 흔적이 이어지기는 했는데 그 이후로는 오리무중인 상태입니다."

"그 말은 결국 추적에 실패를 했다는 말이네. 이거 비영도 이제 한물간 거 아니야? 보고 받기로는 이번에 투입한 특급 추종객이 비영을 포함하면 여섯이라 하던데, 맞나?"

"네. 맞습니다. 십영(十影) 중 저를 포함해서 다섯이 투입되었습니다."

무영은 찔끔한 표정으로 대답을 했다.

이럴 때는 다른 임무를 맡고 있는 사영이 부럽기 짝이 없었다.

"거참! 특급 추종객이 무려 여섯이나 달려들었는데, 한 달이 되어 가도록 꼬리를 못 잡았다는 게 말이 된다고 생각해? 일망타진을 하라는 것도 아니고 행적만 찾으라는 건데, 그걸 못 해? 답답하구면."

봉삼은 못마땅한 얼굴로 무영을 몰아붙였다.

"죄송합니다. 전주님."

무영은 죄스런 얼굴로 고개를 푹 숙였다.

비영각에서 특급 추종객으로 구분되는 십영 중 하나인 무영은 이번 일로 자존심이 상해 있었다.

덜렁거리는 면이 있는 사영과 달리 무영은 매사에 완벽을 기해야 직성이 풀리는 성격이었다. 특급 추종객이 된 후 삼 년간 처리해 온 일만 보더라도 빈틈이 없었다.

그런데 이번 일로 오점을 남기게 생긴 것이다.

봉삼의 말마따나 특급 추종객 여섯이면 사막에 바늘을 숨겨 놓았다 해도 찾아냈어야 했다.

"각주님 이하 비영각 소속 추종객들이 최선을 다하고 있습니다만, 상황이 여의치가 않은 것 같습니다."

탕!

봉삼은 답답하다는 듯 탁자를 거칠게 내려쳤다.

"최선만 하면 뭐해! 결과가 있어야지 결과가. 십대 마병에 관한 일은 어떤 일보다 우선한다는 거 몰라?"

봉삼은 버럭 소리를 지르다 주위를 의식하고는 낮은 목소리로 으르렁거렸다.

"무영아! 제대로 좀 하자. 응! 제대로."

"죄, 죄송합니다."

무영은 여전히 고개를 푹 숙인 채 기어들어 가는 목소리로 말했다.

"후우! 대체 이렇게까지 진전이 없는 이유가 뭐야? 여태껏 이런 일이 없었잖아."

"아무래도 흉수 중에 추종술에 능한 자가 있는 것 같습니다. 흔적을 거의 남기지 않는 것도 그렇지만 잡힐 만하면 매번 꼬리를 잘라 내는 것을 봐서는 확실합니다."

"흉수 중에 추종객이 포함되어 있다?"

"네! 전주님. 그것도 특급 이상인 것 같습니다. 그렇지 않고서야 매번 흔적이 사라질 수는 없습니다. 그리고 기환술(奇幻術)을 이용해 추적을 방해하기도 합니다. 제 생각에는 마라기환술(魔羅奇幻術)이 아닌가 싶습니다.

순간 봉삼의 안색이 딱딱하게 굳었다.

"뭐, 확실해? 진짜 마라기환술이라는 거야?"

"비영각주님께서도 그리 판단하고 계십니다."

무영의 얼굴에는 확신이 서 있었다.

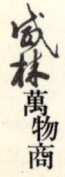

"제기랄!"

봉삼의 인상이 와락 구겨졌다.

마라기환술은 선인곡의 비영각에 해당하는 마황곡 비마각의 첩보 무사들이 사용하는 비전의 기환술이었다.

"그럼, 나한테 바로 알렸어야지. 흥수가 마라기환술을 사용한다는 것은 하수인 정도가 아니라 마황곡에서 직접 움직였다는 말이잖아. 여태껏 뭐하고 있었던 거야?"

"그것이……."

봉삼의 질책에 무영은 난처한 기색으로 말을 이었다.

"최근에야 알게 된 일인지라……. 그리고 낙양을 떠나신 전주님께 알릴 방법이 없었습니다. 아시다시피 만리신응은 노전주님께서 데리고 가셨고, 그나마 선인곡으로 돌아온 설향모는 저희 말에는 꿈쩍도 안 하는지라……."

무영은 억울한 감이 없지 않아 있었지만 입을 다물었다.

흥수들이 마라기환술을 사용한다는 것은 연락 임무를 맡은 사영이 봉삼에게 출발하고 나서야 알아낸 것이었다.

그래서 뒤늦게나마 따로 전서응을 날렸다.

하지만 그때는 이미 봉삼이 무림맹을 떠나 정주로 향하고 있었다.

영물인 만리신응이나 설향모가 있었다면 바로 봉삼에게 보고를 할 수 있었겠지만 아쉽게도 만리신응은 노전주를 따라간 상태이고 설향모는 선인곡에 있었다.

"하아— 여러모로 꼬이는구먼."

한숨을 내쉬는 봉삼은 난감한 얼굴이었다.

봉삼은 애기손을 제작하려는 무리를 마황곡의 장단에 놀아나는 꼭두각시쯤으로 짐작했었다.

십오 년 전, 사부에게 마황곡주가 치명상을 입고 패주한 후로는 마황곡이 직접 나서는 일이 없었기에 이번에도 어느 덜떨어진 놈이 마황곡이 뿌려 놓았던 제작법을 손에 넣었다고 생각했다.

그런데 상황을 보니 마황곡이 직접 움직이는 것 같았다.

쉬워 보이던 문제가 복잡해졌다.

전주의 자리에 오른 뒤 처음으로 마황곡과 직접 부딪칠지도 모르는 상황이라 생각하니 은근히 긴장이 됐다.

사부가 없는 상태에서 잘 해낼 수 있을지 걱정도 됐다.

그만큼 마황곡은 부담스런 존재였다.

"주문하신 오리구이와 소채입니다."

고민스런 얼굴로 생각에 잠겨 있는 봉삼이 탁자를 쳐다봤다.

김이 모락모락 피어오르는 오리구이와 소채가 놓여 있었다.

하루 종일 달렸던 탓에 뱃가죽이 등에 붙어 버렸다.

"그래! 일단 배부터 채우자. 배가 불러야 힘이 나고, 힘이 나야 싸우지."

                    *   *   *

  십오 년 전, 천 년이 넘는 시간 동안 팽팽한 힘의 균형을
유지하던 선인곡과 마황곡은 운명을 건 일전을 벌였다.

  표면적인 이유는 마황곡이 선대부터 내려온 철칙을 어기
고 강호에 직접 모습을 드러내려고 했다는 것이었다.

  하지만 진짜 이유는 따로 있었다.

  그것은 어린 제자에 대한 사부의 배려였다. 제자가 완전
한 성장을 하기 전에 자신이 등선하리라는 것을 짐작하고
있던 사부는 제자에게 넘겨줄 짐의 무게를 줄여 주고 싶었
다.

  고민에 고민을 거듭하던 사부가 선택한 방법은 바로 마
황곡과의 일전이었다.

  어린 제자에게 제일 큰 위협이 될 마황곡의 힘을 최대한
줄여 놓겠다는 것이 사부의 생각이었다.

  긴 세월 동안 서로를 백안시하며 견제만 해 오던 것과
달리 두 세력은 거칠게 충돌했다.

  삼 주야에 걸쳐 물고 물리던 전면전의 끝은 사부와 마황
곡주와의 대결로 귀결되었다.

  반선의 경지에 접어든 사부와 탈마의 경지를 넘어 초마
의 경지에 오른 마황곡주의 대결에 하늘이 놀라고 땅이 뒤

집어졌다.

무림인들이 보았다면 입이 딱 벌어질 전설상의 절기가 난무했고, 한 번의 손짓에 산봉우리가 무너졌다.

그렇게 빛과 어둠을 대변하는 두 사람의 경천동지할 대결은 일 주야 동안 이어졌다.

팽팽하게 이어지던 생사결은 선인곡 사상 최강의 무위를 지녔다는 사부에게 마황곡주가 치명적인 부상을 입은 채 도주하면서 끝이 났다.

팽팽하던 힘의 균형이 선인곡으로 급격히 기우는 순간이었다.

그 후 마황곡은 은밀히 지하로 숨어들었다.

어둠 속에 웅크린 채 선인곡을 향해 이를 갈 뿐, 혼란을 조장하기 위해 음모를 꾸미지도 않았고 직접 나서서 마병을 뿌리지도 않았다.

*   *   *

좌르르!

찰랑이는 주렴 소리와 함께 백색 무복을 단정히 차려입은 백비가 들어섰다.

"어서 오십시오, 대협!"

객잔 내부를 스윽 둘러보는 백비에게 점소이가 재빨리

다가와 허리를 깊숙이 숙였다.

"음, 조용한 자리를 내주게. 곧 일행이 도착할 걸세."

"물론입지요. 마침 조용하고 넓은 자리가 있습니다요."

"그리고 목욕을 할 수 있는 객실도 준비해 주게."

"네! 대협. 저희 객잔의 후원에는 따로 묵으실 수 있는
별채가 준비되어 있습니다."

티끌 하나 묻어 있지 않는 백색 무복을 힐끔거리는 점소
이의 얼굴에는 기대감이 어렸다.

저쪽 구석에서 오리구이와 소채로 배를 채우고 있는 강
호 초출에게서는 풍기지 않는 돈 냄새가 물씬 풍겼기 때문
이었다.

짤랑!

아니나 다를까 벌써부터 맑은소리를 내는 철전이 손아귀
에 들어왔다.

"이것은 수고비네."

"감사합니다, 대협. 최고로 준비하겠습니다."

철전을 손에 쥔 점소이가 헤벌쭉해진 얼굴로 허리를 넙
죽 숙였다.

점소이가 콧노래를 흥얼거리며 사라지자 백비는 객잔에
있는 사람들을 유심히 살폈다.

아직 해가 저물기 전이라 그런지 객잔은 한가한 모습이
었다.

백자운의 호위를 담당하면서 몸에 배인 습관대로 드문드
문 앉아 있는 사람들을 일일이 뜯어보던 백비의 시선이 구
석진 자리에서 식사를 하고 있는 두 사람에게 닿았다.

　　순간 백비의 눈에 이채가 어렸다.

　　백비의 관심을 끈 것은 굳은 얼굴로 소채를 깨작거리고
있는 무영이었다.

　　입구를 등지고 앉아 있는 일행은 별다른 느낌이 없는 반
면, 야행복 차림에 등에 검을 비껴 메고 있는 무영에게는
날카로운 기운이 느껴졌다.

　　잘 벼려 놓은 한 자루 검을 연상하게 하는 모습이 백비
의 신경을 자극했다.

　　'흐음, 살수 같지는 않은데 기세가 날카롭기 그지없구
나.'

　　평생을 호위 무사로 살아온 백비는 무영에게서 묘한 이
질감을 느꼈다.

　　따가운 시선을 느낀 무영도 백비를 훑어봤다. 그것도 그
냥 보는 것이 아니라 노골적인 경고를 담았다.

　　평소 같으면 기운을 갈무리하고 무시했겠지만, 오늘은
무영의 신경이 날카로워져 있었다.

　　두 사람의 눈이 허공에서 얽히며 묘한 분위기를 만들었
다.

　　"백비. 안 들어가고 뭐하는 거냐? 무슨 문제라도 있나?"

약관으로 보이는 청년이 들어서며 사내에게 물었다.

백비에게 자연스럽게 하대를 하는 청년은 백자운의 손자인 백기준이었다.

"아닙니다, 공자님."

백비는 대답을 하면서 허리춤의 검을 끌러 손에 쥐었다. 무영을 의식한 행동이자 경고였다.

무영의 입가에 비릿한 미소가 걸렸다.

백비가 방어를 중요시하는 호위 무공을 주로 연마했다면, 무영은 일격 필살의 살수 무공을 연마했다.

시로가 성극의 무공을 익혔는지라 은연중에 서로를 경계하면서도 백안시하고 있었다.

주루 안을 스윽 훑어본 백기준이 뒤를 돌아보며 손짓을 했다.

"누나, 어서 들어와."

뒤따라 주루에 들어선 소희가 살포시 아미를 찌푸렸다.

가뜩이나 마음이 바쁜데 쓸데없이 시간을 버리는 것 같아 짜증이 솟구쳤다. 보는 사람이 없으면 동생의 정강이를 냅다 걷어차겠지만 지금은 보는 눈이 있었다.

호위하듯 뒤로 바짝 붙어 있는 청년을 의식한 소희는 나긋한 목소리로 말했다.

"기준아. 가뜩이나 시간이 촉박한데 굳이 여기에서 하루를 보낼 필요가 있겠니?"

청량한 목소리가 백기준의 귓가를 울렸다.

옥쟁반에 진주가 굴러가는 듯한 목소리이건만 헤실헤실 거리며 손짓을 하던 백기준은 움찔했다.

거머리마냥 찰싹 붙어 있는 사람이야 목소리만 들을 뿐이니 감탄을 하겠지만 백기준은 아니었다. 상냥한 목소리와 달리 자신을 향한 누나의 눈빛이 곱지 않았다.

"날도 어두워지고 있는데, 굳이 길을 떠날 이유가 없잖아. 일찍 쉬고 아침 일찍 떠나는 것이 오히려 낫지 않겠어. 그리고 용봉지회까지는 아직 여유도 있잖아. 그렇지 않습니까? 만 소협!"

변명을 늘어놓던 백기준은 소희의 추종자를 자처하고 있는 청년에게 눈짓을 했다.

눈짓의 의미를 알아챈 만금상단의 소단주 만조운이 헛기침을 하며 입을 뗐다.

"크흠. 백 소저. 그리하시지요. 본인도 백 소협의 말씀이 옳다고 생각됩니다. 여기서 객잔이 있을 법한 마을까지 가려면 꽤나 시간이 걸릴 테니, 오늘은 여기서 유하는 것이 여러모로 득이 될 것 같습니다."

만조운이 거들고 나서자 소희는 어쩔 수 없다는 듯이 고개를 끄덕였다.

"그럼, 오늘은 여기서 묵고 아침 일찍 출발하도록 하지요."

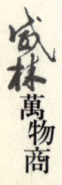

소희의 승낙이 떨어지자 만조운의 얼굴에 화색이 감돌았다.

"하하하. 잘 생각하셨습니다. 바쁠수록 돌아가라는 말도 있지 않습니까. 천천히 요리도 드시고 술도 한잔하시다 보면 여유가 생기지 않겠습니까."

짐짓 호탕한 웃음을 터트리는 얼굴에 기꺼움이 가득했다.

만조운에게 소희는 여신이었다.

삼 년 전 매화가 흩날리는 화산에 오른 소희를 보는 순간, 만조운에게는 하나의 목표가 생겼다.

그것은 중원 오대 상단에 이름을 올리고 있는 가문을 중원 제일의 상가로 끌어올리는 것도 아니요, 무림을 일통하는 천하제일인이 되는 것도 아니었다.

단지 하나. 소희의 마음을 얻어 내는 것이었다.

화산파의 방문을 마친 백자운을 따라 소희가 떠나던 날, 만조운은 하산을 결심했다.

십만 냥이나 되는 거금을 기부하고 입문한 화산파였지만 무공을 익히기 위해 입문한 것이 아니었기에 별 미련은 없었다.

새로운 신분을 뒷받침해 줄 증거를 남기기 위한 입문이었으니 속가 제자의 명단에 이름만 올라가면 그만이었다.

무공에 재능이 없음을 익히 알고 있는 화산의 무공 사부도 무공 수련에 싫증을 느꼈나 보다 할 뿐이었다.

그때부터 만조운은 소희의 주변을 끊임없이 맴돌았다.

소희에게 목을 매달고 있는 만조운의 노력은 눈물겨웠다.

선물 공세는 기본이었다.

표면적으로는 중원 오대 상단 중 하나인 만금상단의 후계자인 만조운은 돈지랄이 무엇인지 확실하게 보여 줬다.

중원의 이름 높은 장인들에게 특별히 부탁하여 소희만을 위한 장신구를 준비했다.

천축을 넘나드는 상단에 부탁하여 황궁의 귀빈들에게 진상된다는 최상급의 비단도 준비했다.

소희의 가문이 무가인 것을 고려해 온갖 영약을 끌어모았다. 그중에는 소림사의 무가지보인 대환단도 끼어 있었다.

한혈마가 끄는 명품 마차에 준비한 선물을 바리바리 챙긴 만조운은 이름난 달필과 문장가 들이 대필해 준 연서를 품에 넣고 보무도 당당히 천검문을 방문했다.

그러나 이름 높은 장인이 만든 영롱한 장신구도 천축국의 하늘거리는 비단도 소희의 얼음장 같은 마음을 녹이기에는 역부족이었다.

미인의 매력은 도도함이라고 했던가?

재력을 앞세운 만조운의 애정 공세에 소희는 코웃음만

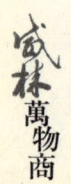

칠 뿐이었다.

삼 년 동안 이런저런 핑계를 대며 천검문의 문턱이 닳도록 들락거렸지만 얼굴 한 번 마주치기조차 힘들었다.

매번 차가운 냉대로 일관하기 일쑤였고 심지어는 문전박대를 할 때도 있었다.

그러나 상인의 피가 흐르는 만조운은 끈질겼다.

만금상단의 이름을 내세워 매파를 넣는 한편 소희의 가족에게 접근했다.

천검문의 실세인 백자운이 바둑에 심취해 있다는 정보를 입수하고는 중원 제일의 국수라는 쟁신신생에게 거금을 들여 바둑을 배우기도 했다.

재정의 고갈에 고민하는 백유명을 위해 거금을 무상으로 지원하는가 하면, 천검문이 운영하는 사업체에 물심양면으로 도움을 주기도 했다.

물론 미래의 장인어른이 될 백유명이 알 수 있도록 표가 나게 말이다.

그 외 만조운이 특별히 공을 들인 사람이 있었으니 다름 아닌 소희의 동생인 백기준이었다.

장수를 잡으려면 타고 있는 말에게 활을 쏘라고 했던가?

백기준의 환심을 사기 위해 만조운이 들인 공은 실로 지대했다.

내공 증진을 돕는다는 명목으로 소환단을 은밀히 전하는

가 하면, 황궁에 검을 납품하는 대륙철장에 특별히 주문한 검을 선물하기도 했다.

만조운의 계획은 어느 정도 성과를 거둘 수 있었다.

이번 여정만 해도 그랬다.

평소 같으면 얼굴 한 번 보는 것만 해도 감지덕지할 텐데, 물량 공세에 녹아든 백기준의 도움으로 무려 열흘 동안 동행을 했으니 말이다.

여전히 냉랭한 소희 때문에 가슴앓이를 하긴 했지만 여행은 만족스러웠다.

"이 층에 자리를 마련해 놓았습니다. 특별히 넓고 전망이 좋은 곳으로 준비했습니다. 헤헤헤."

이 층에서 내려온 점소이는 만조운을 향해 허리를 숙이고는 헤픈 웃음을 흘렸다.

점소이가 다른 사람을 제쳐 두고 굳이 만조운에게 허리를 숙인 것은 그에게서 돈 냄새가 물씬 풍겼기 때문이었다.

몸을 휘감고 있는 화려한 색상의 비단 장삼은 천축에서만 생산된다는 명품 비단으로 만든 것이 틀림없었고, 손가락을 부러뜨릴 것 같은 반지의 굵은 알은 묘안석이 분명했다. 장식용으로 쓰이면 딱 맞을 것 같은 검에는 굵직한 보석들이 휘황찬란하게 빛나고 있었다.

한눈에 봐도 돈으로 시작해서 돈으로 끝나는 모양새였다.

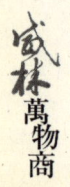

"그래? 거참, 기특하구나. 옜다. 이건 수고비다."

만조운은 두툼한 전낭에서 은자를 꺼내 점소이에게 튕겼다.

철전 정도를 기대했던 점소이의 얼굴이 환해졌다.

"감사합니다요, 대인. 좋은 시간 보내십시오."

"오냐! 좋은 시간이라. 아주 마음에 드는구나. 점소이도 미인은 알아보나 봅니다. 백 소저를 위해 좋은 자리까지 미리 준비한 것을 보면 말입니다. 안 그렇습니까? 하하하!"

만조운은 연신 웃음을 터드리며 소희를 힐끔거렸다.

소희는 짜증이 몰려왔다. 너스레를 떠는 만조운도 짜증스럽고 세 치 혀를 굴리는 점소이도 짜증 났다.

이 상태로 저녁을 먹었다가는 체할 것만 같았다.

"피곤하군요. 전 먼저 쉬겠습니다. 식사는 세 분이서 하시지요."

"백 소저! 그럼, 술이라도 한잔……."

만조운은 아쉬운 얼굴로 말하다가 소희의 차가운 얼굴을 보고는 입을 다물었다.

"제가 언제 술을 마시던가요? 넌 잠깐 나 좀 보자."

"누, 누나. 난 여기서 술이나 한잔하고 있음 안 될까? 안 되겠지?"

"흥! 마음대로 하렴."

소희는 쌀쌀맞은 얼굴로 몸을 휙 돌리더니 별채가 있다는 후원으로 걸어갔다.

그 뒤를 우거지상이 된 백기준이 어기적거리며 따랐다.

백비도 만조운에게 고개를 살짝 숙이고는 백기준의 뒤를 따라갔다.

으드득!

혼자 남은 만조운의 인상이 무참히 구겨졌다.

어금니를 지그시 깨문 채 소희의 뒷모습을 노려보는 눈에서 한광이 뻗었다.

'제기랄! 언제까지 뻣뻣하게 굴지 두고 보자. 지금은 한낱 장사치의 모습이지만 곧 본좌의 능력을 경배하는 날이 올 것이다.'

부르르!

기름 묻은 손을 쪽쪽 빨면서 오리구이를 분해하고 있던 봉삼이 벼락을 맞은 고목마냥 부르르 떨었다.

'어라? 이건 또 뭐야?'

봉삼은 급히 등에 메고 있던 만포대를 풀어 손으로 더듬었다.

아무런 움직임이 없었다.

봉삼은 얼른 소매를 걷어 팔뚝을 내려다봤다.

소름이 잔뜩 돋아 있었다.

'선천마기(先天魔氣)! 이 근처다. 흉수인가.'

봉삼의 안광이 예리하게 빛났다.

마공을 익힌 마인들이 뿜어내는 마기와 달리 선천마기는 마황곡의 마인들 중 곡주와 후계자만 가지는 기운이었다.

봉삼이나 선대의 곡주들이 선천선기를 타고난 인물이듯이 마황곡의 곡주도 마찬가지였다.

봉삼은 잠시 생각을 가다듬었다.

'곡주인가? 아니면 후계자?'

워낙 짧은 순간에 나타났다가 순식간에 사라진 기운이라 정확한 판단을 내리기가 힘들었다.

만일 사부에게 심각한 부상을 입고 잠적한 마황곡의 곡주가 회복되어 출현한 것이라면 봉삼으로서는 승산이 없었다.

반선의 경지에 오른 사부와 일 주야 동안 대등한 대결을 펼쳤다는 마황곡의 곡주가 상대라면 봉삼이 할 수 있는 것은 딱 한 가지였다.

삼십육계 줄행랑.

그나마 후계자라면 상황이 낫겠지만 방심할 수는 없었다.

명색이 마황곡의 후계자인데 혼자 다닐 리는 만무한 법. 마황곡의 고수들이 떼를 지어 주위에 포진하고 있을 터였다.

그에 비해 자신에게는 초절정의 경지인 무영이 다였다.

그마저도 살수공을 익힌 탓에 정면 대결을 하면 제대로 된 실력을 발휘하기도 힘들었다.

이래저래 진퇴양난이었다.

"누나, 만 소협에게 너무 심한 것 아니야? 일편단심 누나만 쫓아다니는 사람인데."

소희의 고운 아미가 하늘로 치솟았다.

"기준아! 오늘 날 한 번 잡을까?"

"아니야. 난 누나가 싫다면 무조건 싫어. 정말이야!"

백기준은 호들갑스럽게 손을 내저었다.

순간 봉삼의 귀가 쫑긋거렸다.

어디서 많이 들어 본 목소리 때문이었다.

'어라, 기준? 그럼 방금 목소리는 소희?'

봉삼의 얼굴에 난처한 기색이 떠올랐다.

또박! 또박!

소희의 발걸음이 내는 소리가 봉삼의 귀를 간질였다.

하필이면 소희 일행이 묵을 별채로 가는 입구가 봉삼이 앉아 있는 쪽에 있었다.

봉삼은 고개를 슬쩍 모로 꼬았다.

제발 알아보지 못하고 지나가기를 빌었다.

또박! 또박!

옆을 지나가는 발자국 소리에 봉삼이 긴장을 늦추려는 찰나, 발자국 소리가 멈췄다.

그와 함께 묘한 느낌이 봉삼의 얼굴을 간질였다.

'우쒸! 들킨 건가?'

봉삼은 고개를 아예 벽을 향해 돌렸다.

후원으로 가던 소희는 걸음을 멈추고 고개를 갸웃거렸다.

'장 공자님은 무림맹에 계실 텐데.'

소희의 가냘픈 신형이 바람을 일으키며 돌아섰다.

"누나, 왜?"

백기준이 의문을 담은 눈빛으로 물었다.

그러자 소희가 눈짓으로 비키라는 신호를 보냈다.

확인을 할 요량으로 봉삼에게 다가서는 소희의 눈이 반짝였다.

무영도 고개를 갸웃거렸다. 갑자기 고개를 외로 꼬더니 급기야는 벽에 고개를 처박는 봉삼의 행동을 봐서는 이 여인을 아는 것 같았다.

하지만 그리 달가워하는 하는 것 같지 않았다.

눈이 번쩍 뜨일 정도의 미인을 피하는 것이 수상쩍기는 했지만 무영은 충성스런 수하였다.

무영은 차가운 표정을 지으며 일어섰다.

"무슨 일이십니까?"

소희의 고운 아미가 살짝 찌푸려졌다.

앞을 막아선 무사의 의도가 빤히 보였다.

챙!

"물러서라."

무영만큼이나 차가운 표정을 하고 있던 백비가 검을 꺼내 무영을 겨눴다.

"도발인가?"

탁자 옆에 비스듬히 세워 둔 검을 손에 쥔 무영의 입가에 비릿한 미소가 걸렸다.

"왜들 이래?"

검병을 부여잡고 두 사람을 쳐다보는 백기준의 얼굴에 긴장이 흘렀다.

'적인가? 갑자기 왜 이러는 거야.'

뜬금없이 검을 뽑은 백비와 누나를 막고 선 무영을 번갈아 보던 백기준은 여전히 고개를 처박고 있는 봉삼을 발견하고는 눈을 치켜떴다.

"어라! 맞는데."

백기준의 반응을 보고 소희는 확신했다. 분명했다.

바람피우다 걸린 서방마냥 고개를 처박고 있는 사람은 분명 봉삼이었다.

콩닥! 콩닥!

가슴이 두근거렸다.

"혹시…… 장 공자님?"

잠시 어색한 침묵이 감돌았다.

188

검을 겨누고 있는 백비도, 비릿한 미소를 지으며 발검을 준비하는 무영도, 그리고 검병을 부여잡고 멀뚱히 서 있는 백기준도 하나같이 봉삼을 바라봤다.

"이제는 그만하시죠. 그러다가 목 상하시겠어요."

소희는 배시시 웃으며 봉삼에게 다가갔다.

무영은 더 이상 막지 못하고 엉거주춤한 자세로 봉삼을 쳐다봤다.

스르릉!

"장 공자님. 그동안 안녕하셨습니까?"

백비가 검을 거두며 인사를 했다.

"하하하! 백비 씨, 오랜만입니다. 백 소저, 백 소협도 오랜만이네요. 이거 이런 곳에서 만나다니 참. 세상은 넓고도 좁은 것 같습니다. 하하하!"

봉삼은 겸연쩍은 얼굴로 벌떡 일어나더니 어색한 웃음을 터트렸다.

"떠나신 지 고작 두 달밖에 되지 않았습니다."

"그, 그런가요? 하여튼 반갑습니다. 식사를 하던 중인데 같이 합석을……. 아, 저기 일행분이 계시군요. 식사는 다음 기회로 미뤄야겠군요. 아쉽네요. 그럼 바빠서 이만."

봉삼은 아쉽다는 얼굴로 인사를 하고는 무영에게 눈짓을 했다.

어색한 분위기를 느낀 무영도 백비를 향해 도발적인 눈

빛을 던지며 몸을 뺐다.

"왜 저를 피하려고 하시죠. 제가 그렇게 미우신가요?"

소희의 봉목이 촉촉해지는가 싶더니 눈물이 그렁그렁해졌다.

"누나!"

백기준의 눈이 휘둥그레졌다.

언제 누나가 남자 앞에서 눈물을 보인 적이 있던가?

하늘이 놀라고 땅이 뒤집어질 만큼 대사건이었다.

"저도 더 이상 공자님을 붙잡지 않겠습니다. 가녀린 소녀의 가슴에 상처를 주시는 공자님을 원망하지도 않겠습니다."

또르르!

급기야 소희의 봉목에서 한 방울의 투명한 진주가 흘러내렸다.

"피, 피하려고 하는 것이 아닙니다. 전 다만……."

"가십시오. 사내대장부의 앞길을 막는 것은 아녀자의 도리가 아니라 배웠습니다. 소녀, 천검문으로 돌아가 공자님을 기다리는 망부석이 되겠습니다. 흑흑흑!"

소희는 비련의 여주인공이 되어 봉삼의 가슴을 콕콕 찔렀다.

봉삼은 난감한 얼굴로 백비를 쳐다봤다.

백비는 슬그머니 시선을 돌렸다. 소희가 태어나기 전에

도 백비는 천검문의 호위 무사였고 지금은 호위 무사들의 수장이었다. 소희의 눈물은 처음이지만 비슷한 경우는 수도 없이 보았다.

'장 공자는 이미 아가씨의 손아귀에 있는 것 같소이다.'

백비는 속으로 나지막하게 중얼거렸다.

*   *   *

확신이 없는 기다림은 늘 사람을 지치게 만들었다.

지붕에서 꼼짝도 하지 않고 이틀을 시낸 비영은 갈등하고 있었다.

비영을 갈등하게 만드는 이유는 애기손을 만드는 데 필요한 아기들의 숫자를 정확이 알 수가 없다는 것이었다.

만일 애기손을 만드는 데 성공했거나 혹은 필요한 숫자를 채웠다면 흉수는 더 이상 아기와 산모를 납치하는 짓을 하지 않을 것이었다.

이곳 외에도 정주 인근의 마을 중 백일 전후의 아기가 있는 곳에는 비영각의 추종객이 은신하고 있었다.

하지만 아직까지 흉수가 접근했다는 보고는 없었다.

흉수가 접근하기를 계속 기다릴 것인지, 아니면 다시 움직일 것인지에 대한 판단을 내려야 했다.

한 달간 추적을 하면서 흉수에 대해 알아낸 것이 있다면 대담하면서도 아주 영악한 놈들이라는 것이었다.

꼬리를 잡았다 싶으면 도마뱀처럼 드러난 꼬리를 잘라내기 일쑤였고 흔적을 따라 쫓아가 보면 엉뚱한 곳이 나오곤 했다.

번번이 추적에 실패한 비영은 흉수 중에 추종술에 정통한 놈이 포함되어 있음을 짐작할 수 있었다.

그렇지 않고서야 수십 번의 납치를 벌이고도 꼬리가 잡히지 않는다는 것은 말이 안 됐다.

비영의 갈등은 깊어만 갔다.

'오늘까지다. 오늘 밤까지 나타나지 않는다면 다시 움직이는 수밖에……. 오너라. 쥐새끼처럼 숨어 있지만 말고.'

이제 곧 어둠이 몰려올 시간이었다.

낮 동안 거둬 놓았던 기감을 풀기 시작했다.

사방 백 장의 거리에 기감으로 만든 그물을 촘촘히 깔아 놓은 비영은 품에서 육포 한 조각을 꺼내 입에 물었다.

질릴 대로 질려 버린 육포를 억지로 씹던 비영의 눈썹이 순간 꿈틀했다.

뭔가 색다른 것이 기감에 걸렸다.

지난 이틀간 느낀 적이 없는 것이었다.

이틀간 은신해 있으면서 기감을 펼친 탓에 마을 사람들은 물론이고 기르는 가축까지 구분할 수 있었다.

아직은 백 장의 거리에 있는지라 정확하지는 않았지만

한 가지는 확실했다.

짐승의 기는 아니었다. 분명히 사람의 기였다.

비영은 조용히 숨을 죽인 채 기감의 그물을 더욱 촘촘히 깔았다.

시간이 지날수록 점점 또렷하게 느껴졌다.

'한 놈인가?'

오십 장의 거리에 접어들면서 움직임이 조심스러워졌음을 느낄 수 있었다.

서서히 다가오는 것이 분명 주위를 경계하고 있음이 분명했다.

그물의 범위를 좁혀 밀도를 올렸다.

그러자 희미하던 놈의 기가 더욱 확실하게 느껴졌다.

삼십 장, 이십 장, 십 장.

가까이 다가올수록 놈의 기운이 선명해졌다.

비영은 기감을 거두고 측원공(測元功)을 펼쳐 상대의 내공을 측정했다.

한 놈에게서 내력을 익힌 자에게서 느낄 수 있는 기운이 솔솔 풍겼다.

적어도 절정의 경지였다. 이런 조용한 산골 마을에 절정에 이른 무인이 나타날 일은 거의 없었다.

비영의 입꼬리가 한쪽으로 말려 올라갔다.

분명했다. 놈이었다.

'기다린 보람이 있구나. 어서 오너라. 한 방에 일망타진을 해 주마. 흐흐흐.'

비영은 흐뭇했다.

이제 저놈의 뒤만 쫓으면 은거지를 알아낼 수 있다는 생각을 하니 벌써부터 좀이 쑤셨다.

마음 같아서는 당장 잡아다가 고문을 해서 은거지를 알아내고 싶었다.

고문이 안 통하면 섭혼탈백술(攝魂奪魄術)을 쓰는 방법도 있었다.

한 번 시전하면 거둘 수가 없고, 대상이 백치가 되어 버리는 부작용이 있기는 하지만 그것은 비영이 알 바 아니었다.

어차피 죽어도 싼 놈이었고 살려 줄 생각도 없으니 말이다.

하지만 혹시라도 일이 틀어질까 우려해 원래 계획대로 하기로 마음먹었다.

비영은 기감을 거두고 은형공(隱形功)을 최대한 끌어올렸다.

그사이 어둠이 깔린 마당으로 흉수들이 모습을 드러냈다.

처음에 모습을 드러낸 것은 양 소매에 악귀가 그려진 붉은 장삼을 입은 장한이었다.

그 뒤를 야행복을 입은 복면인이 호위를 하듯이 따라 들어왔다.

순간 눈을 번뜩이며 지켜보던 비영이 고개를 갸웃거렸다.

'으음! 분명히 한 놈이었는데.'

비영은 무엇인가 잘못됐다는 것을 느꼈다.

분명히 기감에 걸린 놈은 한 놈이었다.

그런데 나타난 놈들의 숫자는 둘이었다.

비영은 다시 측원공을 펼쳤다.

내공이 느껴지는 것은 분명 붉은 장삼을 히고 있는 저놈뿐이었다.

비영의 눈가가 찌푸려졌다.

내공이 없다고 해도 살아 있는 생명체라면 기감에 걸려야 했다.

기감을 다시 끌어올려 봤다.

장삼 복장의 사내와 집주인 부부, 그리고 아기까지 선명하게 느껴졌다.

그런데 나머지 놈은 기감에 반응하지 않았다.

그렇다면 이유는 하나였다.

'그렇군! 생명이 없는 놈이군.'

비영은 복면을 뒤집어쓴 놈을 유심히 살폈다.

움직임이 자연스러운 것이 강시 같지는 않았다. 그렇다

고 실혼인으로 보기에도 무리가 있었다.

강시보다 자연스럽기는 하지만 혼이 없는 실혼인도 움직임이 어색하기는 마찬가지였다.

더구나 병기를 사용하는 실혼인은 여태껏 들어 본 적이 없었다.

복면을 한 놈의 허리에는 검이 매달려 있었다.

비영은 고민스러웠다.

원래의 계획은 저놈들의 뒤를 쫓아 은거지를 파악하는 것이었다. 그런데 무언가가 자꾸 발목을 잡았다. 불길함이 스멀스멀 올라오는 것이 아무래도 일진이 사나울 것 같았다.

비영이 고민하는 사이 장삼 복장의 사내가 부부가 있는 방으로 걸어갔다.

느긋한 걸음으로 방 앞에 도착한 사내는 문고리를 잡아당겼다.

끼이이!

방문의 틈이 벌어지면서 잠들어 있는 아기의 모습이 눈에 들어올 찰나, 사내가 손을 멈췄다.

그리고는 음산한 웃음을 지으며 다시 문을 닫았다.

그때였다.

복면인이 손가락으로 지붕을 가리켰다. 정확하게 비영이 은신하고 있는 곳이었다.

만반의 준비를 마치고 놈들이 출발하기만을 기다리던 비영은 눈을 부릅떴다.

은형공을 극성으로 펼치고 있는 자신의 존재를 알아채다니, 있을 수 없는 일이었다.

'설마? 아니겠지. 은형공을 펼치면 같은 능력의 추종객이라고 하더라도 쉽게 알아챌 수 없는 법. 우연일 거야.'

비영은 불안함을 누른 채 복면인의 행동을 애써 우연으로 치부했다. 그만큼 은형공에 대한 믿음과 자부심이 있었다.

크르르!

손가락을 겨눈 채 석상처럼 서 있던 복면인의 입에서 기괴한 괴성이 흘러나왔다.

"어리석구나. 선인곡의 잡졸이여."

장삼 사내가 지붕을 올려다보며 입가에 한껏 조소를 피어올렸다.

'제길! 들켰군. 어떻게 안 거지?'

비영은 입술을 지그시 깨물었다.

어차피 들킨 거라면 격전을 준비해야 했다.

비영은 은형공을 해제했다.

내력은 물론이고 정신력까지 빠르게 소모되는 은형공을 해제하자 한결 몸이 가벼워졌다.

비영은 천천히 몸을 일으켰다.

"곡을 알고 있는 것을 보니 마황곡의 마두로구나. 이름을 밝혀라."

"크크크! 이제야 알아보다니 꽤나 둔한 놈이구나. 그런 머리로 이 어르신의 뒤를 잡겠다고 설쳤으니 꽤나 고생을 했겠구나. 내 이름은 요마! 자랑스러운 비마각의 수석 무사다."

"비마각의 쓰레기였구나."

비영의 눈에서 차가운 한광이 줄기줄기 뻗어 나왔다.

선인곡에 비영각이 있다면 마황곡에는 비마각이 있었다.

첩보와 암살, 그리고 잠입에 관한 임무를 주로 하는 두 곳은 늘 상대를 잡아먹기 위해 눈에 불을 켜곤 했다.

선인곡과 마황곡이 대립하며 보내온 세월이 어언 천 년.

그동안 비영각과 비마각은 한 번도 쟁투를 멈춘 적이 없었다.

불구대천지 원수! 이것이 비영각과 비마각이 추구하는 정신이었다.

"네놈을 기필코 참하리라"

스르릉!

비영은 사인검을 뽑아 요마를 겨눴다.

"오너라! 네놈의 목을 쳐 희생된 아가들의 영혼을 위로하리라!"

"크크크! 과연 그럴 수 있을까? 칠호! 쳐라!"

카아오—

요마의 명령에 비영을 향해 손가락을 뻗고 있던 칠호가 괴성을 지르더니 순식간에 검을 휘둘렀다.

꽝!

뇌성벽력이 떨어지는 소리가 울리면서 한 줄기 빛이 비영을 향해 섬전처럼 날아왔다.

검기 다발이었다.

"이런!"

휘리릭.

비영은 급히 신형을 뽑아 올렸다.

비영의 발밑을 아슬아슬하게 스치고 지난 간 검기 다발은 지붕을 사정없이 때렸다.

꽝! 우지직!

폭음과 함께 지붕의 서까래가 부러지는 소리가 들렸다.

"아아악!"

"여보—."

'이런, 제기랄!'

허공에서 신형을 비틀어 내려서던 비영은 또다시 검을 휘두르는 칠호를 보고는 대경실색했다.

지금도 위태로운 상태인데 한 번 더 검기 다발에 적중한다면 지붕은 힘없이 내려앉을 것이었다.

그러면 집주인 부부는 물론이고 아기도 무사하지 못할 것이었다.

"멈춰라!"

비영은 지붕에 발을 딛자마자 황급히 마당으로 내려섰다.

꽝!

비영을 노리고 날아든 검기 다발이 바닥에 꽂히며 굉음이 울렸다.

그와 함께 희뿌연 먼지가 사방으로 날렸다.

먼지가 가라앉자 구덩이가 움푹 파인 바닥이 모습을 드러냈다.

카아오—

비영이 공격을 피했다는 것을 안 칠호가 괴성을 지르며 검을 휘둘렀다.

꽝! 꽝! 꽝!

마구 휘두르는 검에서 여지없이 검기 다발이 뿜어져 나와 집안 곳곳을 헤집어 놓았다.

카아오—

칠호의 눈이 비영을 찾기 위해 번뜩이는 순간 칠호의 등에서 그림자가 불쑥 튀어나왔다.

검기 다발을 피하는 순간, 은형공을 펼쳐 칠호의 등에 바짝 붙어 있던 비영이었다.

카강!

그 순간 칠호의 목 부분에서 불꽃이 튀었다.

카강!

이번에는 가슴에서 불꽃이 튀었다.

정확하게 목과 가슴을 베었건만 불꽃만 튈뿐 생채기 하나 나지 않았다.

오히려 손아귀가 저릿한 것이 철벽을 상대로 검을 휘두른 것 같았다.

비영의 안색이 딱딱하게 굳어졌다.

기습하기 위해 내력을 주입하지는 않았지만 사인검은 바위도 두부처럼 잘라 낸다는 신병이었다.

그런데 목을 자르기는커녕 생채기 하나 내지 못했으니 비영이 놀랄 만도 했다.

카아오—

칠호가 분하다는 듯 괴성을 지르며 비영을 베기 위해 검을 마구 휘둘렀다.

쉬익! 쉬익!

검기가 맺힌 검이 비영을 조각내기 위해 이빨을 드러내며 달려들었다.

비류표를 시전해 이리저리 피하던 비영이 입술을 지그시 깨물더니 사인검에 내력을 불어넣었다.

우우웅!

순간 벌 떼가 날아오르는 듯한 소리가 나더니 사인검이
부르르 떨기 시작했다.

우우웅!

곧이어 뿌연 막이 검날 주위를 감싸더니 점점 짙어졌
다.

뿌옇던 막은 금세 우윳빛을 띠더니 검봉을 타고 한 자
정도 늘어나 있었다.

완전한 검강의 모습이었다.

"이번에도 버틸 수 있는지 보자"

비형의 신형이 갈지자를 그리며 칠호에게 다가가더니 별
안간 위로 솟구쳤다.

비영의 허리를 향해 쓸어 오던 칠호의 검이 아슬아슬하
게 비영의 발바닥을 스쳐 지나갈 찰나, 검강을 머금은 사
인검이 칠호의 정수리를 향해 벼락같이 떨어졌다.

쫭.

만근 화약을 터트리는 듯한 폭음이 울리며 지축이 흔들
렸다.

카아오—

칠호의 괴성이 들렸다.

'이런, 개 같은……'

비영의 얼굴이 무참하게 일그러졌다.

검강이 실린 사인검에 정수리를 맞고도 칠호는 여전히

건재했다. 무릎까지 땅속에 묻혀 버둥거리고 있을 뿐 칠호
의 정수리는 멀쩡했다.

비영은 어금니를 지그시 깨물고는 내력을 십 성까지 끌
어올렸다.

사인검이 다시 칠호의 정수리를 향해 비스듬히 떨어졌
다.

꽝!

폭음이 울리며 무릎까지 땅에 묻혀 있던 칠호의 신형이
허리까지 묻혔다.

비영은 내력을 극성으로 끌어올렸다.

사인검을 둘러싸고 있는 검강의 색깔이 더욱 짙어졌다.

"아예, 파묻어 주마."

비영은 장작을 패듯이 칠호의 정수리를 내려쳤다.

꽝!

폭음과 함께 칠호의 신형이 가슴까지 땅속으로 사라졌
다.

꽝!

이번엔 목만 남긴 채 땅속에 파묻혔다.

허억! 허억!

거친 숨을 몰아쉰 비영이 칠호의 얼굴을 걷어차며 소리
쳤다.

"네깟 놈이 버텨 봐야 어쩔 거야? 몸뚱이만 단단하다고

다 되는 줄 아나 본데, 턱도 없는 소리!"

비영은 득의만만한 얼굴로 요마를 돌아봤다.

"이제는 네놈 차례다."

비영은 옅어지기는 했지만 여전히 검강이 맺힌 사인검을 요마에게 겨누며 말했다.

"크크크, 과연 그럴까?"

요마는 당황하는 기색이라고는 전혀 없는 얼굴로 흉소를 흘렸다.

"잡소리 말고 목이나 얌전히 내밀어라. 비마각의 쓰레기야."

비영은 냉소를 흘리며 요마를 향해 발을 뗐다.

카아오—

그 순간 칠호의 괴성이 울렸다.

어느새 땅을 박차고 나온 칠호가 비영의 발목을 잡고 있었다.

우드드득.

섬뜩한 소리가 비영의 발목에서 났다.

끄으으!

눈을 부릅뜬 비영의 입에서 신음성이 새어 나왔다.

"크윽! 감히 시체 따위가……."

"어리석은 놈! 귀혼강시가 네까짓 놈의 검강에 부서질 줄 알았더냐? 크하하하!"

요마의 조롱에 비영은 가슴이 철렁 내려앉았다.

'귀혼강시라니.'

칠십 년 전에 출현했던 것이 마지막이었던지라 비영도 기록으로만 보았을 뿐 실제로 보는 것은 처음이었다.

비영은 그때서야 검강에 수차례 격타당하고도 멀쩡했던 이유를 알 수 있었다.

사인검을 들어 칠호의 손목을 잘라 버리려고 했던 생각을 바꿨다.

대신 재빨리 분영축골공을 시전했다. 위장을 위해 신체를 전부 줄이는 여타 축골공과 달리 한곳만을 집중적으로 줄이는 분영축골공은 시전하는 부위의 뼈를 잠시 동안 다른 곳으로 이동시킬 수 있었다.

'끄으윽!'

이미 부러진 발목의 뼈를 이동시키자 소름 끼치는 고통이 밀려왔다.

우득! 우득!

뼈가 마찰하는 소리가 나면서 발목이 가늘어지고 발이 줄어드는가 싶더니, 급기야는 뼈가 없어진 것처럼 흐느적거렸다.

그 순간 비영은 칠호의 손아귀에서 발을 빼면서 나머지 발로 땅을 박차더니 요마가 있는 쪽으로 신형을 날렸다.

폭뢰섬!

일체의 방어 동작도 없이 몸을 날린 비영은 일격 필살의 기운을 담아 사인검을 휘둘렀다.

서걱!

'베었다.'

회심의 일격을 가한 비영의 입가에 미소가 번지려는 찰나 뒤에서 요마의 목소리가 들렸다.

"꼼수를 부린다고 당할 줄 알았더냐?'

가슴에서 피를 흘리며 괴로워하는 요마가 눈앞에 있건만 어째서 그의 목소리가 뒤에서 들린단 말인가?

'분명히 베었거늘.'

비영의 눈에 의문이 가득해지는 순간, 요마의 신형이 조각조각 깨지더니 서서히 허공으로 흩어졌다.

비영은 천천히 돌아섰다.

요마가 붉은색의 깃발을 들고 서 있는 것이 보였다.

"내 이름이 왜 요마인지 아느냐? 기환술의 최고봉이라는 마라기환술의 당대 전인이기 때문이다. 크크크!"

비영은 가슴이 답답해졌다.

상대가 천마교의 천마강시나 사혈맹의 혈강시라면 자신이 시전하는 검강이면 단숨에 두 쪽으로 가를 수 있었다.

그러나 금강불괴의 신체를 가진 귀혼강시라면 단숨에 두 쪽으로 가르는 것은 고사하고 팔 하나 잘라 내기도 힘들었다.

그래서 귀혼강시의 조종자로 보이는 요마를 노렸던 것인데, 하필이면 마라기환술을 익힌 놈이라니.

지금 보이는 저 모습도 실상인지 허상인지 구분이 되지 않았다.

비영은 단전에 남아 있는 내력을 가늠해 보고는 발목의 상태를 살폈다.

분영축골공의 기운이 사라진 발목은 원래의 모습으로 돌아와 힘없이 축 처져 있었다.

'제길! 발목까지 부러진 상태라 피한다 해서 될 일도 아니고…… 이를 어찐다.'

비영의 입안은 초조함으로 바짝 타들어 갔다.

귀혼강시 하나만 하더라도 승부를 장담할 수 없는데, 마라기환술을 사용하는 비마각의 마두까지 함께 있으니 그야말로 첩첩산중이었다.

비영은 제발 봉삼이 근처에 와 있기만을 빌었다.

귀혼강시의 상극은 선기와 불가의 항마력.

특히나 선천선기의 소유자 앞에서는 맥을 못 추는 것이 특징이었다.

마라기환술의 경우도 마찬가지였다. 아무리 기환술의 최고봉이라는 마라기환술이라고 하더라도 선천선기의 소유자인 봉삼에게는 그저 눈을 속이는 잡술에 불과했다.

비영은 품속에서 손바닥만 한 죽통을 끄집어냈다.

비영각의 신호용 폭죽이었다.

죽통을 하늘을 향해 치켜든 비영은 수하들보다 봉삼이 먼저 보기를 빌며 발사 줄을 당겼다.

펑! 쇄에엑!

화약 터지는 소리와 함께 죽통에서 한 줄기 불빛이 하늘을 향해 솟구쳤다.

펑! 퍼버벙!

요란한 폭발 소리와 더불어 밤이라면 능히 백 리 밖에서도 식별이 가능한 오색찬란한 불꽃이 하늘을 가득 수놓았다.

"신호탄을 쏜다고 달라질 것이 있을 것 같으냐? 네놈이 이 자리에서 죽는 것은 달라질 것이 없다. 그것은 신호를 보고 달려올 네놈의 동료도 마찬가지다. 넌 죽어서도 후회하게 될 것이다. 죽음의 덫으로 동료를 부른 것을…… 크하하!"

여유로운 얼굴로 폭죽이 터지는 것을 바라보던 요마는 기꺼운 표정으로 광소를 터트렸다.

"비마각의 잡종! 마지막 가는 길이라면 네놈만큼은 필히 데리고 가 주마."

이제 모든 것을 운에 맡기기로 결심한 비영은 마지막 방법을 쓰기로 마음먹었다.

그것은 잠력을 격발시키는 잠능파천공을 시전하는 것이

었다. 생명을 유지하는 근본인 선천지기를 한 번에 소진시
키는 잠능파천공은 무시무시한 위력만큼이나 사용 후의 후
유증이 극심한 대법이었다.

십중팔구 죽음에 이르고, 생명을 건져도 평생을 폐인으
로 지내야 할 정도였다.

비영은 품속에서 검붉은 환단을 꺼내 망설임 없이 입에
털어 넣었다.

선천지기를 끌어올려 잠능을 격발시키는 잠능신환이었
다.

잠능신환을 입에 넣자마자 얼굴이 붉게 디올랐다. 꽁꽁
숨어 있던 선천지기를 잠능신환이 자극하자 일제히 단전으
로 쇄도하기 시작했다.

흐읍!

고갈된 내력이 순식간에 차오르는 것을 느낀 비영은 잠
능파천공(潛能波天功)의 구결대로 진기를 운용했다.

쿠오오오!

순간 금세 폭발할 것 같은 강렬한 기운이 비영을 감쌌
다.

번쩍!

비영의 눈에서 서릿발 같은 기운이 줄기줄기 흘러나왔
다.

"각오하는 것이 좋을 거다."

비영은 사인검을 치켜들고 요마를 향해 돌진했다.

잠능파천공을 시전할 수 있는 시간은 길어야 이각.

그 안에 요마를 제거해야 했다.

여타 강시와 달리 영성이 연결된 조종자의 의지대로 움직이는 귀혼강시는 조종자를 제거하면 움직임을 멈출 것이었다.

쾅!

사인검에서 두 자나 뻗어 있던 강기가 요마가 있던 자리에 꽂혔다.

그러나 요마의 모습은 보이지 않았다.

이형환위의 수법처럼 공간을 격하며 모습을 드러낸 요마는 홍소를 터트렸다.

"크크크! 너의 상대는 내가 아니다. 네놈의 잠력이 고갈될 때까지 귀혼강시가 상대해 줄 것이다. 그 후 본좌가 친히 목을 쳐 주마!"

크르르—

칠호가 요마의 앞을 막아서며 검을 곧추세우더니 벼락같이 비영을 향해 쇄도했다.

귀혼강시의 방해를 피해 요마를 제거하는 것이 관건인데, 이놈을 넘지 않고는 요마를 공격할 기회가 오지 않을 것 같았다.

'제길! 이놈이나 저놈이나 그놈이 그놈이다. 하나라도

잡고 보자.'

비영도 어금니를 지그시 깨물고는 사인검에 내력을 몰아넣고 돌진했다.

은형참!

사인검에서 발출된 강기가 칠호의 가슴을 여지없이 때렸다.

꽈쾅!

전과는 비교도 되지 않을 정도의 폭음이 울려 퍼졌다.

쿵! 쿵! 쿵!

가슴이 함몰되지는 않았지만 칠호의 신형이 연신 뒤로 물러났다.

광폭뢰!

우르르— 꽈쾅!

폭출한 강기가 거세게 날아가 균형을 잡지 못한 칠호를 격타했다.

카아오—

이번엔 효과가 있었다.

너덜너덜해진 칠호의 옷 사이로 전과 달리 미세하지만 금이 가 있는 것이 보였다.

비영은 이를 악물었다.

단전에 있는 내력은 물론이고 세맥에 퍼져 있는 내력까지 모두 끌어올렸다.

우— 우우웅!

그와 함께 사인검이 부르르 떨며 흐느끼기 시작했다.

비영의 눈에 비칠거리며 물러나던 칠호의 신형이 멈추는 것이 보였다.

"이번에는 확실히 보내 주마."

우— 우우웅!

용 울음을 토해 내는 사인검이 비영과 한 몸이 되어 칠호를 향해 날아갔다.

벽력참!

비영의 입에서 쥐어짜는 듯한 기합성이 터지더니 거대한 용의 형상이 나타났다.

꽝! 꽈꽈꽝!

용의 형상을 한 강기 다발이 칠호의 전신을 사정없이 때렸다.

쿠아아—

쿠우웅!

칠호는 괴성을 터트리며 십 장의 거리를 날아 바닥에 처박혔다.

허억! 허억!

거친 숨을 몰아쉬는 비영의 얼굴은 파리했다.

사인검을 바닥에 푹 꽂은 비영은 사인검에 신형을 의지한 채 바닥에 처박혀 버둥거리는 칠호를 힘겹게 응시했다.

누더기가 되다시피 한 칠호의 야행복 사이로 드러난 시퍼런 피부에는 거미줄 같은 금이 무수하게 나 있었다.

"정말 질기구나. 과연 희대의 마물이라 할 만하다."

잠능파천공을 시전한 비영의 내공은 삼 갑자를 상회하는 막대한 양이었다. 선천지기를 끌어올린 탓에 정순함에 있어서도 평소와는 비교도 되지 않았다.

한데 완전히 파괴를 하지 못하고 고작 금이 가는 정도라니…….

비영은 질려 버린 얼굴이었다.

그나마 다행인 것은 칠호가 더 이상 움직이지 않는다는 것 정도였다.

비영은 후들거리는 다리에 힘을 주고는 허리를 폈다.

"요마 모습을 드러내라. 이제 끝장을 보자."

"으음! 귀혼강시를 저렇게 만들다니. 실력은 인정하마. 하지만 이제 네놈이 할 수 있는 것은 아무것도 없다."

담담한 표정으로 신형을 드러낸 요마는 내심 당혹스러웠다.

귀혼강시의 상극인 선기나 항마력도 아니고, 순수한 무공으로 격파할 수 있는 자가 있으리라고는 생각도 못 했었다.

바닥에 처박혀 꿈틀대고 있는 귀혼강시를 힐끗 쳐다본 요마의 눈에 난감함이 어렸다.

여러 곳에 심한 균열이 생긴 것도 문제였지만, 제일 큰 문제는 하반신이 뒤틀어져 버렸다는 것이었다.

저렇게 되면 움직이는 것은 가능할지 몰라도 균형을 제대로 맞추지 못하니 신법을 펼칠 수가 없을 터였다.

신법을 펼칠 수 없으니 이동 속도가 현저하게 떨어지는 것은 당연지사일 테고, 잘못하면 뒤를 잡힐 수도 있었다.

그렇다고 귀혼강시를 버려두고 혼자 몸을 뺄 수도 없었다.

요마에게는 귀혼강시를 무사히 데리고 마황곡으로 돌아가야 할 의무가 있었다.

비영각의 잡졸이 신호용 폭죽을 쏘아 올린 지도 벌써 이 각이 되어 가고 있었다.

지금쯤이면 선인곡의 잡졸들이 달려오고 있을 것이었다.

자칫하다간 몸을 뺄 시간도 없이 당할 수도 있었다.

사실 요마의 무공은 기환술과 진법을 빼면 쭉정이나 다름이 없었다. 겨우 절정의 문턱을 밟은 요마로서는 귀혼강시의 도움 없이 비영을 상대하는 것이 께름칙했다.

검을 들어 올릴 기력도 없어 보이지만 결코 방심할 수는 없었다. 귀혼강시를 격파한 괴물 같은 놈을 상대로 모험을 할 필요도, 할 생각도 없었다.

그리고 선천지기를 끌어올려 잠력을 격발했으니 가만히 놔둬도 어차피 죽을 놈이었다.

굳이 위험을 감수할 필요가 없다는 판단을 내렸다.

"서 있기도 힘든 상태에서 무엇을 할 수 있겠느냐? 선천지기를 쥐어짜는 짓을 했으니, 운이 좋아 목숨을 건진다 해도 폐인인 것을."

"너 하나 상대할 힘은 충분하다. 잡소리 말고 덤벼라."

요마를 노려보는 비영의 눈에서 독기가 줄줄 흘러나왔다.

"가만히 놔둬도 곧 죽을 놈에게 힘을 쓸 필요는 없겠지."

요마는 입가에 조소를 띠고는 칠호를 향해 주문을 중얼거렸다.

그러자 바닥에서 버둥거리기만 하던 칠호가 몸을 일으켰다. 하반신이 뒤틀려 뒤뚱거리기는 했지만 스스로 움직이고 있었다.

그 모습을 본 비영은 요마가 이곳에서 몸을 빼려고 한다는 것을 알 수 있었다.

비영은 부러진 발목을 질질 끌면서 요마를 향했다.

"네놈이 오지 않는다면 내가 가마."

"어리석은 놈! 기어이 죽음을 재촉하는구나."

요마는 품에서 붉은 깃발을 꺼내 들었다.

아수라상이 새겨진 붉은 깃발에는 고대 범어로 보이는 글자가 빽빽이 담겨 있었다.

깃발을 흔들며 주문을 외우자 요마의 주위로 검붉은 기운이 소용돌이치더니 점점 범위가 넓어졌다.

허억! 허억!

거친 숨을 몰아쉬며 비영은 한 발, 한 발 요마에게 다가갔다.

비영의 상태는 요마가 예상한 대로였다. 선천지기의 고갈로 정신은 혼미한 상태였고, 체력은 바닥이 난 지 오래였다.

이미 생명의 불꽃이 사그라지기 시작한 비영을 움직이게 하고 있는 것은 반드시 요마를 죽이겠다는 일념이었다.

"옴 반마 바라훔 마라 밀 마라 훔."

비영이 검붉은 기운의 범위 안에 들어오자 요마가 주문의 소리를 높이며 깃발을 바닥에 꽂았다.

"영겁의 사신이여, 강림하라!"

그 순간 느릿하게 움직이던 비영이 사인검으로 부러진 쪽의 발등을 사정없이 내려찍었다.

푹!

흐읍!

비영의 눈이 부릅 떠졌다.

고통이 혼미하던 정신을 일깨웠다.

혈맥이 강한 자극을 받아 꿈틀거리며 잠깐이지만 세맥에

216

녹아 있는 진기가 단전으로 모여들었다.

그 정도면 충분했다.

마지막 일격을 가하는 데는…….

일섬격!

비영의 입에서 쥐어짜는 듯한 일갈이 터져 나왔다.

그와 동시에 비영의 신형이 일순간 쭉 늘어나는가 싶더니 삼 장의 거리를 격하고 나타났다.

요마를 향해 쭉 뻗은 사인검에서 강기가 부챗살 모양을 그리며 날아갔다.

꾀르룽!

폭음이 울리며 요마를 감싸고 있는 검붉은 기운이 심하게 요동쳤다.

귀혼강시에게 날리던 강기에 비하면 위력은 현저히 떨어졌지만 넓게 퍼진 강기가 요마가 꽂아 놓은 깃발 주위를 파헤쳤다.

크윽!

요마의 입에서 신음성이 터졌다.

"이런, 개 같은 일이!"

옆구리를 내려다본 요마는 어이가 없었다.

강기가 스치고 지나간 옆구리가 쩍 벌어져 있었다.

그나마 재빨리 몸을 피했기에 망정이지 그렇지 않으면 두 동강이 난 시체가 될 뻔했다.

"이놈! 죽인다."

요마는 옆구리를 쪽의 지사혈과 지실혈을 눌러 지혈을 하고는 비영을 찾아 두리번거렸다.

시뻘게진 눈에 분노에 찬 광망이 번뜩였다.

그런데 없었다. 방금까지 검에 몸을 의지해 피를 토하던 놈이 그 짧은 순간에 감쪽같이 사라져 버렸다.

으드득!

이 가는 소리가 섬뜩하게 들렸다.

요마는 참담했다.

기환술이 펼쳐진 삼 장 안은 자신의 영역이었다.

그런데 그 공간을 격하고 공격을 하다니. 더구나 선천진기가 고갈돼 가만히 놔둬도 곧 죽을 놈이건만.

지혈을 했음에도 여전히 선혈이 떨어지는 옆구리에 금창약을 발라 가는 손길이 분노로 떨렸다.

"으득! 시간이 없어서 직접 목을 치지 못하는 것이 아쉽다만, 네놈이 도망을 쳐 봐야 이미 저승 문턱에 발을 걸친 상태다. 대라신선이 온다 한들 목숨을 건질 것 같더냐."

요마는 비영을 찾아 목을 치는 것보다 빨리 몸을 빼는 것을 선택했다. 부상까지 입은 상태에서 선인곡의 추종객과 마주치면 낭패였다.

"칠호! 움직여라. 시간이 없다."

영성이 연결된 요마의 지시에 칠호가 삐거덕거리는 소음과 함께 뒤뚱거리며 걸음을 옮겼다.

요마와 귀혼강시가 사라진 뒤 방문이 조심스럽게 열렸다.

얼굴을 내밀어 조심스럽게 살피는 남자의 뒤로 여인의 목소리가 들렸다.

"갔나요?"

"그런 것 같소. 조용한 것을 보니 간 것 같소."

"이제는 어쩌죠?

아기를 품에 안고 소곤거리던 여인은 불안한 얼굴로 물었다.

"일단 촌장님 댁으로 피하도록 합시다. 이곳은 언제 무너질지 모르니."

남자는 위태롭게 버티고 있는 천장을 바라보며 몸을 부르르 떨었다.

산골 촌부인 남자가 보기에 그들은 사람이 아니었다. 한 번의 칼질에 천지를 울리는 굉음이 울리고, 땅이 움푹움푹 파였다.

하늘을 날고, 물 위를 걷는다는 무림인에 대해 들은 풍월은 있었지만 실제로 보기는 처음이었다.

놀란 가슴을 진정시킨 부부는 아기와 함께 밖으로 나왔다.

삶의 터전인 집은 물론이고 주변은 이미 구실을 할 수 없을 정도로 망가져 있었다.

　휴우——

　목숨을 건졌지만 한숨이 새어 나왔다.

武林 萬物商

8
장

천선마기의 주인

봉삼은 난감한 얼굴로 옆을 봤다.

소희가 활짝 웃으며 눈을 반짝였다. 언제 눈물을 보였냐
는 듯이 웃는 것이 앙큼하기 그지없었다.

'어이구! 머리야.'

소희에게 발목이 잡힌 봉삼은 결국에는 자리를 옮겨 소
희 일행과 마주 앉았다.

백기준은 무엇이 그리 신기한지 봉삼과 소희를 번갈아
쳐다보기를 반복했다.

백비와 무영은 침묵을 지키고 있었다.

간혹 서로 눈을 마주칠라치면 견원지간처럼 으르렁거렸
다.

죽이는 자와 지키는 자의 숙명을 타고난 두 사람은 본능적으로 서로를 경계했다.

문제는 자신을 만금상단의 소단주라고 소개한 만조운이었다.

딱 보기에도 희멀건 얼굴에 온몸을 휘감고 있는 물건들이 부잣집 도련님의 행색인 이놈은 말끝마다 꼬투리를 잡고 있었다.

겉은 분명히 웃고 있는데, 내뱉는 말마다 가시가 잔뜩 돋아 있는 것이 심사가 뒤틀린 인간 같았다.

가뜩이나 천선마기를 감지한 이후로 신경이 날카로운데, 별 시답지 않은 놈이 깐죽대니 짜증도 났다.

그런데 희한하게 생글거리는 소희의 얼굴을 보면 짜증이 눈 녹듯이 사라졌다.

봉삼은 갈팡질팡하는 마음을 추스르기 위해 애를 썼다.

하지만 그것이 쉽게 되지 않았다.

오히려 자꾸 소희에게 눈길이 갔다. 보고 또 봐도 질리지가 않았다.

연화 누이를 볼 때면 느끼던 따뜻함과는 다른 뭔가가 자꾸 심장을 간질거렸다.

'그냥 안면 몰수하고 일어서? 여기서 노닥거릴 때가 아닌데, 뭐하는 거야? 봉삼아, 정신 차려라!'

봉삼은 스스로를 재촉했다.

한가롭게 술을 마시며 한담을 나눌 처지가 아님을 잘 알면서도 매정하게 뿌리치지 못하는 자신이 한심했다.

소희는 마음이 포근했다. 봉삼의 곁에 있다는 것만으로 왠지 마음이 안정되고 자꾸 웃음이 나왔다.

소희는 봉삼이 떠난 뒤 가슴 한곳이 뻥 뚫린 것처럼 허전함을 느꼈다. 고작해야 사흘 동안 얼굴을 마주한 것이 다였는데 이해가 가지 않았다.

그리고 자존심도 상했다. 소희에게 반해 목을 매는 청년들을 한 줄로 세우면 그 줄이 족히 십 리는 갈 정도였다.

그동안 받은 연시를 모으면 방 하나는 충분히 채우고도 남았고, 그녀의 마음을 사로잡기 위해 보내온 선물을 모으면 작지 않은 천검문의 곳간을 가득 채울 수 있었다.

검왕이라는 뒷배경에 강호삼미 중 백화로 불리는 미모는 뭇 청년들의 가슴을 설레게 하기에 충분했다.

맞은편에 앉아서 불편한 심기를 그대로 드러내고 있는 만조운도 그런 이들 중 하나였다.

할아버지가 무림맹으로 같이 갈 것을 권할 때, 소희는 고개를 흔들었다.

그것은 여자로서의 마지막 자존심이었다.

그러나 마지막 자존심은 쉽게 무너졌다. 자존심을 내세우기에는 가슴에 자리 잡은 봉삼의 그림자가 너무 강렬했다.

그리고 시간이 지날수록 불안했다. 이번이 아니면 다시는 봉삼을 못 볼 것 같은 예감이 들었다. 그것은 여자의 직감이었다.

결심을 하자 그다음은 쉬웠다. 동생을 앞세워 무림맹으로 향한 할아버지를 쫓아 부랴부랴 길을 나섰다.

용봉지회 따위는 관심 밖이었다. 오로지 봉삼을 다시 보기 위해서였다.

중간에 만조운이라는 찐득이가 슬쩍 끼어들기는 했지만 그 찐득이 덕에 편안한 여정이 되었으니 그리 불만은 없었다.

만조운의 속은 부글부글 끓다 못해 터질 것만 같았다. 어디서 굴러먹었는지 모를 놈에게 소희가 애정이 듬뿍 담긴 눈으로 바라보고 있었다.

지난 삼 년간 천검문의 문턱이 닳도록 드나들며 애정 공세를 펼쳐도 매번 콧방귀만 뀌던 소희였다.

그런데 멀대같이 키만 크고 가진 것은 쥐뿔도 없어 보이는 놈에게 푹 빠져 있었다.

만조운은 내심 이를 갈았다. 당장이라도 저 멀대 같은 놈을 갈기갈기 찢어발기면 속이 풀릴 것 같았다.

하지만 그럴 수가 없었다.

만금상단의 소단주란 가면을 벗지 않는 이상 직접 나설 수는 없었다.

"장 공자님. 그럼, 무림맹으로 돌아가시지 않으실 건가요?"

소희의 물음에 봉삼을 볼을 슬쩍 긁으며 입을 열었다.

"노문주님과의 약속도 있고 하니, 이곳의 일이 끝나는 대로 개봉으로 갈 생각입니다."

"그러시군요."

소희는 눈을 살짝 내리깔며 고개를 끄덕였다.

'찐득이도 떼어 버릴 겸 일정을 바꿔 개봉으로 가면 되겠네.'

끈끈한 시선을 넌지며 사람을 귀찮게 히는 만조운을 힐끗 쳐다본 소희는 만족스런 미소를 지었다.

소희에게 찐득이 취급을 받고 있다는 것은 모른 채 만조운은 소희의 미소에 가슴이 철렁 내려앉았다.

삼 년 동안 공들여 온 탑이 한순간에 와르르 무너지고 있었다.

만조운은 봉삼이 미웠다. 소희와 대화를 하는 것도 미웠고, 눈을 마주치는 것도 미웠다. 갑자기 나타나 소희의 관심을 독차지하고 있는 것이 밉고, 소희의 따뜻한 눈길을 받는 것도 미웠다. 밉고 또 미웠다.

그런데 소희는 밉지 않았다. 서운하지도 않았다.

야멸치게 대할수록 거리를 둘수록 안달이 났다.

미치고 환장할 일이었다.

모든 것이 저 얄미운 놈 탓이었다.

"그러고 보니, 서로 통성명을 하고도 장 소협의 사문에 대해 들은 것이 없군요. 괜찮으시다면 얘기를 해 주시지요. 궁금한 것이 많습니다. 하하하!"

만조운이 짐짓 예의를 차려 물었다.

"은연자중을 제일 문규로 생각하는 곳인지라 특별히 내세울 것도 들려 드릴 이야기도 없는 곳입니다."

"하하하! 장 소협처럼 헌앙한 기도를 가지신 분을 배출한 곳이 내세울 것이 없다니요. 이거 겸손이 지나치십니다. 그러지 마시고 어디 출신인지 정도는 말씀을 해 주시지요."

'썩을 놈! 내 말 한마디면 네놈이 입고 있는 속곳 색깔까지 알아낼 수 있다. 네놈의 추잡한 과거를 알아내 모조리 까발려 주마.'

호쾌한 웃음과 달리 만조운의 속내는 음충하기 그지없었다.

만조운은 어떻게 하면 봉삼을 흠집을 낼 수 있을까 싶어 안달이 나 있었다.

"만 소협!"

소희가 앵두 같은 입술을 움직이자 만조운은 득달같이 대답했다.

"네! 백 소저, 하실 말씀이라도."

"장 공자님은 우리 천검문의 은공이신 만검거사 님의 제자가 되시는 분입니다. 장 공자님의 곤란은 천검문의 곤란과 같습니다. 그러니 장 공자님께서 곤란해 하실 질문은 삼가 주세요."

여태껏 나긋나긋하던 소희의 목소리는 쌀쌀맞게 변해 있었다.

만조운은 불끈 솟아오르는 질투의 감정을 누르고 짐짓 호탕한 웃음을 터트렸다.

"하하하! 이거 제가 실례를 한 것 같습니다. 사죄의 의미로 세가 술 한잔 올리겠습니다. 이것마저 거절하지는 않으시겠지요?"

만조운은 섭섭함을 감추고 술병을 들었다.

"사죄라고 할 것까지야 무에 있겠습니까."

봉삼은 술잔을 들며 점잔을 떨었다.

하지만 내심 고소했다. 그리고 편을 들어주는 소희가 기특했다.

돌돌돌!

술병에서 흘러내리는 맑은 술이 잔을 채웠다.

술이 채워질수록 술잔을 쥐고 있는 봉삼의 손이 아래로 처졌다.

봉삼의 눈썹이 꿈틀거렸다.

'얼씨구! 지금 뭐하는 수작이냐?'

술을 따르는 만조운의 입꼬리가 슬쩍 올라갔다.

'이놈! 얼마나 버티나 보자.'

만조운은 술을 따르면서 내력을 한껏 실었다.

한 잔의 술이지만 가히 천 근의 무게가 되어 술잔을 쥐고 있는 봉삼의 손을 눌렀다.

넘칠 듯이 술잔을 가득 채운 술이 잠시 파랑을 일으키는가 싶더니 술이 빠르게 소용돌이쳤다.

자그마한 술잔 속에서 태풍이 불고 해일이 일어났다.

술병을 내려놓은 만조운이 만면에 미소를 지었다.

"장 소협! 사과주는 한 번에 들이키는 것이 예라 들었습니다. 드시지요."

"그런가요?

봉삼은 히죽 웃었다.

요즘에도 이런 방법으로 자신을 과시하는 자가 있는가 싶었다.

봉삼은 기꺼이 진부하고도 유치한 놀이에 동참하기로 마음먹었다.

봉삼은 손아귀에서 요동을 치는 술잔에 내력을 불어넣었다.

지이잉!

만조운이 심어둔 내력과 봉삼이 불어넣은 내력이 만나자 사기로 만든 술잔에서 진동음이 울렸다.

주위의 시선이 봉삼이 쥐고 있는 술잔으로 향했다.

딱 봐도 상황이 그려졌다.

만조운이 내력으로 봉삼을 실험했음을 알 수 있었다.

소희의 고운 아미가 하늘을 향했다.

백기준과 백비는 흥미로운 얼굴로 술잔을 주시했다.

무영은 힐끗 보고는 코웃음을 쳤다.

서로의 반응이 엇갈리는 가운데, 봉삼은 느긋했다.

소희가 나서서 한마디 하려는 순간, 새로운 힘에 밀리지 않으려고 버티던 술잔 속의 경력이 주춤했다.

그때를 노렸다는 듯이 봉삼이 밀어 넣은 내력이 술잔 속의 경력을 몰아냈다.

출렁이는 파도처럼 술잔을 때리던 술이 어느새 잠잠하게 가라앉았다.

봉삼은 히죽 웃으며 술잔을 입으로 가져갔다.

꿀꺽!

단숨에 잔을 비운 봉삼이 만조운에게 새 잔을 내밀며 말했다.

"만 소협! 좋은 물에 특별한 재료를 써서 그런지 술맛이 각별하군요. 이번엔 제가 한잔 따르지요."

"그러지요. 장 소협이 권하는 술을 어찌 마다하겠습니까."

만조운은 어색한 미소를 지으며 술잔을 쥐었다.

호흡을 가다듬고 만반의 준비를 했다.

주위의 시선이 만조운에게 향했다. 저마다 흥미로운 얼굴이었다. 만조운의 편은 아무도 없었다.

봉삼이 술병을 들어 만조운의 술잔에 술을 따랐다.

돌돌돌!

술잔을 쥐고 있는 만조운의 손에 푸른 힘줄이 불끈 솟았다.

봉삼이 희미한 미소를 지으며 내력을 끌어올리려는 찰나, 소희의 짤랑거리는 목소리가 들렸다.

"어머나! 폭죽이네."

"폭죽? 어디?"

백기준이 소희의 시선을 따라 바깥을 쳐다봤다.

"저기 봐. 빨주노초파남보! 어머! 무지개처럼 일곱 색이 다 있어."

불꽃이 하늘을 수놓는 모습에 소희가 탄성을 터트렸다.

"전주님!"

무영이 다급한 얼굴로 봉삼을 불렀다.

창밖을 보는 봉삼의 얼굴이 딱딱하게 굳어 있었다.

'이런, 제길! 저건 절대 위급 상황에서 사용하는 건데……'

*　　　*　　　*

봉삼의 신형이 바람처럼 뻗어 나갔다.

관도를 오가는 사람들이 눈을 휘둥그레 뜨고는 웅성거렸지만 신경 쓸 겨를이 없었다.

비영이 은신하고 있다는 산골 마을까지는 대략 백 리 정도.

지금 몸 상태로 최대한 빠르게 달린다 하더라도 반 시진은 족히 걸리는 거리였다.

울창한 숲이라면 천상제의 수법이라도 쓸 텐데, 지금은 탄력을 받을 만한 지형불이 없는지라 불가능했다.

'비영! 조금만 기다려. 봉삼이가 달려가고 있다고. 내 허락 없이는 다쳐서도 안 되는 것 알지? 제발 무사해야 해. 제발!'

봉삼은 비영이 무사하기를 빌고 또 빌었다.

비영은 봉삼에게 수하가 아니었다. 친구이자 형이었고, 때로는 아버지였다.

봉삼은 이를 악물었다.

하단전의 내력을 모두 끌어올리고, 중단전의 오행기를 모두 쥐어짰다.

오행기를 이루는 근본은 선천선기.

천선마기의 기운을 가진 자가 근처에 있다면 봉삼의 존재를 눈치챌 수도 있었다.

완전한 몸 상태에서 부딪쳐도 승부를 장담할 수 없건만, 이렇게 지친 상태에서 선천마기의 주인을 만나게 되면 상대가 곡주가 아니라 후계자라도 필패였다.

하지만 어쩔 수 없었다.

선천선기를 숨기려면 중단전의 오행기를 봉인하고 하단전에 남은 내력만으로 신법을 펼쳐야 하는데, 그리되면 더 이상의 속도를 낼 수 없었다.

늦으면 천추의 한을 남길 것 같았다.

순간 뿌연 안개가 피어오르더니 봉삼의 다리를 감쌌다.

선천선기의 기운이 만들어 낸 선무(仙霧)였다.

현묘한 기운이 풍기는 안개는 서서히 짙어지며 구름 같은 모양이 되었다.

근두운을 탄 손오공처럼 선무에 올라탄 봉삼의 신형이 땅에서 한 자 정도 떠올랐다.

그와 동시에 대기를 가르는 소리가 울려 퍼졌다.

쇄에엑!

얼핏 보면 부운약표의 신법 같았지만 속도가 비교가 되지 않을 정도였다.

가히 축지성촌의 경지를 뛰어넘는 속도였다.

"무영! 먼저 가겠다. 최대한 달려오도록."

"네! 전주님."

어깨를 나란히 하고 달리던 무영의 대답이 저 멀리서 들

려올 정도로 봉삼은 빠른 속도로 달려 나갔다.

＊　　　＊　　　＊

　비영이 잠복하고 있다는 마을로 들어선 봉삼은 입구에 있는 느티나무에 표시된 비영각의 독문 표식을 발견했다.

　암호로 구성된 내용은 비영이 남긴 것이 틀림없었다.

　그런데 이백여 가구는 족히 될 것 같은 마을은 쥐 죽은 듯이 조용했다.

　불길함이 가슴을 답답하게 만들었다.

　비영이 쏘아 올린 폭죽은 절체절명의 위급 상황임을 알릴 때만 사용하는 것이었다.

　그렇다면 화경의 초입에 들어선 비영이 감당할 수 없을 정도의 상대를 만났다는 뜻이었다.

　그리고 도주를 할 수 없는 상황에 부딪쳤다는 말도 되었다.

　도주를 포기했다면 그다음의 수순은 목숨을 건 격전을 벌이는 것이었다.

　화경에 이른 비영과 그에 준하거나 혹은 윗줄의 고수가 격전을 벌인다면 천지를 진동하는 굉음이 울려야 했다.

　신화경에 이른 무인들이 주로 사용하는 강기공의 폭음은 십 리 밖에서도 선명하게 들릴 정도였다.

봉삼의 표정이 어두워졌다.

"우라질! 그만큼 조심하라고 일렀건만……."

표식이 가리키는 방향으로 달리는 내내 가슴이 쿵쿵 뛰었다.

폐허가 되다시피 한 초가집이 가까워질수록 봉삼의 얼굴이 철갑을 씌운 듯이 딱딱하게 굳어졌다.

한눈에 봐도 치열한 격전이 벌어졌음을 알 수 있는 마당에는 인근 마을에 잠복 중이던 비영각의 특급 추종객인 흑영이 먼저 도착해 있었다.

"비영각 삼조장 흑영이 전주님을 뵙습니다."

흑영은 한쪽 무릎을 꿇고 예를 올렸다.

"비영은?"

대답을 기다리는 봉삼의 눈가가 파르르 떨렸다.

"각주님께서는 보이지 않습니다."

"제기랄! 흔적은? 흔적은 살펴봤나?"

"격전이 있었던 것은 확실합니다만……."

머뭇거리는 흑영이 답답한지 봉삼이 버럭 소리를 질렀다.

"있는 대로, 보이는 대로 대답하라!"

봉삼의 호통에 흑영은 조심스런 표정으로 입을 열었다.

"흉수는 두 명인 것으로 보이며 상대의 경지는…… 잠능파천공을 시전하신 각주님께서 곤란을 겪으신 것으로 보아

236

화경을 넘어선 것으로 보입니다. 그리고 마라기환술의 흔적이 발견됐습니다."

흑영은 조각난 붉은 천을 봉삼에게 내밀었다.

섬뜩한 느낌을 주는 아수라의 모습이 새겨진 천에는 고대 범어가 빽빽하게 채워져 있었다.

마라기환술을 펼치는 데 기본이 되는 주술이 담긴 천이 분명했다.

마라기환술은 마황곡의 비전 절예!

마황곡이 남긴 흔적을 노려보는 봉삼의 눈에 핏발이 섰다.

으드득!

이 가는 소리가 섬뜩하게 들렸다.

어금니를 깨물은 봉삼의 아래턱이 가늘게 떨렸다.

마음 한구석에 불안한 생각이 떠나지 않았다.

"잠능파천공을 시전하고 버틸 수 있는 시간은 고작해야 이각. 찾아라! 수단과 방법을 가리지 말고 반드시 찾아라."

"존명!"

봉삼은 흑영에게 시선을 거두고 주변을 둘러봤다.

곳곳에 남아 있는 격전의 흉터는 비영이 마지막 선택을 했음을 알 수 있게 했다.

'우라질! 잠능파천공을 시전했으면 줄행랑을 칠 것이지.'

봉삼은 조바심이 가득한 얼굴로 격전을 택한 비영을 타박했다.

위급함을 알리는 폭죽이 터진 지 벌써 반 시진이 흘렀다.

생명의 근원인 선천지기를 쥐어짜는 방법으로 잠력을 격발하는 잠능파천공을 시전하고 버틸 수 있는 시간은 단 이각.

흉수의 손에서 무사히 벗어났다고 하더라도 지금쯤이면 심각한 상태가 되었을 것이다.

빨리 찾지 못하면 천추의 한을 남길 수 있었다.

봉삼이 비영의 흔적을 찾는 사이, 정주 인근에 잠복 중이던 비영각의 특급 추종객들이 속속 도착했다.

뒤떨어져 달려온 무영까지 포함한 다섯 명의 특급 추종객들은 격전의 현장을 샅샅이 뒤졌다.

"젊은 부부와 아기가 있었던 흔적이 있습니다."

흑영의 외침에 이어 무영이 소리쳤다.

"산향수(散向水)를 사용한 흔적이 있습니다."

"미약하지만 천리미향(千里迷香)의 향이 남아 있습니다. 특이한 향으로 보아 선인곡에서 제조한 것이 틀림없습니다."

"이동의 흔적은 두 방향입니다."

여기저기서 흔적에 대한 분석이 쏟아져 나왔다.

봉삼의 머릿속이 빠르게 회전했다.

"비영의 몸에서 풍기는 천리미향의 냄새를 제거하기 위해 산향수를 썼을 것이다. 흑영과 무영은 천리미향의 향을 쫓아 나와 함께 추적한다. 나머지는 만일을 대비해 나머지 방향을 추적한다."

어느새 냉정을 되찾은 봉삼은 추종객들의 분석을 토대로 지시를 내렸다.

비장한 표정의 추종객들을 스윽 훑어본 봉삼이 서릿발 같은 기세를 내뿜으며 일갈을 토했다.

"명심해라! 비영을 찾는 것이 최우선으로 해야 할 일이다. 비영의 모습이 보이지 않는다면 흉수가 눈앞에 있더라도 관여치 말라. 흉수를 잡는 것은 차후에 할 일이다. 지체할 시간이 없다. 움직여라."

"존명!"

비장함으로 물든 복명과 함께 추종객들이 흔적의 꼬리를 찾아 일제히 몸을 날렸다.

                    *   *   *

추적을 한 지 일각도 되지 않아 비영을 찾아냈다.

'서, 설마!'

죽은 듯이 누워 있는 비영에게 다가가는 봉삼의 얼굴이

딱딱하게 굳었다.

핏기 하나 없는 창백한 얼굴이 봉삼의 가슴을 철렁 내려앉게 만들었다.

끄으응!

입에서 상처 입은 짐승마냥 억눌린 신음 소리가 흘러나왔다.

봉삼은 꿈틀거리는 분노를 간신히 입안으로 삼켰다.

비영은 죽어 가고 있었다. 그나마 미약한 움직임을 보이는 가슴의 기복이 아직 숨이 붙어 있음을 알 수 있게 해 주었다.

"비영!"

봉삼은 만신창이가 되어 있는 비영을 끌어안은 채 숨을 죽였다.

이대로 보낼 수는 없었다. 무슨 수를 써서라도 살려야 했다.

그런데 움직일 수가 없었다. 머릿속이 텅 빈 것처럼 아무것도 생각이 나지 않았다.

"전주님!"

비영의 상태를 살피던 무영이 조심스레 봉삼을 불렀다.

봉삼은 말없이 붉게 충혈된 눈으로 무영을 바라봤다.

"각주님께서 칠일속명결(七日續命訣)을 시전하신 것 같습니다."

"칠일속명결?"

봉삼이 거친 손짓으로 비영의 완맥을 거머쥐었다.

시체처럼 싸늘하게 식어 있는 혈맥 사이로 한 가닥 생기가 꿈틀거리고 있었다.

쿠우웅!

느리게나마 뛰고 있는 심장 소리가 들렸다.

귀식대법을 펼치고 있는 것처럼 신체의 모든 기능이 정지를 한 가운데 미약한 기운이 심장을 보호하고 있었다.

선천지기가 완전히 고갈되기 직전에 한 줄기 생기로 목숨 줄을 붙잡아 둔다는 칠일속명결을 펼친 것이었다.

"크크크— 크하하!"

봉삼은 비영의 창백한 얼굴을 내려다보며 웃다가 하늘을 올려다보며 대소를 터트렸다.

하늘을 향한 눈가로 한 줄기 눈물이 주르륵 흘러내렸다.

'이 철없는 아저씨야. 상대가 안 된다 싶으면 도망부터 쳐야지. 왜 쓸데없는 짓을 해서 이렇게 사람 속을 태우는 거야.'

역시 비영이었다. 늘 숨겨 둔 한 수가 목숨을 구명한다고 주장하더니 죽음을 목전에 두고 이렇게 기사회생의 길을 열어 두다니.

이제 주어진 시간은 칠 일.

그 안에 이승과 저승의 경계에 한 발씩을 걸치고 있는

비영을 다시 이승으로 끌고 와야 했다.

지금의 상태로는 천고의 영약을 먹여도 아무런 효과를 볼 수 없었다.

오로지 한 사람만이 비영을 예전의 모습으로 되돌릴 수 있었다.

"무영, 파파께 급전을 보내라. 지금쯤이면 개봉으로 향하고 계실 것이다. 비영의 상태를 상세히 전하고 서둘러 달라고 말씀드려라. 선천지기가 고갈된 비영을 살릴 수 있는 분은 오직 파파뿐이시다. 혹여 길이 엇갈려 치료 시기를 놓치는 일이 없도록 만전을 기하라. 나는 바로 흉수를 쫓겠다."

"존명!"

*　　　*　　　*

"지독한 놈!"

요마는 떡하니 벌어진 옆구리를 내려다보며 분통을 터트렸다. 살점이 한 움큼은 날아가 버린 옆구리에서 시뻘건 선혈이 뚝뚝 흐르고 있었다.

워낙 상처 부위가 큰 탓인지 혈도를 찍고 금창약을 덕지덕지 발랐음에도 지혈이 안 되고 있었다.

"죽일 놈! 직접 목을 쳤어야 했는데. 빌어먹을!"

밀려오는 통증에 어금니를 지그시 깨문 요마는 지금이라도 돌아가 비영의 숨통을 직접 끊어 버리고 싶었다.

하지만 상황이 여의치가 않았다.

옆구리의 상처도 발목을 잡았지만, 무엇보다 큰 이유는 제 기능을 상실한 귀혼강시였다.

요마의 눈이 뒤쪽에서 따라오는 귀혼강시를 향했다.

한숨이 절로 나왔다.

여기저기에 균열이 생긴 귀혼강시는 움직일 때마다 삐거덕거리고 있었다.

거기다 하반신이 비틀어져 균형을 맞추지도 못하고 기우뚱해진 자세로 걷고 있었다.

그 모습을 보니 이맛살이 와락 구겨졌다.

"제기랄! 이대로 돌아가면 십중팔구 사부의 손에 맞아 죽을 텐데. 하아!"

요마는 괴팍한 성격의 괴마를 떠올리고는 두려움에 몸을 떨었다.

괴마는 사이한 술법을 연구하는 데 평생을 보낸 인물이었다. 마황곡에서 곡주 다음가는 자리인 장로 자리를 꿰차고 있는 괴마는 술법에도 능했지만 사이한 술법을 증폭시키는 기물을 제조하는 데도 일가견이 있었다.

괴마는 사람을 믿지 않았다. 자신을 제자로 받은 것도 기물 제조법이 절전될 것을 우려한 마황곡주의 강권에 의해서였다.

이번에 데리고 나온 귀혼강시는 그동안 사부가 만든 기물 중에서 특별히 아끼는 것이었다.

명부로 가야 할 혼을 구천소혼대법(九泉素魂大法)으로 강제로 붙잡아 제조하는 귀혼강시는 여타 강시와 달리 지능이 있을 뿐만 아니라 살아생전의 무공을 자유롭게 시전할 수 있었다.

다만 제조법이 까다롭고 강시가 될 대상이 생전에 이 갑자 이상의 내공을 가지고 있어야 한다는 제약이 있어 수백년 동안 고작 열 구를 제작하는 데 그쳤다.

그만큼 귀혼강시는 마황곡에서도 귀한 물건이었다.

평소라면 절대 내주지 않을 귀혼강시를 선선히 내어 준 것도 애기손을 제작하는 데 필요한 아기와 산모를 납치하는 데 용이하게 하기 위해서였지 요마를 걱정해서가 아니었다.

그런데 자식처럼 아끼는 귀혼강시가 이 꼴이 된 것을 알게 된다면…… 아무리 제자라도 단칼에 목을 칠 위인이었다.

꿀꺽!

괴마의 사이한 눈을 떠올린 요마는 저도 모르게 마른침을 삼켰다.

"우라질! 어떻게든 실수를 만회할 방법을 찾아야 하는

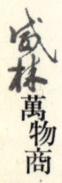

데, 어떻게 해야 하나."

요마는 괴마를 달랠 방법을 찾아 열심히 머리를 굴렸다.

얼굴이 슬며시 찌푸려졌다. 괴마는 술은 입에도 대지 않았고, 여자도 가까이 하지 않았다.

그렇다고 돈도 밝히지 않으니 뇌물을 쓰려고 해도 마땅한 것이 없었다.

그나마 괴마가 즐겨 하는 것이 있다면 특이한 술법 매개체를 만들거나 연구하는 것이었다.

이번에 마황곡을 나선 것도 괴마의 지시로 애기손을 만드는 데 필요한 아기와 산모를 조달하기 위해서였다.

두 달 동안 하남과 하북을 돌며 부지런히 아기와 산모를 납치한 덕분에 애기손을 만드는 데 필요한 숫자는 충분했다.

단지 괴마가 특별히 당부한 특이한 신체의 아기를 아직 구하지 못했을 뿐이었다.

"제기랄! 어디 특이한 체질의 아기라도 하나 뚝 안 떨어지나. 공령지체나 천강지체 정도면 어떻게 해결이 될 텐데."

머리가 지끈거렸다.

괴마는 기존의 애기손에 특이한 능력을 더한 기물을 만들겠다며 특이한 체질을 타고난 아기를 구해 올 것을 지시했다.

요마는 사부의 명령대로 특이체질의 아기를 손에 넣기 위해 발바닥에 땀이 나도록 돌아다녔다.

하지만 쉽게 눈에 뜬다면 어찌 그것이 특별하겠는가?

적게는 만 명, 많게는 백만 명에 한 명 꼴로 태어난다는 특이체질의 아기는 눈에 띄지 않았다.

괴마의 요구는 까다로웠다.

일단 생후 백일 전후의 아기여야 했다. 그리고 최소한 현음지맥이나 태양지맥 정도의 아기를 원했다. 절맥을 타고났다면 오음절맥이나 칠음절맥 정도는 돼야 했다.

음양지체 같은 경우 만 명에 한 명 꼴이고, 절맥증을 타고나는 아기도 만 명에 한 명 꼴이었다.

공령지체나 천강지체 같은 경우는 백만 명 중에 한 명 꼴이라 아예 기대도 하지 않았다.

무엇보다 요마의 머리를 아프게 하는 것은 일일이 백일 전후의 아기가 있는 곳을 찾아다니며 확인을 해야 한다는 것이었다.

바깥에서 뛰어노는 아이들 같으면 지나가는 길에 보고 낚아채면 되지만 아기들은 수소문을 해서 위치를 알아낸 뒤 몰래 확인을 해야 했다.

그리고 어느 정도 성장을 한 아이들과 달리 아기들은 체질을 구별하는 것이 힘들었다.

특이한 체질인 줄 알고 납치를 했다가 다음날 보면 아닌

246

경우가 허다했다.

하아—

요마는 깊은 한숨을 쉬었다.

임무를 마치는 일은 요원하기만 한데, 귀혼강시는 망가져 버렸고, 자신은 한 달은 족히 정양을 해야 할 상처를 입었다.

모든 게 비영각의 잡종 놈 때문이었다.

그놈을 생각하니 다시 울화가 치밀었다.

으득!

절로 이가 갈렸다.

"시부랄! 비영각의 잡종 새끼! 그놈만 아니었으면……."

요마는 모든 것을 비영의 탓으로 돌리며 욕설을 내뱉었다.

그때였다.

머릿속으로 울리는 소리가 요마의 정신을 일깨운 것이.

[아니었으면? 어떻게 달라졌을까?"]

"누, 누구냐?"

요마는 몸을 획 돌리며 외쳤다.

뒤쪽으로는 온몸을 삐거덕거리는 귀혼강시뿐이었다.

사방을 둘러봐도 인기척이 느껴지지 않았다.

요마는 목소리의 진원지를 찾아 눈을 희번덕거렸다.

"어쭙잖은 수작질하지 말고 정체를 밝혀라."

요마는 아랫배에 힘을 주고 짐짓 태연한 얼굴로 소리쳤다.

[누구긴! 네놈을 염라대왕 앞으로 인도할 저승사자지.]

다시 머릿속을 울리는 목소리에 요마는 등골이 오싹해졌다.

'육합전성인가? 아니면 천리전성?'

사방으로 소리를 퍼트려 시전자의 정체를 숨긴다는 육합전성이나 먼 거리의 상대에게 전음을 전한다는 천리전성은 어지간한 내력으로는 흉내를 내기도 어려운 수법이었다.

더구나 이곳은 사방이 아름드리나무로 들어찬 숲 속이건만 상대의 목소리는 정확히 자신의 머릿속으로 파고들었다.

'우라질! 하필이면 이럴 때.'

요마는 초조함을 누르고 상대를 찾기 위해 눈을 번뜩였다.

[눈깔 굴린다고 보이냐?]

비웃는 기색이 역력한 것이 좋은 뜻을 가지고 접근한 놈이 아니었다.

요마의 고개가 휙 돌아갔다.

사방을 둘러보는 눈에 한 줄기 긴장감이 스치고 지나갔다.

"네놈이 그렇게 자신이 있다면 당당하게 모습을 드러내

라. 숨어서 수작질만 하지 말고 말이다."

[다 와 간다. 확실하게 어루만져 줄 테니 보채지 말거라.]

'다 와 간다니? 이건 또 무슨 개수작이야?'

요마는 인상을 구기며 귀혼강시를 돌아봤다.

상반신과 하반신이 따로 노는 귀혼강시가 엉거주춤한 자세로 서 있었다.

"제길! 도움이 되는지 모르겠군. 칠호, 내 곁을 지켜라."

삐이걱! 삐이걱!

요마의 명령에 칠호가 뒤뚱거리며 걸어왔다.

상태는 부실했지만 몸뚱이만큼은 아직 튼튼한 귀혼강시가 곁을 지키자 그나마 마음이 놓였다.

상대방을 찾는 것을 포기한 요마는 품속에서 부적과 깃발을 꺼내 양손에 나눠 쥐었다.

"흥! 네놈이 언제까지 장난질을 할 수 있는지 두고 보자."

언제든지 기환술을 사용할 수 있도록 준비를 한 요마는 숨을 가다듬었다.

크르르!

옆구리의 통증도 잊은 채 긴장하고 있던 요마는 귀혼강시가 내는 소리에 고개를 돌리다 움찔했다.

귀혼강시가 두려움에 몸을 떨고 있었다. 이를 드러내고

으르렁거리기는 했지만 분명 떨고 있었다.

요마는 순간 숨이 멎을 것 같았다.

귀혼강시를 두려움에 떨게 하는 것은 단 한 가지였다.

선천선기.

오직 그것만이 귀혼강시를 두려움에 빠지게 만들 수 있었다.

크르르!

급기야 귀혼강시가 몸을 웅크렸다. 귀혼강시는 본능적인 두려움에 몸을 웅크린 채 신음을 흘렸다.

분명했다. 선천선기의 주인이 근처에 있는 것이다.

'제기랄! 선인곡의 곡주가 나섰구나. 우라질! 이를 어쩐다.'

요마의 이마에 식은땀이 방울방울 맺혔다.

선인곡의 곡주에게는 완전한 귀혼강시라 할지라도 상대가 안 됐다. 상대는 고사하고 두려움에 미쳐 혼자 날뛰지나 않으면 다행이었다.

요마는 어금니를 지그시 깨물었다.

'피한다고 될 일이 아니다. 어차피 귀혼강시를 잃고는 돌아가서도 사부 손에 죽는 일밖에는 없다. 우라질! 어쩔 수 없군. 이 방법은 안 쓰려고 했는데.'

이래 죽으나 저래 죽으나 매한가지.

요마는 숨겨 둔 수를 쓰기로 마음먹었다.

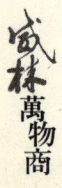

깃발을 앞에 꽂고 부적을 손가락 사이에 끼운 요마는 주문을 외웠다.

"옴 반니 옴 마하 옴 반니 마라."

팟!

주문 소리와 함께 부적에 불꽃이 일어났다.

순식간에 부적이 재가 되어 허공에 휘날렸다.

새로운 부적을 집어 들고 검지를 힘껏 깨물었다.

그러자 검지를 타고 붉은 피가 흘러내렸다.

선혈이 흐르는 검지를 응시하며 망설이던 요마는 입술을 지그시 물고는 검지로 새로운 부적에 정성을 들여 그림을 그려 넣었다.

핏빛 아수라의 그림이 완성되자 다시 부적을 손가락에 끼우고 주문을 홍얼거렸다.

"옴 반니 옴 마하 옴 반니 마라."

팟!

이번에도 불꽃이 피어오르며 부적을 태웠다.

부적이 재가 되어 허공에 휘날리는 순간, 거센 바람이 불어닥쳤다.

땅에 꽂아 둔 깃발이 바람에 펄럭이며 요동을 치는 가운데, 깃발에 담긴 아수라의 그림에서 요사한 빛이 뿜어져 나왔다.

그 순간 요마의 눈자위가 뒤집어지더니 가래 끓는 목소

리가 새어 나왔다.

"힘을 원하는가?"

무저갱에서 흘러나오는 듯한 어두운 목소리가 요마의 입을 통해 흘러나왔다.

"그대의 힘을 원합니다."

요마는 떨리는 목소리로 말했다.

"힘의 대가는?"

음습하면서도 탁한 목소리가 다시 요마의 입을 통해 흘러나왔다.

"사후 제 영혼을 관장할 권리를…… 드리겠습니다."

요마는 힘겹게 말했다.

"너에게 마신의 힘이 함께하리라."

요마의 입을 통해 말하던 기괴한 목소리는 긴 여운을 남기며 흩어졌다.

요마의 선택은 마신을 불러 몸에 받아들이는 강신술을 펼치는 것이었다. 잡신들의 힘을 빌리는 여타 강신술과 달리 마신의 힘의 빌리는 요마의 강신술은 영혼을 저당 잡아 사용하는 것이라 강력하기 이를 데 없었다.

대신 사후 영혼의 권리를 영원히 마신에게 맡겨야 하기에 웬만해서는 사용하면 안 되는 방법이기도 했다.

번쩍!

요마의 뒤집어졌던 눈이 정상으로 돌아오더니 강렬한 안

광이 폭사되었다.

"영혼을 팔아 마신의 강령을 받았다. 선인곡의 곡주여, 내 영혼을 판 대가를 너에게 받겠다. 크하하!"

마신의 강림이 이루어지자 요마는 자신감이 넘쳤다.

자신감뿐만 아니라 온몸에 힘도 넘쳐흘렀다.

선인곡의 곡주가 아니라 곡주 할아비라도 일 수에 꺾을 수 있을 것 같았다.

"마신의 강령을 받아? 지나가는 황구가 웃겠다."

전과 달리 전음이 아닌 목소리가 숲을 울렸다.

요마의 눈이 목소리가 들려온 쪽을 향했다.

"크크크! 모습을 드러내라. 선인곡의 곡주여. 이제 네놈 따위는 두렵지 않다."

"시답잖은 잡술을 쓰더니 아예 겁을 상실했구나."

팟!

쇄에엑!

요마의 머리 위로 화살이 박히는 듯한 소리가 나는가 싶더니 동시에 대기를 가로지르는 소리가 울렸다.

곧이어 아름드리나무 위로 검은 신형이 날아와 사뿐히 착지했다.

은잠사를 이용해 거목 사이를 날아온 봉삼이었다.

휘리릭!

십 장에 이르는 높이에서 뛰어내린 신형이 회전을 하며

바닥에 내려섰다.

"전주님을 뵙습니다."

봉삼이 내려서자 울창한 숲의 삼면에서 흑의 복면인들이 모습을 드러냈다.

요마를 추적하고 있던 십영들이었다.

"수고들 했다. 그런데 저기 대가리를 처박고 벌벌 떨고 있는 게 귀혼강시냐?"

"그렇습니다. 한데, 각주님께 반파되어 이미 제 기능을 상실한 것 같습니다."

"후우! 저런 시답지 않은 마물 때문에 비영이 사경을 헤매고 있단 말이지? 마황곡의 쓰레기 같은 놈이 부리는 시체 따위에게 말이야. 짜증이 치솟는구면."

"귀혼강시의 상극이 선천선기인지라 곡주님께 두려움을 느끼고 있는 것 같습니다."

"저 쓰레기는 좀 있다 폐기를 하도록 하고, 일단 저 덜떨어진 놈부터 처리를 하자. 십영들은 혹시 모르니 도주로를 차단하라."

"존명!"

십영들이 삼각형의 모양을 이루며 흩어지는 가운데, 봉삼이 요마를 향해 싱긋 웃었다.

"기다리느라 수고했다. 수고한 값은 확실히 챙겨 주마. 몸서리가 처질 정도로 말이야."

"역시 그랬군. 비영각의 잡종들이 뒤를 밟고 있었어. 그
놈이 뿌려 놓은 천리미향이 결국 화를 불렀군. 산향수를
사용했는 데도 쫓아오다니 과연 비영각의 개코들답구나.
크크크!"

요마가 붉게 물든 눈으로 십영들을 노려봤다.

봉삼이 성큼성큼 다가오며 소리를 버럭 질렀다.

"네놈이 지금 어디다 눈을 희번덕거리는 게냐? 어디서
굴러먹는 줄도 모르는 마물 하나 몸에 싣고 나니 세상이
눈 아래로 보이냐? 마황곡에서는 그렇게 가르치디? 어차
피 죽을 거 마시막까시 용 한 번 쓰고 죽겠다 이거냐? 정
말 그런 거야?"

봉삼이 매서운 눈으로 다그치자 요마도 지지 않겠다는
얼굴로 맞섰다.

"무엄하구나. 위대하신 마신님을 마물 취급하다니. 마신
께서 강림한 이상 네놈은 물론이고, 저 떨거지들도 죽은
목숨이다. 지금이라도 무릎을 꿇고 빈다면 선처를 해 줄
수도 있다. 어떠냐? 마신님께 자비를 빌어 보는 것이. 크
하하!"

요마는 의기양양한 표정으로 광소를 흘렸다.

그 모습에 봉삼이 고개를 절레절레 흔들었다.

"하아! 이미 맛이 살짝 간 것 같구나. 너 말고 안에 있는
놈 나오라 그래라. 너는 좀 있다 따로 진지한 대화를 하

자.”

“미친놈! 마신께서 너를 징벌하실 것이다.”

“그냥 쉽게 가자. 쉽게. 내가 갈까? 네가 올래?”

봉삼이 손가락 마디를 우두둑 꺾으며 말했다.

“마신이시여! 당신의 힘을 보여 주소서.”

요마가 두 팔을 벌리고 외쳤다.

그러자 금세 얼굴이 일그러지더니 입가로 기다란 송곳니가 튀어나오고 모공에서 강철 같은 털들이 솟아올랐다.

한 자나 자란 긴 손톱은 핏물에 담가 놓은 듯 선홍빛을 띠고 넉넉했던 옷이 찢어질 것처럼 상체의 근육은 우람해졌다.

어찌 보면 거대한 성성이를 닮은 것 같기도 했다.

“쿵! 아무리 봐도 마신은 고사하고 마계의 문지기 같구면.”

“캬캬캬! 네놈이 나를 불렀느냐?”

요마의 입에서 듣기 거북한 목소리가 흘러나왔다. 요마의 몸에 실린 마물의 목소리였다.

“그래. 내가 불렀다.”

“너도 힘이 필요하느냐?”

“힘? 힘 같은 소리 하네. 두말할 것 없고 일단 좀 맞자.”

봉삼은 중단전의 오행기를 모두 개방했다.

먼저 금을 기운을 끌어올려 주먹을 감쌌다. 그 위에 화

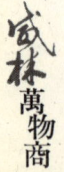

256

의 기운을 덧씌웠다.

목의 기운으로 전신을 둘렀다. 마치 갑옷처럼 목의 기운
이 조밀하게 몸을 감쌌다.

토의 기운을 다리에 씌우고, 수의 기운으로 내부를 보호
했다.

준비를 마친 봉삼이 요마를 향해 신형을 움직였다.

파앙!

대기를 후려치는 소리가 울리며 봉삼의 신형이 순식간에
삼 장을 이동했다.

크아앙!

요마가 울부짖으며 좌수를 휘둘렀다.

사아악!

한 자가 넘는 손톱이 허공을 갈랐다.

사아악!

이번엔 우수가 아름드리나무를 때렸다.

우지끈!

단숨에 나무가 부러졌다.

그사이 요마의 턱밑까지 접근한 봉삼이 불쑥 몸을 일으
키더니 좌권을 쭉 뻗었다.

파앙!

불덩이가 이글거리는 주먹이 대기를 가르며 벼락처럼 날
아가 요마의 얼굴에 꽂혔다.

꽈직!

크아앙!

파앙!

이번에는 우권이 날아가 옆구리에 꽂혔다.

꽈직!

크아앙!

여지없이 뼈 부러지는 소리와 함께 요마의 괴성이 터졌다.

요마가 급히 이 장의 거리를 훌쩍 뛰어 물러났다.

얼굴이 함몰되고 옆구리가 시커멓게 탔음에도 움직임이
둔해진 것 같지 않았다.

크아앙!

분하다는 듯 한차례 괴성을 지른 요마가 두 팔을 앞으로
뻗으며 달려들었다.

쇄엑! 쇄엑!

봉삼의 얼굴을 향해 요마의 긴 손톱이 원을 그리며 날아
왔다.

그와 동시에 봉삼의 주먹이 같이 마주쳐 갔다.

꽝! 꽝!

폭음이 울리며 불꽃이 사방으로 튀었다.

쿵쿵쿵!

요마의 신형이 충격을 이기지 못하고 연신 뒷걸음질 쳤다.

봉삼이 재빨리 요마의 신형에 바짝 붙더니 열화의 기운

이 담긴 주먹을 연속으로 내뻗었다.

꽝! 콰쾅! 콰콰쾅!

한 번 뻗은 주먹은 곧장 두 번이 되고, 두 번의 주먹은 네 번이 되었다.

한차례 주먹이 닿을 때마다 가슴이 함몰되고 급기야는 상체의 뼈가 모두 내려앉아 버렸다.

상체를 지탱하는 뼈가 모두 내려앉자 요마의 몸은 연체 동물마냥 좌우로 휘청거렸다.

봉삼은 우장에 화의 기운을 거두고, 수의 기운을 한껏 담았다.

수의 기운이 몰려와 응축되자 우장이 순식간에 새하얗게 변했다.

살을 얼릴 듯한 한기를 담은 우장이 가볍게 떨리더니 은색 강기가 폭출됐다.

쏴아아!

쩌저적!

미처 뒷걸음질을 멈추기도 전에 가슴을 격타당한 요마의 신형이 가슴부터 얼어붙기 시작했다.

순식간에 얼어붙은 요마는 눈동자만 데구르르 굴리고 있었다.

요마의 앞으로 신형을 옮긴 봉삼이 헛웃음을 지었다.

"나 참! 마신은 무슨 개뿔이!"

선천선기를 타고난 데다 선도 수련을 해 온 봉삼의 눈에는 요마에게 강령한 놈의 본모습이 보였다.

이놈은 마계의 마물을 소환하거나 마신을 힘을 빌리려는 자에게 마신이라고 속이고 강령한 뒤 영혼을 강탈하는 마물이었다.

요마가 알게 된다면 분해서 거품을 물겠지만 그리 강한 놈도 아니었다.

그저 요마 정도의 능력에 딱 맞는 수준의 마물이었다.

하지만 계약은 계약인지라 요마의 영혼은 앞으로 마물의 것이었다.

"하긴, 지가 어리석어 저지른 건데 어쩌겠어. 다 지 업보지. 그러게 평소에 좋은 일도 하고 살았어야지. 마물이나 만들고 소환 같은 위험한 짓이나 하니 이런 벌을 받지."

봉삼은 선안(仙眼)을 열어 물끄러미 요마를 바라봤다.

이미 요마는 숨을 거둔 상태였다.

눈동자를 뒤룩거리고 굴리고 있는 것은 요마가 강령술로 불러들인 마물이었다.

요마의 몸속에 깃든 마물은 한 손에 요마의 영혼을 거머쥐고 사악하게 웃고 있었다.

원래대로라면 강령한 마물이 떠나는 순간, 요마는 죽음의 강을 건너 명부로 향해야 할 것이었다.

하지만 마물에게 힘을 빌리는 대가로 영혼을 저당 잡혔으

니 죽음을 맞이하는 순간, 마물의 노리개가 되어 억겁의 시간을 보내야 할 것이다. 어쩌면 죽음보다 가혹하고 냉혹한 형벌이 되겠지만 불쌍하다거나 측은한 마음은 들지 않았다.

이제껏 요마에게 죄 없이 죽어 간 이들의 울부짖음이 선명하게 들리는데, 자비심을 가질 만큼 봉삼은 너그럽지 않았다. 인과율에 의해 움직이는 것이 세상의 이치이자 천리였다.

봉삼은 얼어붙은 요마의 정수리에 우장을 올렸다.

우장에 화의 기운을 운용하자 열화의 불꽃이 피어올랐다.

치이이!

얼어붙은 요마의 몸이 녹으면서 바닥으로 허물어졌다.

크아앙!

마물이 요마의 몸에서 벗어나려고 몸부림쳤다.

마물의 손아귀에 목을 잡힌 요마의 영혼도 고통스러운지 얼굴이 일그러졌다.

"네놈이 마신이라고 믿은 것이 마계의 잡졸임을 이제는 알 것이다. 마지막 기회를 주겠다. 네놈이 납치해 간 아기와 산모 들이 있는 곳을 대거라."

봉삼은 심어로 요마의 영혼에게 아기와 산모 들의 행방을 물었다.

담담한 얼굴로 묻는 봉삼의 표정에는 일말의 감정이 없었다. 그저 묵묵히 할 말을 할 뿐이었다.

"네가 그들의 행방을 말한다고 해서 너의 영혼을 구제해 줄 마음은 없다. 단 네가 마물의 노리개가 되는 것은 막아 주겠다. 너와 흥정을 하거나 용서를 해 줄 마음 따위는 없다는 말이다. 결정하거라."

봉삼은 심유하게 가라앉은 눈으로 요마의 영혼을 응시했다.

마물이 요마의 목을 더욱 강하게 움켜잡았다. 흉측한 이빨을 드러내며 으르렁거리는 것이 짐승이 불안함을 드러낼 때 하는 짓과 다를 바가 없었다.

요마의 영혼이 갈등하는 모습이 눈에 들어왔다.

봉삼은 순간 짜증이 솟구쳤다. 영혼의 상태라면 어느 정도 자신의 죄악을 반성하리라 짐작했다.

그래서 마지막 기회까지 줬다.

그런데 잔머리를 굴리고 있었다.

"개과천선은 무슨 개뿔이……."

"죽어서도 본성은 변하지 않는가 보구나. 모든 것이 너의 과실에서 비롯된 업보이자 죄악의 굴레이니 어쩔 수 없구나. 혹여 억겁의 시간이 지나 기회가 생긴다면 다시는 같은 과오를 반복하지 말거라."

봉삼은 냉엄한 얼굴로 선기를 끌어올려 열화의 불꽃을 더욱 크게 피워 올렸다.

크아앙!

마물의 울부짖음이 커지고 요마의 영혼이 두려움에 몸을 부르르 떨었다.

발악을 하는 마물과 요마의 영혼을 응시하는 눈이 차갑게 가라앉았다.

쿠오오오!

열화의 불꽃이 요마의 육신을 집어삼킨 지 반 각도 되지 않아 마물과 요마의 영혼은 소멸되었다.

봉삼은 한 줌 재로 변해 휘날리는 요마의 육신을 말없이 응시했다.

부질없는 욕심이 화를 부르고, 그것이 쌓여 재앙이 된나는 것을 왜 모른단 말인가?

허망하고 허망한 것이 인생이거늘 무엇을 이루고자 그렇게 아등바등 사는 것인지…….

가슴이 답답한 것이 술 생각이 간절했다.

武林 萬物商

9장

광마

"흠! 저기란 말이지?"

봉삼이 시선이 닿는 곳에는 이가장이라는 현판이 걸려 있었다.

크르르!

복면을 쓴 귀혼강시는 봉삼의 물음에 연신 고개를 끄덕였다.

"거참! 영, 적응이 안 되네. 지능이 있는 강시라니. 아니 시체라고 해야 하나?"

봉삼은 뒤뚱거리며 서 있는 귀혼강시를 흥미로운 얼굴로 훑어봤다.

크르르!

귀혼강시는 두려움이 가득한 눈으로 몸을 움츠렸다.

"그래도 편리하기는 하네. 강시라서 거짓말을 할 리도 없고, 잔머리도 안 굴리고. 안 그래? 우리도 몇 구 만들까? 서로 안 하려는 궂은 일 시키면 딱이겠는데. 어때?"

"……."

"크흠!"

시립해 있던 십영들이 난감한 얼굴로 시선을 피했다.

봉삼은 마물과 요마의 영혼을 소멸시킨 후 두려움에 떨고 있는 귀혼강시를 심문했다.

그 모습을 보고 십영들은 어이가 없었다. 강시에게 아기들과 산모들의 행방을 알아내겠다니?

황당할 수밖에 없었다.

하지만 결과는 대성공이었다.

상극 중의 상극인 선천선기의 주인인 봉삼에게 귀혼강시는 절대복종했다.

약간의 지능이 있는 귀혼강시는 말을 하지는 못했지만 알아듣는 것은 가능했다.

거기다 그동안 납치한 아기와 산모 들이 갇힌 곳을 정확하게 기억하고 있었다.

그다음부터는 일사천리였다.

귀혼강시를 앞세워 이동한 지 반나절 만에 봉삼 일행은 요마가 만들어 놓은 은거지에 도착할 수 있었다.

"전주님! 다녀왔습니다."

"어! 그래. 뭐 건진 건 있어?"

이가장의 정문을 유심히 살피던 봉삼이 반색을 하며 물었다.

"특이한 것은 없습니다. 북경에서 낙향한 벼슬아치가 몇년 전부터 살고 있는 곳이라 합니다. 마을 사람들과는 그다지 왕래가 없는 약간은 폐쇄적이었던 곳이라 합니다. 그리고 평소 안으로 들어가는 쌀이나 부식을 토대로 짐작한다면 대략 오십 명 정도의 인원이 상주하는 것 같습니다. 죄근 늘어 구입하는 쌀과 부식의 양이 대폭 늘어났다고 하는데, 그것은 잡혀 온 산모들 때문인 것 같습니다."

이가장에 대해 수소문을 하기 위해 마을에 다녀온 추영은 들은 내용과 자신의 분석을 토대로 설명했다.

"그래? 쌀이야 저장을 할 수 있는 것이고, 부식은 어때?"

"어제 들여간 부식을 감안하면 대략 백오십 명이 먹을 분량은 족히 될 것 같습니다."

"그럼 산모들이 아직 무사하다는 말이네. 아기들도 그렇고. 좋아! 아주 좋아!"

봉삼의 얼굴이 눈에 띄게 밝아졌다.

제일 우려했던 아기와 산모 들이 무사하다는 판단이 들자 나머지 십영들의 입가에도 미소가 걸렸다.

봉삼이 볼을 긁적거리며 입을 열었다.

"그런데 말이야. 그 정도로는 몇 년 전부터 자리를 잡고 있었던 것인지, 아니면 주인을 위협해서 사용을 하고 있는 것인지 판단을 내리기가 애매하구먼."

"진입을 하기 전에 정탐을 해야 하지 않겠습니까? 감금 장소도 미리 파악을 할 겸 말입니다."

십영 중 막내인 암영이 의견을 내놓았다.

"만사 불여튼튼이라고 했으니 그래야겠지. 자칫하다 애꿎은 희생을 낼 수도 있고 말이야."

"궁지에 몰리게 되면 적들이 산모나 아기를 인질로 삼을 수도 있습니다. 일시에 제압하기 위해서는 전주님께서 살계를 열어야 할지도 모릅니다. 괜찮으시겠습니까?"

십영 중 연장자인 적영이 조심스레 물었다.

역대 선인곡의 곡주들이 그러했듯이 봉삼 또한 언젠가는 등선을 하리라 믿는 적영은 봉삼이 등선의 길을 멀어지게 만드는 피의 업을 쌓게 될까 우려했다.

"필요하다면 해야지. 내 손에 악인의 피를 묻혀 선인을 구할 수 있다면 망설일 이유가 없잖아. 그리고 내 몸이 피에 범벅이 되더라도 그것으로 내 식구의 목숨을 지킬 수 있다면 난 만족할 거야. 그런 놈들 천 명, 만 명보다 너희들 한 명 한 명이 나에게는 소중하니깐."

봉삼의 눈에는 결연한 의지가 담겨 있었다.

사부는 봉삼에게 늘 강조했었다. 선조들께서 그러하셨듯 이 봉삼 또한 등선의 길을 걸어야 한다고.

하지만 봉삼은 등선에는 별 관심이 없었다. 한세상 후회 없이 살다 가면 그뿐이라 여겼다.

"시각은 반 시진으로 정하고, 감당할 수 없는 인물이 있다면 즉각 퇴각하도록. 이곳에서 상황을 주시하고 있을 테니 여의치 않은 상황이 닥치면 망설이지 말고 신호를 해. 알겠나?"

"존명!"

봉삼의 지시에 십영들은 은형공을 시전해 신형을 감추고는 이가장을 향해 이동했다.

*　　　*　　　*

어둠이 내려앉은 이가장의 겉모습은 평화로워 보였다.

인면수심의 마인들이 몰려 있다고 여기기에는 어울리지 않는 고즈넉한 분위기마저 풍겼다.

십영 중 연장자인 적영이 먼저 담을 넘었다.

한 번의 몸놀림으로 소리 없이 안으로 들어선 적영은 은신해 있을지 모르는 적들을 찾기 위해 야백안을 시전했다.

야백안을 시전하자 적영의 시야가 넓어지면서 희미한 달빛에 의지해 모습을 드러내던 전경이 대낮처럼 밝게 보였다.

적영은 숨을 죽인 채 기감을 끌어올렸다.

비영의 기감에 비할 바는 아니지만 적영 또한 비영각에서 특급 추종객으로 분류되는 십영의 일인.

내원으로 향하는 길목을 따라 은신해 있는 적들의 기운이 선명하게 느껴졌다.

'하나, 둘…… 다섯.'

은신한 적의 숫자를 파악한 적영은 허리춤의 반도를 끌러 손에 쥐었다.

먹물 같은 흑색의 도신을 만지작거리던 적영은 순서를 정하고는 조심스럽게 움직였다.

희미한 그림자가 일렁이는가 싶더니 적영의 신형이 화원에 엎드려 있는 무사의 발치에 다다랐다.

스걱!

적영의 반도가 단번에 목덜미를 베었다.

잠깐 경련을 하던 무사가 축 늘어졌다.

적영의 신형이 이번엔 담벼락에 기대어 있는 무사를 향해 움직였다.

스걱!

목을 베자마자 무사의 몸이 허물어졌다.

어깨를 부축해 비스듬히 벽에 세운 적영이 다음 목표를 향해 신형을 날렸다.

일 다향도 안 되는 시간에 은신한 무사들을 제거한 적영은 밖에서 대기 중인 암영과 추영에게 신호를 보냈다.

스르륵!

암영과 추영의 신형이 담을 넘어 적영의 곁에 모여들었다.

[세 방향으로 흩어져 아기와 산모가 있는 곳을 찾는다. 불필요한 접전은 삼가고, 발견 즉시 신호를 보내도록. 발각이 되거나 신화경에 이른 적이 있을 시에는 즉시 퇴각하도록 한다. 이상이다.]

[알겠습니다.]

[조심하십시오.]

적영의 수신호에 암영과 추영이 움직이자 적영도 내원으로 보이는 건물을 향해 신형을 움직였다.

월동문을 넘어, 널찍한 마당을 가로질러 내원의 지붕에 올라선 적영은 이목을 집중했다.

'분명히 이 근처에 감금 시설이 있을 것이다.'

야백안으로는 감금 시설의 위치를 파악하기 힘들다는 판단을 내린 적영은 야백안을 거두고 천리지청술을 시전했다.

천리지청술을 시전하자 민감해진 귀로 여러 가지 소리가 한꺼번에 들리기 시작했다.

이름 모를 풀벌레 소리가 들리고 순찰을 도는 무사들의

발자국 소리가 들렸다.

점점 범위를 넓혀 가자 잠복을 한 무사가 지루함을 이기지 못해 하품을 하는 소리까지 들렸다.

적영은 원하는 소리를 찾아내기 위해 천리지청술에 모든 내력을 쏟아부었다.

꿈틀!

일각 정도의 시간이 지나고, 적영의 귓가에 희미한 아기 울음소리가 들렸다.

'지하인가?'

적영은 조바심을 내며 울음소리의 진원지를 찾아 귀를 기울였다.

'조금만, 조금만 더.'

그러나 아기의 울음소리는 더 이상 들리지 않았다.

'으음! 아쉽군. 조금만 더 들렸다면 확실한 위치를 알수 있었을 텐데.'

적영의 눈이 아쉬움으로 가득했다.

정확한 위치만 파악된다면 아기와 산모 들을 구해 낸 뒤적들은 일거에 섬멸하면 될 일이었다.

그러기 위해 수고를 아끼지 않고 정탐을 한 것인데, 건진 것이라고는 감금 장소가 지하일 것이라는 것과 아기의 울음소리로 보아 생명에 지장이 없다는 것 정도이니 아쉬움이 남았다.

'별수 없지. 미리 정한 시간이 다 되었으니 일단은 전주님께 보고를 하고 계획을 다시 세우는 수밖에.'

적영은 봉삼이 정해 놓은 반 시진이 다 됐음을 떠올리고는 장원을 빠져나가기로 마음먹었다.

다른 곳을 수색 중인 암영과 추영도 철수하고 있으리라 짐작하고는 지붕에서 몸을 움직이던 순간, 적영의 감각이 이상 신호를 보냈다.

움직임을 멈춘 적영은 조용히 호흡을 가다듬었다.

'제길! 눈치챈 건가?'

사방에서 살기가 몸을 옥죄어 오는 것이 포위된 듯했다.

'하나둘이 아니군. 거기다 한 놈은…… 고수군.'

적영의 눈에 갈등의 빛이 떠올랐다가 사라졌다.

여기서 신형을 날려 탈출할 것인가, 아니면 봉삼의 지시대로 신호를 날릴 것인가.

적영은 일단 몸을 빼기로 했다.

다른 곳을 정탐 중인 암영과 추영에게 시선이 쏠리는 것을 막기 위함이었다.

적영이 신형을 움직이려는 찰나, 주위가 순식간에 밝아지며 화살 비가 몰려왔다.

쉭. 쉭. 쉭. 쇄에엑!

팟. 팟. 팟. 파파파팍!

적영은 기왓장을 밟으며 달리다 반대편 지붕으로 몸을

날렸다.

적영의 신형을 따라 화살이 꼬리를 물고 날아들었다.

팟. 팟. 팟. 파파파팍.

수십 발의 화살이 위협했지만 적영은 여유롭게 피하며 신형을 날렸다.

"이놈! 게 섯거라."

우렁우렁한 고함이 울리며 적영을 향해 거대한 신형이 솟구쳤다.

거대한 신형의 정체는 화살을 날리는 무사들 뒤에서 안광을 폭사하며 적영을 노려보던 육순 정도로 보이는 노인이었다.

꽝!

반달 모양의 강기가 적영의 발치를 아슬아슬하게 스치며 폭발했다.

신형을 뽑아 올리며 노인이 날린 강기를 적절한 동작으로 피한 적영이 반도를 앞으로 내밀었다.

"쥐새끼 같은 놈."

지붕으로 올라선 노인은 반도를 앞으로 내밀고 서 있는 적영을 노려보며 거친 음성을 토해 냈다.

칠 척은 됨직한 키에 웃통을 훌렁 벗어젖힌 노인은 나이에 어울리지 않는 울퉁불퉁한 근육을 뽐내고 있었다.

한 손에 움켜지고 있는 거대한 참마도만큼이나 패도적인

기운이 물씬 풍기는 외모는 가히 일국의 대장군이라 해도 부족함이 없었다.

"야밤에 남의 집 담장을 넘었으니 좋은 뜻을 가지고 오지는 않았을 터. 당장 정체를 밝히고 스스로 죄를 청하거라. 그러지 않으면 죽어도 곱게 죽지 못할 것이다."

노인은 참마도를 겨누며 위엄 있는 목소리로 말했다.

전신에 넘치는 패도적인 기세와 근엄한 표정으로 친다면 도저히 마황곡의 인물이라고는 믿을 수 없을 외모의 노인에게 적영은 비릿한 목소리로 말했다.

"내 성제는 말해 줄 수는 없어노 너의 성제는 말해 줄 수 있지. 마황곡의 마졸!"

순간 노인의 눈자위가 붉어지더니 강렬한 혈광이 뿜어져 나왔다.

"노부가 마황곡에서 나온 것을 아는 것을 보니 선인곡의 잡졸이구나. 크크크! 하긴 선인곡이 아니라면 이곳을 침입할 이유도 없겠지. 이것으로 네놈이 죽을 이유는 정해졌구나."

노인은 이제껏 보여 줬던 차분한 기세와 달리 광포한 기운을 흘리며 참마도를 치켜들었다.

적영은 노인의 기세를 보고 자신의 상대가 아님을 직감했다.

암영과 추영이 빠져나갈 시간은 충분히 지났다는 판단을

내린 적영은 몸을 피할 준비를 하며 품에서 신호용 폭죽을 꺼내 들었다.

적영의 손에 든 것이 폭죽임을 알아본 노인의 얼굴이 일그러졌다.

"이놈! 방수가 있었구나. 죽어라!"

우우웅!

노인의 참마도가 울음을 터트리더니 반달 모양의 강기가 폭사되었다.

준비 동작도 없이 단순히 휘두른 것임에도 발출된 강기의 기세가 매섭기 짝이 없었다.

콰아아!

순식간에 짓쳐 들어오는 강기를 피하기에는 늦었다고 판단한 적영은 다급히 반도를 들어 부딪쳐 갔다.

꽝!

저쩌쩍! 쩡!

적영의 반도에 금이 가더니 충격을 이기지 못하고 부서졌다.

크윽!

그와 동시에 적영의 입에서 답답한 신음성이 터지면서 신형이 허공으로 비산했다.

가을바람에 휘날리는 낙엽마냥 날아가는 적영의 입에서 피 화살이 길게 뿜어져 나왔다.

노인은 바닥으로 힘없이 떨어지는 적영을 응시하며 만족
스런 미소를 지었다.

"크하하! 네놈이 뛰어 봐야……."

광소를 터트리던 노인의 얼굴이 무참히 일그러졌다.

적영의 신형이 바닥에 떨어지기 직전, 검은 신형이 유령
처럼 다가오더니 적영을 받아들었다. 그와 동시에 다른 그
림자의 손에서 터진 폭죽이 하늘을 향해 솟구쳤다.

다른 곳을 정탐하던 암영과 추영이었다.

"쿨럭! 빠져나가라고 기껏 시간을 벌어 줬더니."

"형님 혼자 두고 어떻게 갑니까?"

암영이 환단을 입에 넣어 주며 씨익 웃었다.

"조금만 참으세요. 신호를 보셨을 테니 뭐가 빠지도록
달려오시겠죠. 킥킥!"

추영이 하늘을 수놓는 불꽃을 힐끔거리며 짓궂은 웃음을
흘렸다.

"조, 조심해라. 최소한 화경의 경지다."

적영이 연신 피를 토하며 당부했다.

"까짓것 죽기 아니면 까무러치기죠. 인생 뭐 별거 있나
요."

추영이 적영의 앞을 막아서더니 지붕 위의 노인을 향해
검을 겨눴다.

암영도 적영을 바닥에 눕히고 앞으로 나서서 화살을 겨

누고 있는 무사들을 향해 검을 겨눴다.

일촉즉발의 기운이 감도는 가운데, 지붕 위의 노인이 바닥으로 내려섰다.

"노부가 이 자리에 있는 한 응원군이 온다고 해서 달라질 것은 없다. 네놈들을 강시로 만들어 선인곡을 치는 데 사용해 주마. 기대하거라. 아주 값진 희생이 될 것이다."

노인은 광포한 기세를 흘리며 참마도를 들어 올렸다.

*　　　*　　　*

"우라질! 왠지 불안하더라. 어지간하면 도망부터 치라니깐. 말을 더럽게 안 들어요."

십영들이 돌아오기를 기다리던 봉삼은 하늘을 수놓는 불꽃을 보며 투덜거렸다.

입은 투덜거리고 있었지만 몸은 이미 이가장의 담을 뛰어넘고 있었다.

"적이다."

"새로운 적이 나타났다."

봉삼이 내원으로 향하는 월동문을 넘자마자 경계하고 있던 자들이 소리를 지르며 달려들었다.

"비켜라! 막으면 죽인다."

봉삼은 호통을 내지르며 앞을 가로막는 자들을 무시하고

달렸다.

"잡아라."

차차차창!

십여 명의 무사들이 흉흉한 기세를 피워 올리면 돌진해
왔다.

날카로운 검과 도가 봉삼의 앞길을 막아섰다.

봉삼의 눈에 독기가 어렸다.

우우웅!

봉삼의 주먹으로 푸른 기운이 넘실거리더니 형체를 이루
었다. 권사라면 꿈에서라도 이루기를 기원하는 권강이었
다.

"막으면 죽는다 했지. 왜 말귀를 못 알아 처먹어."

봉삼은 달리는 자세 그대로 주먹을 휘둘렀다.

그러자 주먹이 분리된 것처럼 주먹 모양의 강기가 연달
아 발출되었다.

우르르— 꽈광!

"커헉!"

"으아아악!"

여기저기에서 비명이 난무하며 달려들던 무사들이 바람
결에 날리는 낙엽처럼 날아갔다.

봉삼은 스쳐 지나가며 쓰러진 자들을 힐끗 쳐다봤다.

간혹 스치는 것으로 그쳐 신음을 흘리는 자가 있긴 했지만 대부분 사지를 축 늘어뜨린 채 움직임이 없는 것이 즉사를 면치 못한 모습이었다.

"죽일 만한 놈들이긴 하지만 썩 좋은 기분은 아니구먼."

*　　　*　　　*

"오는구나. 너희들이 기다리는 자가. 두 눈 똑똑히 뜨고 보거라. 너희들이 믿는 놈이 허망하게 죽어 가는 것을. 크하하!"

광소를 터트리는 노인의 얼굴에는 자신감이 넘쳐흘렀다.

손에 쥐고 있는 참마도만 있다면 무림맹의 맹주가 온다 한들 자신이 있었다. 비영각의 잡졸 정도야 열이든 스물이든 상관없었다.

절대 고수에게 숫자는 중요하지 않았다.

중요한 것은 상대의 경지일 뿐.

은은히 들리는 폭음으로 봐서는 강기를 사용하는 것을 알 수 있었다.

하지만 그뿐이었다.

강기야 자신도 다루는 기술이었다. 중요한 것은 깨달음으로 얻은 심득이 중요한 것이었다.

극마의 경지를 넘어 탈마의 경지를 바라보고 있는 자신이 밀리거나 패한다는 생각은 눈곱만큼도 하지 않았다.

꽝! 꽈르르. 꽈꽝!

폭음이 울리며 무사들이 사방으로 날아다녔다.

지척에서 수하들이 죽어 가는 데도 노인은 눈 하나 깜짝
하지 않았다. 그저 비릿한 미소를 입가에 띠고 봉삼이 달
려오는 것을 바라볼 뿐이었다.

봉삼의 눈에 바닥에 누워 있는 적영이 들어왔다. 힘겨워
보이기는 했지만 생명에는 지장이 없어 보였다.

적영의 곁에서 경계의 눈빛을 번뜩이던 암영과 추영은
멋쩍은 얼굴로 봉삼에게 고개를 숙였다.

봉삼은 피식 웃었다.

조급하던 마음이 가라앉았다. 한결 마음이 편해졌다.

뚜벅. 뚜벅.

조급함이 사라지니 걸음에도 여유가 생겼다.

봉삼은 그제야 참마도를 비껴들고 오연한 자세로 자신을
바라보는 노인을 바라봤다.

봉삼보다 머리 하나는 더 큰 키에 떡 벌어진 어깨, 그리
고 울퉁불퉁한 근육까지. 얼굴 가득 나 있는 덥수룩한 수
염만 아니라면 장년의 나이라고 해도 될 모습이었다.

"흐음! 응원군이면 어느 정도 지긋한 나이의 장로 정도
는 올 줄 알았는데 아직 솜털도 가시지 않은 애송이구나."

노인은 의외라는 표정으로 봉삼을 살피다가 십영들을 향
해 시선을 주었다.

십영들은 태평했다. 풍전등화의 위기에 처한 자들이라고
는 믿기지 않을 정도로 여유가 넘쳤다.

문득 의문이 들었다. 자신의 무위를 보고 느꼈으니 자신
들은 물론이고 아군인 봉삼의 안위를 걱정하는 것이 정상
이거늘. 어찌 저리 태평하단 말인가?

"혹시?"

노인이 봉삼의 기세를 유심히 살피더니 나지막한 신음을
터트렸다.

"허어! 이런 실수를 하다니. 어찌 겉모습만 보고 섣부른
판단을 했을꼬. 이제 나도 늙었나 보구나."

자책 어린 한탄을 하던 노인이 자세를 바로 하고 봉삼에
게 물었다.

"혹시, 그대가 선인곡의 당대 곡주인가?"

삼 장을 격하고 걸음을 멈춘 봉삼이 빙그레 웃었다.

"그렇소. 본인이 선인곡의 당대 곡주요. 그러는 그대는
마황곡의 곡주라도 되시오?"

봉삼의 물음에 노인은 망설이지 않고 신분을 밝혔다.

"하하하! 어찌 노부 같은 범인이 마황곡의 곡주가 될 수
있겠는가. 노부는 마황곡의 장로를 맡고 있는 광마라 하
네."

마황곡의 장로란 말에 봉삼의 눈에 이채가 어렸다. 이제
껏 마황곡의 장로를 직접 본 적은 한 번도 없었던지라 여

러모로 궁금하던 차였다.

천 년이 넘게 이어 온 원한이 하늘을 찌르는 사이지만, 정작 얼굴을 맞대고 나니 의외로 마음이 차분했다.

"광마라. 그럼 당신이 애기손을 만들기 위해 아기와 산모를 납치하고, 마물인 귀혼강시를 만든 장본인이오?"

"애기손이라……. 나는 그따위 자질구레한 술법에는 별관심이 없는 사람일세. 단지 곡의 일이니 협조를 할 뿐."

광마는 애기손의 제작을 그리 달가워하지 않는지 얼굴을 찡그렸다.

"그나마 다행이구려. 만약 당신이 주도해서 한 일이라면 죽이는 것만으로는 성에 차치 않았을 텐데 말이오. 기분도 꽤나 더러웠을 테고."

"푸하하! 마치 자네의 손에 내 목숨이 쥐어진 것처럼 말하는군. 자신감 하나는 인정하겠네. 그러나 오늘 여기서 죽는 것은 바로 자네라네. 당대의 선인곡 곡주 자네 말일세."

너털웃음을 터트린 광마는 참마도를 들어 봉삼을 겨눴다.

"오늘 선인곡의 곡주의 피를 볼 수 있게 되어 기껍기 그지없구먼. 노부에게 큰 기쁨을 선사한 대가로 고통 없이 보내 주겠네."

"후후후! 염라대왕을 알현하러 내가 갈지 당신이 갈지

는, 끝나 봐야 알지 않겠소."

"하긴, 뚜껑을 열어 봐야 밥이 됐는지 죽이 됐는지 알 수
있겠지. 자, 이제 밥이 될지 죽이 될지 확인을 해 봄세."

광마는 기대가 된다는 얼굴로 재촉을 했다.

당장이라도 출수를 할 것처럼 참마도를 움켜쥐고 있는
손에 푸른 힘줄이 툭툭 불거져 나왔다.

그때 봉삼이 불쑥 손을 올리더니 입을 열었다.

"잠시 기다려 주시겠소. 모름지기 도객에게는 도로서 응
답을 하는 것이 예라 들었소."

"도로서 응답한다? 거참 명언일세. 긴 시간만 아니라면
그리하게."

광마는 흔쾌히 고개를 끄덕였다.

봉삼은 싱긋 웃으며 말하고는 만포대를 끌렀다.

말은 예니 어쩌니 하면서 그럴듯하게 했지만 실상은 그
렇지 않았다.

'제기랄! 아무래도 저 영감 극마를 넘어선 것 같은데.
주먹으로만 상대하다가는 골로 가는 수가 있겠다.'

광마는 봉삼이 이제껏 상대했던 자들 중 최고의 고수였
다.

현경의 문턱을 밟은 백자운과 비교하더라도 결코 떨어지
지 않을 실력자였다.

마인에게 극마는 곧 화경의 경지를 일컬음이요, 탈마는

현경의 경지를 뜻했다.

광마의 경지는 탈마의 초입이었다.

일반적인 상식대로라면 화경의 경지인 봉삼이 탈마의 경지인 광마의 무위를 알아챌 수 없는 것이 정상이다.

하지만 봉삼은 공령지체, 즉 선천선기의 소유자였다.

하단전에 이어 중단전을 열고, 완전하지는 않지만 상단전이 열린 후, 어렴풋이나마 선안이 열린 덕분에 봉삼은 알 수 있었다. 아니 느낄 수 있었다.

광마의 무위가 자신보다 높다는 것을.

반포내에 손을 넣고 뒤적거리는 봉삼을 어유로운 일굴로 보던 광마가 흥미로운 눈으로 물었다.

"호오! 그것이 신병이기가 무한정 들어 있다는 만포대인가?"

"무한정은 아니지만 만포대라 불리는 건 맞소."

망설임 없이 대답하는 봉삼에게 광마는 의외인 듯 물었다.

"선인곡의 기보일 텐데 순순히 말해 주는 것은 노부를 꺾을 자신이 있다는 말인가?"

"질 것 같지도 않지만 만포대란 물건이 다른 사람에게는 무용지물인지라 꺼릴 것도 없구려."

봉삼은 심드렁한 얼굴로 대답하고는 계속 만포대를 뒤적거렸다.

이윽고 봉삼의 손에 환도 한 자루가 따라 나왔다.

손잡이까지 합해 두 자 정도의 길이에, 어피로 만들어진 도집에는 뇌정도(雷霆刀)란 글귀가 선명하게 음각되어 있었다.

"끄응! 오랜만에 세상 구경을 한다고 앙탈이나 안 부리면 좋겠는데. 쩝!"

봉삼은 손에 쥔 환도를 내려다보며 입맛을 다셨다.

스르릉!

봉삼은 첫날밤 새색시의 옷고름을 풀 듯이 조심스럽게 도를 뽑았다.

그러자 도가 서럽다는 듯 긴 울음을 토해 냈다.

우웅! 우우웅—!

뇌정도의 도신에는 치지직거리는 기음과 함께 뇌기로 보이는 기운이 도신을 감싸고 있었다. 마치 심통이 난 여인네가 투정을 부리는 것 같은 모습이었다.

봉삼은 난감한 얼굴로 날렵한 모습을 드러낸 도신을 살짝 쓰다듬었다.

"그래, 그래. 그동안 내가 너무 무심했구나. 그래! 뇌정이 네 맘이야 알지. 내가 모르면 누가 아냐? 그럼! 다시는 안 그럴게. 그러니 이만 화 풀어라. 자식, 알았어. 다시는 안 그럴게. 진짜야."

봉삼은 마치 연인에게 속삭이듯이 뇌정도를 달랬다.

그 모습을 보고 있던 광마가 헛웃음을 터뜨렸다.

"허어! 선인곡의 곡주가 신병이기와 영성이 통한다더니 헛된 말은 아니었나 보군. 자, 이제 준비는 끝난 듯한데, 그만 시작하도록 하지."

"그럽시다. 날이 밝으면 피를 보는 것이 망설여질지도 모르니 말이오."

봉삼은 뇌정도를 들어 광마를 겨누었다.

"생사결에 연장자가 무슨 소용이 있겠는가? 더구나 자네는 선인곡의 수장인 곡주의 신분. 체면 불구하고 노부가 선공을 함세."

"편한 대로 하시길."

봉삼은 뇌정도를 한차례 사선으로 내리긋는 것으로 예를 표했다.

비록 숙적인 마황곡의 장로라 하나 수하들의 목숨을 바로 빼앗지 않고 기다려 준 것에 대한 일종의 보답이었다.

그 이유가 어떤 것이든 간에 말이다.

광마의 담담한 눈빛 속에 한 줄기 감탄의 빛이 떠올랐다.

나이는 어리다 하나 엄연히 마황곡의 숙적인 선인곡의 곡주. 여유로운 모습은 자만이라기보다는 자신감이리라.

광마는 봉삼을 경시했던 감정을 털어 버리고 정신을 집중했다.

우우웅!

내력을 불어넣은 참마도가 떨리는가 싶더니 묵색 강기가 한 자나 치솟았다.

타앗!

광마의 육중한 신형이 한 마리 나비처럼 가볍게 날아 봉삼의 측면으로 움직였다.

순식간에 삼 장의 거리를 좁힌 광마는 봉삼의 허리를 향해 참마도를 휘둘렀다.

부웅!

거대한 참마도가 허공을 가르자 대부를 휘두르면 날 법한 소리가 났다.

헛되이 허공을 가른 참마도가 다시 방향을 바꿔 다리를 노리며 날아왔다.

꽝!

참마도가 뇌정도에 막히면서 폭발음이 터져 나왔다.

이번엔 뇌정도가 먼저 광마의 목을 노리고 날아들었다.

주인의 목을 지키기 위해 참마도도 묵중한 움직임으로 뇌정도를 막아섰다.

꽝! 꽈꽝꽝!

폭음이 연달아 울리며 치열한 접전이 벌어졌다.

꽝! 꽈꽝꽝!

기교도 초식도 없었다.

오로지 강기를 주입한 참마도와 뇌기가 모인 뇌정도를 이용해 서로 부딪쳐 갈 뿐이었다.

십여 차례의 격돌이 눈 깜짝할 사이에 지나갔다.

격돌의 횟수가 더해 갈수록 봉삼의 얼굴은 썩 밝지 못했다.

그럴 수밖에 없는 것이 봉삼의 손아귀에서는 피가 철철 흐르고 있었다.

'영감탱이가 영약만 먹고살았나? 무슨 힘이 이렇게 좋아. 이 나이에 영감한테 힘으로 밀린다니. 이게 말이 돼?'

봉삼은 미치고 펄쩍 뛰고 싶은 심정이었다.

때로는 강기가 날아다니고 비전 절예가 난무하는 것보다, 힘과 힘으로 부딪치는 원시적인 격돌이 흉험할 때가 있었다.

지금이 그랬다.

광마는 거대한 참마도에 강기를 두른 채 속도와 힘으로 봉삼을 압박하고 있었다.

꽝! 꽈꽝꽝!

순식간에 십여 초의 공세가 이어졌다.

광마의 공격은 단순했다.

변변한 초식도 없는 말 그대로 무초식이었다.

크게 보면 종과 횡만 있는 단순한 베기뿐이었다.

그런데 도저히 파고들 수 없었다. 한 번의 공격이 끝나면 틈이 있기 마련인데, 광마의 공세에는 틈이 없었다.

힘이 넘치면서도 일체의 군더기가 없는 공격은 운신의 폭을 좁게 만들었다.

연환의 초식도 아니건만 봉삼은 막기에만 급급할 뿐 제대로 된 공격 한 번 못 하고 물러나기에 바빴다.

봉삼은 문득 지금 이 상황이 어디서 많이 보았던 모습이라는 생각을 했다.

절체절명의 상황에서 떠올리기에는 어울리지 않는 상념이었다. 하지만 해야 했다. 이 빌어먹을 상황을 해결하기 위해서는 도움이 되는 것이라면 무엇이든 해야 했다.

그 와중에도 광마의 공세는 쉴 틈 없이 계속되었다.

꽝! 꽈꽝꽝!

이제는 끝을 보려고 마음먹은 것인지 참마도에 실린 힘이 더욱 묵직해졌다.

컥!

순간 단발마의 신음성이 터졌다.

'으윽! 결국에는 한칼 먹는구나.'

수세에 몰려 급히 물러나던 봉삼의 옆구리는 움푹 패여 있었다.

단지 스쳤을 뿐이건만 살이 찢겨 나가고 근육까지 뭉그러진 것이 한눈에 봐도 심각해 보였다.

급격히 밀려오는 통증에 봉삼은 이를 악물었다.

292

벌써부터 눈앞이 희미해지고 맥이 풀리는 것이 이러다가는 단칼에 목이 잘릴 것만 같았다.

"이거, 생각했던 것보다 싱거운 대결이 되어 버렸구먼. 은근히 기대를 했건만 여러모로 아쉽네그려."

광마는 급히 물러서는 봉삼에게 굳이 손을 쓰지 않았다. 그저 아쉽다는 얼굴로 입맛을 다실 뿐이었다.

거대한 참마도를 한 손으로 움켜지고 있는 광마는 여전히 힘이 넘치고 있었다. 그리고 강자의 여유가 물씬 풍겼다.

반면 봉삼은 창백해진 낯빛으로 거친 숨을 몰아쉬고 있었다. 쓸쓸한 웃음이 입가에 걸렸다.

이것이었던가. 어디서 많이 보던 장면이.

봉삼은 그제야 알았다.

왜 광마의 단순한 공격을 막지 못해 쩔쩔매었는지를.

그것은 실력의 차이였고, 경험의 차이였다.

봉삼은 이제껏 자신보다 강한 적을 만난 적이 없었다.

현경의 경지에 접어든 백자운이나, 화경의 끝자락에 있는 당명이나, 봉삼보다 우위의 경지에 있었지만 그들은 적이 아니었다.

반선의 경지인 사부는 물론이고 무공의 끝을 바라본다는 무광 장로도 자신을 가르칠 망정 적은 아니었다.

자신보다 월등히 강한 상대를 처음 만난 봉삼은 스스로

무너지고 있었던 것이다.

자신과 상대했던 자들이 겪었을 괴리감을 이번에는 자신
이 느끼고 있는 것이었다.

실책의 원인을 알았으니 이제 해결을 해야 할 때였다.

봉삼의 눈이 차분하게 가라앉았다.

먼저 몸 상태를 살폈다. 뇌정도를 움켜쥔 손아귀는 찢어
진 지 오래였고, 옆구리를 움켜쥔 손가락 사이로는 시뻘건
선혈이 뚝뚝 흘러내렸다.

완전하게 채워지지 않았던 하단전의 내력은 이미 바닥이
나 버렸다.

이제 남은 것은 중단전에 몰려 있는 오행기뿐이었다.

호흡을 깊게 하며 오행의 다섯 기운을 불러 모았다. 물
고 물리는 다섯 가지의 기운을 하나하나 보듬었다.

순순히 순응하는 기운을 뇌정도로 인도했다. 반항하는
기운은 억지로 밀어 넣었다.

둥지를 떠나 낯선 곳에 떠밀려 온 오행의 기운이 급격하
게 뭉치며 뇌정도 안에서 들썩거렸다.

우우웅— 우우웅!

뇌정도가 금세라도 터져 버릴 것처럼 처절한 울음을 토
해 냈다.

'후욱! 후욱! 길게 끌어서는 필패뿐이다. 뇌기로 전환된
기운을 쓸 수 있는 기회는 단 한 번. 한 번의 격돌로 끝을

봐야 한다.'

봉삼은 뇌정도를 고쳐 잡고 광마를 응시했다.

광마 또한 깊게 가라앉은 눈빛으로 봉삼을 응시했다.

잠시 고요한 침묵이 사방을 감쌌다.

순간 광마의 얼굴에 한 줄기 미소가 감돌았다.

"마지막 일격을 준비하고 있는가 보군. 기대하겠네. 선인곡의 곡주가 펼치는 최후의 일격을."

"기대에 못 미칠까 두렵구려."

봉삼은 남아 있는 전신 내력을 쥐어짰다.

세맥에 녹아 있던 내력이 모여들어 하단전에 남아 있던 내력과 만나 뇌정도를 쥐고 있는 우수로 이동했다.

'오로지 기회는 단 한 번. 모든 것이 여기에 달렸다.'

봉삼은 광마를 향해 일 보를 내딛으며 허공을 내리그었다.

꽈르릉! 꽈쾅!

순간 뇌정도에서 뇌성벽력이 울리며 응축되어 있던 기운이 허공으로 치솟았다. 천지간에 가장 빠르고 가장 강력한 기운인 뇌정지기였다.

하늘이 무너지고 땅이 뒤집어지는 굉음과 함께 뻗어 나간 뇌정지기는 장대한 뇌룡의 형상이 되어 광마를 향해 섬전처럼 내려 꽂혔다.

그와 동시에 광마의 참마도에서도 묵색 강기가 폭출되더

니 한 마리 흑룡의 형상을 만들어 냈다.

꽈르릉! 꽈쾅!

허공에서 만난 뇌룡과 흑룡이 거세게 충돌하며 천지를 집어삼키는 굉음이 울렸다.

"크악!"

"피해라!"

사방 십 장이 한순간에 날아가며 주변을 둘러싸고 있던 무사들이 한 줌의 재로 화했다.

서로의 목덜미를 물어뜯기 위해 고개를 쳐들던 두 마리 용의 싸움은 뇌룡이 흑룡을 집어삼키며 끝이 났다.

꽈르릉!

흑룡을 집어삼킨 뇌룡은 곧장 광마의 전신을 시커멓게 태워 버리고는 서서히 사라져 갔다.

천지를 뒤집는 굉음은 뇌룡이 사라지자 일시에 멎었다.

한 줄기 바람이 불었다.

터엉!

참마도가 둔탁한 소리를 내며 바닥을 뒹굴었다.

그 순간 꼿꼿이 서 있던 광마의 신형이 허물어지더니 바람결에 흩어졌다.

휘청!

뇌정도에 의지해 겨우 신형을 세우고 있던 봉삼이 비틀거렸다.

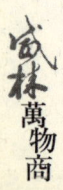

"전주님!"

암영이 달려와 얼른 봉삼을 부축했다.

우엑!

봉삼의 입에서 검은 핏물이 분수처럼 뿜어져 나왔다.

허억! 허억!

한 사발의 피를 올린 봉삼이 입가를 스윽 문질렀다.

"힘들다. 힘들어!"

"괜찮으십니까?"

암영이 걱정스런 눈으로 물었다.

"네 눈에는 이게 괜찮아 보이냐?"

"그나마 다행입니다. 보는 내내 조마조마했습니다."

퉁명스럽게 말하는 봉삼에게 암영은 미소를 지어 보였다.

"완전 괴물이었어. 무슨 노인네가 항우 장사도 아니고. 힘이 그렇게 넘치는지. 뇌정도가 아니었으면 죽었다 깨어나도 못 이겼을 거야."

봉삼은 한 줌의 재가 되어 버린 광마를 떠올리며 고개를 가로저었다.

'제길! 이겨 놓고도 찝찝하네.'

창백해진 얼굴에 씁쓸한 빛이 스치고 지나갔다.

정당한 실력이 아닌 신병에 의지해 얻은 승리라는 생각에 가슴 한구석이 무거웠다.

"암영! 나 없어도 나머지 떨거지들은 정리할 수 있겠
지?"

"걱정 마십시오. 전주님과 광마의 격돌에 휘말려 날아가
는 바람에 몇 남지도 않았습니다."

"그럼, 난 좀 쉴 테니까. 뒷정리를 하도록 해. 아기와 산
모 들도 확인하고.

봉삼은 적영의 곁에 누워 하늘을 바라봤다.

어느덧 새벽녘이 되어 있었다.

물밀 듯 밀려오는 피곤함에 무거워진 눈꺼풀이 힘없이
내려왔다.

암영과 추영의 사나운 호통 소리와 그에 맞춰 적들이 지
르는 비명 소리가 아련히 들렸다.

마치 사부가 어린 시절 들려주던 자장가처럼.

*   *   *

마황곡의 하남 지부 격인 이가장으로 향하는 만조운의
기분은 무척 더러워져 있었다.

만조운의 기분을 더럽게 만든 원인은 봉삼이었다.

봉삼이 황급히 떠난 후 소희는 무림맹으로 가기로 한 일
정을 취소하고 개봉으로 갈 것을 선언했다. 백자운이 개봉
으로 향한 이상 무림맹으로 굳이 갈 필요가 없다는 것이

이유였다.

소희가 무림맹으로 가지 않는 것이야 만조운도 별 불만
이 없었다. 애송이들의 잔치 마당인 용봉지회에 관심이 있
는 것도 아니고, 그렇다고 무림맹에 볼일이 있는 것도 아
니니, 목적지가 개봉으로 바뀌어도 상관이 없었다.

문제는 소희가 동행을 허락하지 않는다는 것이었다. 이
런저런 핑계를 대며 동행을 거부하는 소희를 달래 보기도
하고, 평소에 점수를 따 놓은 백기준에게 매달려도 봤지만,
결과는 바뀌지 않았다.

이틀 동안 소희를 설득하기 위해 별의별 방법을 써 봤지
만 소희는 요지부동이었다.

하긴 마음먹고 떼 놓으려는데 버틸 재간이 있겠는가.

만조운은 급기야 소희를 강제로 범할 생각까지 했었다.

여자는 모름지기 콱 눌러 주고 나면 고분고분해진다는
잘못된 생각을 고금의 진리인 양 믿는 만조운이기에 실행
에 옮기려고 했다.

그러나 만조운의 발목을 잡는 것이 있었으니…….

그것은 사부의 엄명이었다.

사부는 무슨 꿍꿍이가 있는 것인지 소희에게 눈독을 들
이는 만조운에게 몸을 얻지 말고 마음을 얻으라고 했다.
그것은 절대 강제적인 수단을 취하지 말라는 뜻이기도 했
다.

'빌어먹을 년! 감히 나를 놔두고 바람을 피워? 조금만 기다려라 대계가 완성되는 날. 내 발밑에 엎드려 통곡을 하게 만들어 주마.'

만조운은 봉삼에게 교태를 부리며 눈웃음을 치던 소희를 떠올리며 분통을 터트렸다.

사부의 엄명만 아니었다면 벌써 품 안에 품었을 텐데, 이러다가 죽 쒀서 개 주는 것이 아닌가 싶어 조바심이 나기도 했다.

'설마! 아니야. 아닐 거야. 삼 년간을 옆에서 관찰했거늘. 그럴 리는 없어. 암, 그래야 하고말고.'

만조운은 쌀이 익어 벌써 밥이 된 것은 아닌가 하는 상상을 하다가 애써 고개를 저었다.

비마각에 일러 소희에 대한 감시를 강화해야겠다는 생각을 하는 사이, 이가장의 정문에 다다른 만조운은 수상한 느낌을 받았다.

환한 대낮인데도 불구하고 이가장에는 인기척이 전혀 들리지 않았다.

조정에서 낙향한 벼슬아치가 세운 장원으로 위장한 이가장은 평소 남의 이목을 의식해 낮에는 평범한 모습을 보이도록 하고 있었다.

그런데 개미 새끼 하나 보이지 않았다.

뭔가 잘못되었다는 생각에 만조운은 은신해 있는 수하에

게 눈짓을 했다.

만조운의 눈짓에 만조운의 호위 무사가 이가장의 담을 넘었다.

일각 정도의 시간이 지나고 이가장의 문이 열렸다.

황급히 뛰어나온 호위 무사가 보고했다.

"소곡주님! 곡의 무사들이 시체가 되어 있습니다. 적과의 전투가 있었는지 장원 곳곳이 파괴되어 있고, 지하 시설은 텅 비어 있습니다."

"뭐냐? 그럼, 광마 장로는?"

"장로님은 보이지 않습니다. 아무래도 변을 낭하신 섯 같습니다."

"광마 장로는 탈마의 경지에 든 사람이다. 누가 그를 해할 수 있단…… 으드득! 선인곡이구나. 그놈들이 아니면 이곳을 덮칠 놈이 없다."

만조운은 분함에 이를 갈았다.

자신에게 늘 못마땅한 시선을 보내던 광마였지만 장차 자신이 곡주가 되었을 때를 생각한다면 필히 자신의 사람으로 만들어야 할 인물이었다.

그리고 마황곡 전체로 봐서도 대단한 손실이었다.

만조운은 이를 갈며 돌아섰다.

탈마의 경지인 광마가 패할 정도의 고수라면 자신의 실력으로는 승부를 장담할 수가 없었다.

행여나 광마를 해한 놈들의 눈에 띄기라도 한다면 낭패
를 볼 수 있었다.

"사부님께 당장 전서응을 날려라. 선인곡의 도발이 시작
되었다고."

"존명!"

만조운의 명이 있고 반 각 후, 마황곡을 향해 전서응이
힘찬 날갯짓을 했다.

*　　　*　　　*

무림의 태산북두라 불리는 천년 소림의 수장이 머무는
방장실에는 무거운 침묵이 내려앉아 있었다.

침묵이 주는 무게 탓일까?

한 평 남짓한 방장실에 모여 있는 장로들의 얼굴은 어두
워 보였다.

아미타불!

장문인 현우 대사의 입에서 나직한 불호가 새어 나왔다.

"지금은 말을 아낄 때가 아닙니다. 한시라도 빨리 중지
를 모아 대책을 마련해야 할 때입니다. 칠십 년 전에 있었
던 귀혼강시의 출현은 천년 소림의 역사에 씻을 수 없는
상처를 주었습니다. 세간에 알려지기는 공지 대사와 십팔
나한의 희생으로 귀혼강시를 물리쳤다고 되어 있지

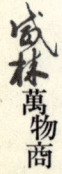

만……."

장문인은 뒷말을 잇기 힘든지 잠시 호흡을 가다듬었다.

"실상은 그렇지 않음을 여러분은 아실 겁니다. 다들 보셨다시피 무림맹의 전언에 의하면 귀혼강시가 모습을 드러냈고, 그 수가 무려 다섯이나 된다고 합니다. 본 장문인은 치욕의 역사를 되풀이하고 싶지 않습니다."

힘주어 말하는 장문인의 얼굴에는 결연한 의지가 깃들어 있었다.

아미타불!

장문인의 외지를 엿본 장로들 사이에서 불호성이 잇달아 흘러나왔다.

"장문인의 의지에 힘을 실어 주는 것이 마땅한 일이기는 하나 여러모로 걸리는 문제가 있구려."

전대 백의전주 법정이 마뜩찮은 표정으로 입을 열었다.

"아미타불! 고견이 있으시면 들려주십시오. 귀를 씻고 경청하겠습니다, 사숙님."

장생전에 칩거한 채 바깥출입을 하지 않던 사숙들의 청정을 깬 것이 못내 아쉬웠던 장문인의 얼굴은 송구함으로 가득했다.

"한 구의 귀혼강시를 제압하지 못해 화경의 경지이셨던 공지 대사와 십팔나한이 전멸의 순간까지 갔었던 것을 감안한다면, 이번에는 최소한 현경의 고수와 백팔나한진을 펼칠 수 있는 인원을 보내야 하지 않겠소?"

"그렇겠지요."

장문인은 법정의 물음에 고개를 끄덕이며 대답했다.

"그렇다면 장문인께서는 혜공 사백께 부탁을 하실 요량이시오? 설마 그런 것은 아니시겠지요?"

추궁에 가까운 어조로 묻는 법정의 얼굴에는 못마땅한 기색이 역력했다.

세수 백이십을 헤아리는 사백이었다. 아무리 귀혼강시에 대한 치욕을 씻는 일이라 하더라도 그렇지. 소림의 최고 어른에게 노구를 이끌고 싸워 달라는 부탁을 한다니, 말도 안 되는 소리였다.

"현재 공식적으로 소림사에 현경의 고수는 혜공 사조님 한 분뿐입니다. 아무래도 불가피한 선택이 될 것 같습니다. 사조님의 청정을 방해한 죄는 소질이 석고대죄를 해서라도 감당하도록 하겠습니다. 아미타불!"

법정의 물음에 답하는 장문인은 난처한 표정으로 말했다.

그러자 묵묵히 듣고 있던 전대 나한전주 법주가 노호성을 터트렸다.

"허어! 어찌 사조께 노구를 이끌고 나서 달라는 소리를 한단 말이오. 불가한 일이오."

"그렇습니다. 아무리 시급한 일이라 해도 사백께 부탁을

한다는 것은 재고하셔야 할 일이외다."

아미타불!

사숙들의 한결같은 반응에 장문인은 곤혹스런 얼굴로 불호를 읊었다.

그때였다.

방장실의 문이 벌컥 열리더니 백염의 노승이 노기가 가득한 얼굴로 들어섰다.

"어찌, 이리 벽창호 같은 인사들만 있을꼬. 죽으면 한 줌 흙으로 돌아갈 몸뚱이를 어디에 쓸려고 아낀단 말인가. 쯧쯧쯧."

노승의 등장에 방장실을 가득 메우고 있던 사람들이 분분히 일어나 예를 갖췄다.

"사백님을 뵙습니다."

"사백조님을 뵙습니다."

방장실을 거침없이 박차고 들어온 노승은 전대 무림맹주이자 소림사는 물론이고 강호에서 최고의 배분이라는 불마신승 혜공 대사였다.

강호에서 일존 혹은 일승으로 불리며, 천마신교의 교주 은천후와 함께 천하제일 고수로 불리는 그의 얼굴에는 노기가 가득했다.

"노납이 어서 부처님 곁으로 가야 이런 꼴을 안 볼 텐데. 안 그러냐? 법료야?"

혜공의 물음에 전대 장경각주 법료의 얼굴이 순식간에 누렇게 떴다.

"어찌 그리 황망한 말씀을 하십니까? 아미타불!"

고개를 조아리는 법료의 아마에 식은땀이 대롱대롱 매달렸다.

강호 최고 배분의 어른인 혜공은 무공도 최고였지만 다른 방면으로도 최고를 자랑하는 것이 있었으니, 다름 아닌 심통이었다.

산문을 넘어 강호에까지 번지지는 않았지만 소림사의 법자 항렬의 승려라면 누구나 아는 사실이었다.

법자 항렬의 승려들은 혜공의 심통을 일컬어 육신통에 하나를 더해 칠신통이라 불렀다.

법료가 후환이 두려워 입을 다물자 혜공은 전대 감원이자 팔대호원의 수장인 법현에게 물었다.

"법현아, 너는 이번 일에 대해 어떻게 생각하느냐?"

"소질의 생각으로는 장문 사질의 판단이 옳다고 여겨집니다. 다만 사백님께 수고를 끼쳐 드리게 되어 죄스러울 뿐이지요."

법현은 혜공이 원하는 답을 했다.

법현은 장경각을 맡았었기에 누구보다 귀혼강시의 무서움과 씻을 수 없는 치욕의 역사를 잘 알고 있었다.

더욱이 혜공의 사부인 공지 대사가 귀혼강시에게 입은

상처로 고생하다가 입적했음을 알기에 다른 말을 할 수 없었다.

"사질들이 노납을 위해 애쓰는 마음을 모르는 바는 아니나, 이 일은 노납의 손으로 마무리를 해야 하는 일이네. 그리 알고 장문인의 뜻에 다들 따라 주길 바라네."

혜공은 단호한 표정으로 말하고는 사질들의 얼굴을 한 명 한 명 돌아봤다.

아미타불!

혜공과 눈이 마주친 장로들의 불호성이 방장실을 가득 메울 때, 혜공의 입가에는 잔잔한 미소가 흘렀다.

다음날 새벽녘 무렵, 소림사의 산문을 지키고 있던 이대제자 각선은 혜공 대사를 비롯한 백팔 명의 일대제자들이 소림사의 산문을 나서는 것을 볼 수 있었다.

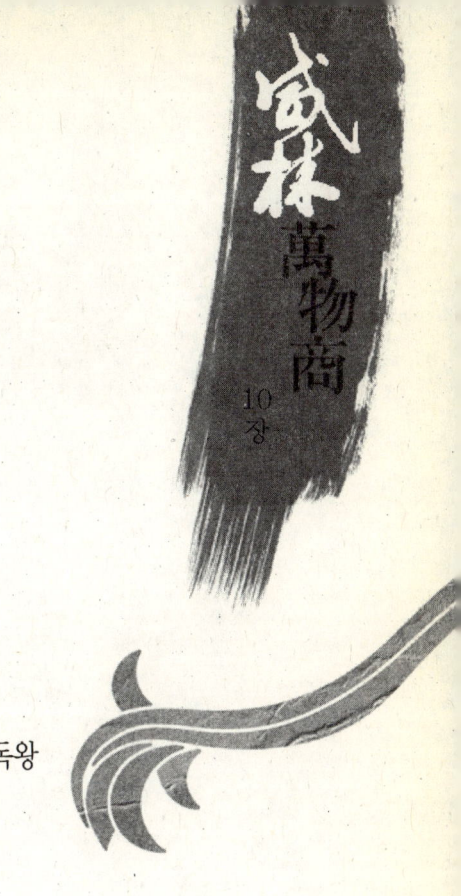

武林萬物商

10장

애심원. 권마와 독왕

"여기입니다요, 어르신!"

개방의 이결제자 만복의 손가락이 대문 위에 걸린 현판을 가리켰다.

현판에는 애심원(愛心院)이라는 글이 새겨져 있었다.

현판을 눈여겨 살피던 백자운이 고개를 주억거렸다.

"애심원이라……. 맞는 것 같구먼. 수고했네. 내 자네의 친절을 귀 방의 방주께 꼭 전하겠네. 고마우이."

"수고라니요. 천부당만부당하신 말씀이십니다. 당연히 해야 할 일을 했을 뿐입니다. 어르신의 존안을 뵌 것만으로도 소인에게는 삼생의 홍복입니다."

백자운의 치하에 만복은 황송하다는 표정으로 허리를 깊

이 숙였다.

"허허허! 자네가 노부의 얼굴에 금칠을 하는구먼. 예까지 안내를 하느라 수고했으니, 가는 길에 목이라도 축이게나."

"아이고, 아닙니다요. 어찌 제가……."

은전을 내미는 백자운에게 만복은 화들짝 놀라며 손사래를 쳤다.

"어른이 주면 '감사합니다.' 하고 받을 것이지 동냥질하는 거지가 무슨 말이 그리 많누. 에잉!"

당명이 못마땅하다는 얼굴로 타박을 했다.

한사코 거절하던 만복은 움찔했다.

"소인의 생각이 짧았습니다. 감사합니다요."

"진작 그럴 것이지. 거지 주제에 어디서 겉멋만 들어 가지고는. 걸왕이 있을 때는 안 그랬는데, 개방도 이제는 한물갔어. 쯧쯧쯧!"

당명은 칠 년 전 홀연히 자취를 감춘 친우 걸왕을 떠올리며 아쉬움에 혀를 찼다.

"그럼, 소인은 이만 물러가겠습니다요."

"그럼, 가야지. 여기서 버티고 있을 생각이었더냐?"

"아, 아닙니다요."

불퉁한 당명의 말에 만복은 급히 손사래를 쳤다.

"허허허! 수고했네. 방주께 안부나 전해 주게나."

"알겠습니다요. 꼭 전해 올리겠습니다."

만복은 허리를 넙죽 숙여 인사를 하고는 총타에 검왕
과 독왕이 개봉에 나타났음을 알리기 위해 부리나케 달
렸다.

"아무래도 고아원 같은데요."

사후가 현판에 새겨진 글귀를 보며 말했다.

"그렇구나. 고아들을 거둬 보살피는 곳인 듯한데 장 소
협과는 무슨 연관이 있을지."

백자운이 현판을 보고 짐작하는 사이, 당명은 어느새 문
앞에 서서는 목청을 돋우고 있었다.

"이리 오너라."

"······."

점잔을 뺀 목소리로 사람을 부른 당명은 반응을 기다렸다.

그러나 이렇다 할 반응이 없었다.

이번에는 목소리를 높여 다시 불렀다.

"이리 오너라. 게 아무도 없느냐?"

"······."

우렁우렁한 목소리가 대문을 넘어 울렸다.

굳게 닫힌 대문을 노려보는 눈에 짜증이 묻어났다.

성질대로 할 것 같으면 일 수에 대문을 두 쪽 내 버리겠
지만 함부로 그럴 처지도 아니다.

요 근래 들어 늘어난 인내심을 발휘해 마음을 가라앉혔다.

"이. 리. 오. 너. 라."

한 자 한 자 힘주어 말하는 당명의 볼살이 푸들거렸다.

"……"

이번에도 묵묵부답 말이 없었다.

"이런 잡것이! 지금 나를 무시하는 거여, 뭐여?"

썰렁한 기운만이 감도는 대문을 노려보는 눈초리가 추켜올라갔다.

명색이 십대 고수의 반열에 오른 당명이다. 대문이 가로막고 있다 한들 안쪽에 사람이 있는지 없는지 정도는 척하면 착이었다.

그것은 현경의 문턱에 발을 들인 백자운도 마찬가지였다.

"분명히 인기척이 들리는데 왜 반응이 없을꼬. 귀머거리를 문지기로 세우지는 않았을 터인데."

백자운이 고개를 가로저으며 의문을 표하자 당명이 불퉁거렸다.

"하아, 이제껏 하지 않던 수양을 말년에 들어 다 하는구나."

당명은 오대세가에 속하는 사천당가의 전대 가주다. 거기에다 십대 고수 중의 한 명인 절대 고수다.

당명 정도의 인물이 방문을 하면 구파일방이라고 하더라도 정중한 대접을 하는 것은 기본이다. 중소 문파라면 문주가 버선발로 뛰어나와 고개를 조아리는 것이 다반사였다.

그런데 정중한 대접은 고사하고 문전 박대라니 기가 막혔다.

당명의 심정을 아는지 대문 너머에서 퉁명스런 목소리가 흘러나왔다. 그 내용이 영 불손하기 짝이 없었다.

"일없다. 네가 오든지 말든지 알아서 하거라."

당명의 얼굴이 노화로 시뻘게졌다.

이번에는 아예 호통이 터져 나왔다.

"손님이 부르면 응당 나와 예를 갖춰야 하거늘, 쥐새끼마냥 숨어서 무슨 짓이더냐? 당장 기어 나오지 못할까?"

"쓰벌! 좋은 말로 할 때 그냥 가라. 식전부터 성질 돋우지 말고."

"네 이놈을 당장……."

당명은 당장이라도 문을 박살 낼 기세로 손을 쳐들었다.

그러나 그것도 잠시, 깊은 한숨을 내쉬며 손을 거두었다.

어쩌면 저 안에 사부님께서 머물고 계실지도 모를 일.

함부로 소란을 피울 수는 없었다.

이럴 때는 괄괄한 자신보다는 점잖은 백자운이 나서는 것이 제격이었다.

치밀어 오르는 노기를 억누른 당명의 눈이 자연스레 백자운에게로 향했다.

당명의 눈길에 백자운이 목을 가다듬었다.

"크흠. 이보시오. 중요한 일로 방문을 한 사람들이니 그만 경계를 풀고 얼굴을 내비쳐 보구려."

끼이익.

그때서야 대문이 열리더니 덥수룩한 수염의 사내가 얼굴을 내밀었다.

고개만 삐쭉하게 내밀고 있는 사내는 오대 도객에서 애심원의 잡부로 전락한 박첨지였다.

박첨지의 얼굴에는 못마땅한 기색이 역력했다. 이른 새벽부터 일어나 잡일을 하고 있던 박첨지의 심사는 은근히 꼬여 있던 차였다.

자연히 나오는 말이 거칠었다.

"무슨 일이오? 뭐가 그리 급해서 아침 댓바람부터 남의 집 앞에서 소란을 피우는 게요."

"허허허. 노부는 백자운이라 하외다. 원주를 만났으면 하는데 안내를 해 주시겠소?"

백자운은 예의를 갖추어 말하고는 박첨지의 행색을 살폈다.

겉모습은 허드렛일을 하는 하인으로 보이나, 은연중 풍기는 기운이 심상치 않았다.

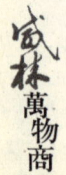

현경의 경지에 들어서면서 안목이 높아진 탓도 있었지만 사색을 즐겨 하는 성격인지라 평소에도 관찰력이 높은 백자운의 이목으로 보기에, 눈앞의 사내는 아무리 못해도 초절정의 무위를 갖춘 무인이었다.

'백자운? 어디서 많이 들어 본 이름인데, 어디서 들었더라.'

박첨지는 가물거리는 기억을 뒤로하고 당명 일행을 훑어봤다.

도골선풍의 백자운을 지나 당명을 훑어보던 박첨지는 고개를 갸웃거렸다.

'아무리 봐도 저 녹포는 당가의 독쟁이들이 즐겨 입는…… 가만! 녹포에 작달막한 키. 그리고…… 헉!'

당명의 어깨 위로 삐죽 튀어나온 곰방대를 보는 순간, 박첨지는 눈을 부릅떴다.

당가를 상징하는 녹포에 자신의 키에 버금가는 곰방대를 병기로 사용하는 노인.

분명했다. 독왕 당명이었다.

그렇다면 고고한 한 마리 학처럼 입가에 미소를 머금고 있는 자는 분명 검왕이리라.

그제야 박첨지는 검왕의 이름 석 자가 백자운임을 떠올렸다.

꿀꺽!

마른침을 삼킨 박첨지는 저도 모르게 움켜쥐고 있던 빗자루에 힘을 주었다.

'검왕과 독왕이 여기에는 왜 온 거지?'

박첨지는 재빨리 머리를 굴렸다.

혹여 검왕과 은원이 있었는지 생각해 봤다. 없었다.

요 근래 당가의 독쟁이들과 부딪친 적이 있었는가 생각해 봤다. 마찬가지였다.

남몰래 안도의 한숨을 내쉰 박첨지는 순간 자신이 왜 이리 긴장을 하는가 싶은 의문이 들었다.

십대 고수의 반열에는 못 미치지만 명색이 강호 오대 도객에 당당히 이름을 올리고 있는 자신이건만, 어째서?

순간 이맛살이 와락 일그러졌다.

모든 것이 봉삼의 사부와 전전대 권마 때문이었다.

봉삼의 사부에게 치여 십 년을 쫓겨 다니며 개고생을 하다가, 권마 영감에게 또다시 봉변을 당하자 자신도 모르게 노인네 울렁증이 생긴 것이다.

"이보게. 언제까지 여기에 있어야 하는가?"

박첨지는 상념을 깨는 소리에 정신을 차렸다.

하대를 하는 것을 따질 틈도 없었다.

아니, 검왕이라면 배분을 따져도 하대를 하는 것이 당연한 일. 그보다 급한 것은 왜 왔냐 하는 것이었다.

"원주님을 찾아오셨다고 하셨소?"

"그렇다네. 먼 길을 온 터라 많이 노곤하구먼. 안에다 기별을 해 주게."

"일단은 기다려 보시구려. 안에다 말은 해 볼 테니."

"그러게나."

백자운은 넉넉한 웃음을 입가에 매달고는 고개를 주억거렸다.

박첨지는 당명과 백자운을 일별하고는 안쪽으로 사라졌다.

"어떤가? 자네가 보기에."

"뭐가 말이냐?"

백자운의 물음에 못마땅한 얼굴로 물러나 있던 당명이 불퉁스럽게 되물었다.

백자운이 입가에 미소를 지우며 재차 물었다.

"저자 말일세. 자네가 보기에는 어떻게 보이는가?"

"어떻게 보이기는. 싸가지 없는 말투나 흉악한 생김새가 녹림에 데려다 놓으면 딱 맞겠구먼."

"내가 보기엔 잡일이나 하는 하인은 아닌 것 같구먼. 못해 보여도 초절정의 무위를 지닌 것 같은데…….. 아무래도 이곳에는 재미있는 일들이 꽤나 많을 것 같으이."

백자운은 넉넉한 웃음을 입가에 매달고는 장원을 감싸고 있는 외벽을 둘러봤다.

처음에는 대수롭지 않게 보이던 담이 자세히 보니 묘한

기운을 내뿜고 있었다.

관조를 하듯이 대문에서부터 담장을 따라 훑어보았다. 아지랑이가 피어오르듯 일렁이는 기운이 희미하게 느껴졌다. 정심하지도 않지만 사악하지도 않은 기운이었다.

백자운은 동화되듯이 관조를 하다가 자신의 기운을 슬며시 담장 안으로 보내 봤다.

지이잉.

순간 대기를 울리는 공명과 함께 담장 주변을 감싸고 있던 기운이 출렁거렸다.

백자운이 보낸 기운을 담장을 감싸고 있는 기운이 밀어낸 것이다.

백자운의 미간이 슬며시 찌푸려졌다.

'허어. 묘하구나. 묘해. 외부의 기운을 스스로 차단하는 진이라니. 설치한 자가 누구이기에 이런 효과를 낸단 말인가.'

절로 고개가 끄덕여졌다.

'가히 용담호혈의 기운이 느껴지는구나.'

백자운이 감탄하며 주변을 둘러보는 사이, 당명은 조바심을 참지 못하고 대문 앞을 서성거렸다.

장원의 외벽에 진이 설치되어 있음은 진작 눈치를 챘다.

세인들은 진법하면 제갈세가를 제일로 꼽는다.

하지만 당가의 주변에 설치된 진법과 기관진식을 제대로

알고 있는 이들은 오히려 당가를 제일로 꼽는다.

독이나 암기라는 것이 진법과 기관진식을 사용하면 효과가 배가되는 것인지라 예로부터 당가는 진법과 기관진식에 많은 관심을 기울였다.

제갈세가의 진법이 조화로움에 치중한다면, 당가의 진법은 실리를 최우선으로 했다.

당가의 전대 가주인 당명이 진법에 문외한일 리가 없었다. 오히려 웬만한 진법가보다 조예가 깊었다.

당명도 은근히 감탄을 했다.

하지만 그뿐이었다. 그의 관심은 오로시 하나였다. 저 담 너머에 사부님이 계신지, 만나 뵐 수 있을지, 칠십 년이 훌쩍 흘러갔는데 기억은 하고 계실지, 여러모로 심란했다.

일각이 여삼추라고, 여기까지 오는 동안 백자운과 사후를 달달 볶다시피 하며 발걸음을 재촉했다.

산적같이 생긴 문지기인지 하인인지의 무공이 높고 낮음은 그의 관심사가 아니었다.

＊　　　＊　　　＊

박첨지는 움켜쥐고 있던 빗자루를 팽개치고 한달음에 내원으로 달렸다.

내원이라고 해 봐야 널찍한 마당을 지나 담 하나 넘으면
되니 엎어지면 코 닿을 거리다.

경공까지 사용하여 달리던 박첨지의 눈에 뒷짐을 쥔 채
로 어슬렁거리는 권마가 들어왔다.

"영감님!"

"왜 이리 호들갑이야? 호떡집에 불이라도 났다더냐?"

권마가 시큰둥한 얼굴로 물었다.

박첨지는 다급한 얼굴로 소매를 잡아당기며 속삭였다.

"밖에 검왕과 독왕이 와 있습니다."

"검왕과 독왕?"

"분명합니다. 검왕과 독왕이 틀림없습니다."

"그놈들이 여기는 왜? 잘못 본 거 아니냐?"

여전히 시큰둥한 얼굴인 권마가 답답한지 박첨지는 가슴
을 두들기며 말했다.

"한 명이면 몰라도 두 명 다 잘못 볼 일은 없잖습니
까."

순간 권마의 눈썹이 꿈틀거렸다.

"그래서? 뭐라 그러더냐? 나를 찾더냐?"

"원주님을 뵙겠다는데요."

"내가 아니고 원주님을?"

권마는 뜻밖이라는 얼굴로 물었다.

"그렇다니까요. 영감님이 여기 계신 것은 모르는 눈치던

322

데요."

"흐음! 그렇단 말이지."

권마는 잠시 생각에 잠겼다.

당명이나 백자운과는 오래전부터 아는 사이였다.

물론 별호에 마가 붙는 권마가 뼛속까지 정파인인 두 사람과 호형호제를 하거나 한 잔 술을 벗 삼아 우정을 논하는 사이는 아니다.

오히려 마교의 인물들과 자주 어울렸던 권마이기에 얼굴을 맞대면 서로 으르렁거리는 사이였다.

그렇다고 직접적인 원한이 있는 것도 아닌 만나도 그만, 안 만나도 그만인 사이였다.

"어쨌든 아가씨를 만나겠다고 찾아온 손님이니 이유 없이 내칠 수는 없겠지. 일단 찾아온 이유부터 들어 보자구나. 앞장서거라."

"괜찮겠습니까? 상대는 천하의 검왕과 독왕입니다."

갈!

권마의 호통이 벼락처럼 박첨지의 귓가에 꽂혔다.

박첨지가 귀를 막고 인상을 찌푸렸다.

"왜 엉뚱한 사람한테 소리를 지릅니까? 힘이 남아돕니까? 힘이 남아돌면 나한테 이러지 말고……."

씩씩거리던 박첨지는 얼른 입을 다물었다.

어느새 큼지막한 주먹이 눈앞에서 아른거리고 있었다.

"아, 왜 이러세요. 말로 해요, 말로."

비칠거리며 물러서는 박첨지에게 권마의 호통이 떨어졌다.

"이놈아. 이 몸이 누군지 아느냐? 이십 년 전만 하더라도 산천초목이 벌벌 떨던 권마이니라. 이 주먹 하나로 강호를 평정한 일대 기남아가 노부이니라. 그런데 뭐? 어쩌고 어째? 괜찮겠냐고? 너부터 안 괜찮게 해 주마."

퍽!

"커억! 말로 하라고요. 말로……."

＊　　　＊　　　＊

"어라! 저놈이 왜 저기서 나오는 거지? 저놈 이십 년 전에 죽은 거 아니었나?"

당명은 어리둥절한 표정으로 안에서 걸어 나오는 권마를 쳐다보고 있었다.

백자운도 놀란 얼굴이기는 마찬가지였다.

이 세상 사람이 아니라고 믿고 있던 사람이 두 발로 멀쩡하게 걸어오고 있으니 그럴 만도 했다.

"소위 정파의 원로라는 놈이 말하는 본새 하고는. 쯧쯧쯧. 하긴 제 버릇 남 못 준다고 늙어서도 오만 가지 심통은 다 부리는 놈이니 별수 있으려고. 그러니 심통 바가지라는 소리나 듣지."

권마가 당명을 물고 늘어졌다.

그러자 당명이 발끈해서는 소리를 질렀다.

"뭐라! 심통 바가지? 같잖은 주먹 하나 딸랑 믿고 설치다가 한순간에 골로 간 놈이 뭐가 잘났다고 지랄은 지랄이야? 오늘 확실하게 보내 줘? 입에다 무형지독이나 한 사발 부어 줘? 말만 해라. 아주 골로 보내 줄 테니."

당명은 아주 물 만난 고기처럼 설쳤다. 대거리를 하는 것도 모자라 품속에서 극독이 든 옥병을 꺼내더니 아예 마개를 열어 버렸다.

권마도 지지 않고 맞섰다. 소매를 걷어붙이더니 수투를 꺼내 양손에 꼈다. 그리고는 큼직한 주먹을 불쑥 내밀며 당명에게 감자를 먹이는 시늉을 했다.

순간 권마의 뒤에서 긴장한 기색으로 서 있던 박첨지의 신형이 비틀거렸다.

박첨지는 쥐구멍에라도 들어가 숨고 싶은 심정이었다. 명색이 전전대 권마라는 사람이 화끈하게 주먹을 날리는 것도 아니고, 감자라니……. 실로 난감한 일이 아닐 수 없었다.

"여, 영감님. 체통을 좀 지키시오. 우리 체면도 생각을 하시구랴."

울상이 된 박첨지는 권마의 옷소매를 잡아당기며 사정했

다.

자신도 강호에서 개차반 소리를 숱하게 들었지만, 이건
아니었다.

"뭐라? 체통? 체면? 별 시답지 않은 소리를 다 듣겠네.
내가 뭘 어쨌기에 네놈이 그딴 소리를 겁 없이 해 대느냐?
매타작이 부족해서 그런 게야?"

권마는 박첨지에게 눈을 부라리며 윽박질렀다.

박첨지는 속이 타들어 갔다.

권마는 당장이라도 주먹을 들이댈 기세였다.

매번 주먹을 앞세우는 권마의 성격을 봐서는 독왕과 일
전을 벌이기 전에 자신부터 곤죽을 만들고도 남았다.

"우리끼리 싸울 때가 아니지 않습니까. 상대는 저쪽이라
고요. 영감님!"

박첨지는 울상이 되어서 당명 쪽을 곁눈질했다.

"싸워? 누가?"

권마가 뭔 소리냐는 얼굴로 물었다.

박첨지는 답답하다는 얼굴로 소곤거렸다.

"지금 한바탕하시려고 했잖아요. 독왕도 극독을 꺼내 들
고 있고요. 왜 이러세요. 정신 차리시라고요. 제발!"

권마가 고개를 갸우뚱거리더니 갑자기 폭소를 터트렸
다.

"푸하하! 그러니까 네 말은 내가 저 난쟁이 똥자루만 한

독쟁이와 한바탕해야 한다 말이렷다. 들었냐? 독쟁아! 이 녀석이 너하고 한바탕하라는데. 오늘 못 다한 승부를 볼 테냐?"

권마는 의기양양한 얼굴로 물었다.

"흥! 내가 언제 승부를 피한 적이 있더냐. 하지만……하아! 오늘은 아닌 것 같구나."

당명은 한숨을 내쉬며 옥병의 마개를 닫고는 품속에 갈무리했다.

그 모습을 보는 권마의 눈에 이채가 어렸다.

'호오! 천하의 독왕이 꼬리를 만단 말이지? 소린을 피우기에는 켕기는 구석이 있단 말이렷다.'

권마의 입가가 묘하게 비틀어졌다.

"자신이 없으면 없다고 하면 되지. 핑계는……."

권마가 이죽거리자 당명이 또다시 발끈했다.

"정령 네놈이 한 줌 독수로 녹아야 정신을 차릴 게냐?"

"자신 있으면 해 보던가. 그까짓 독에 당할 것 같았으면 벌써 저승 문턱 밟았을 거다. 한주먹이면 끝날 놈이 주둥이만 살아서는. 쯧쯧쯧!"

"이, 이익!"

당명의 머리에 뿌연 김이 모락모락 피어올랐다.

저 나이 값 못 하고 깐죽거리는 놈의 입에 무형지독이나 한 바가지 퍼부으면 속이 시원하겠건만 사정이 여의치 않으니 미치고 팔짝 뛸 일이었다.

당명이 권마를 노려보며 씩씩거리는 사이 백자운이 푸근한 미소를 지으며 나섰다.

"오랜만일세. 비보를 듣고 한동안 마음이 불편했었는데 이렇게 다시 만나니 감회가 새롭구먼."

"안 죽고 살아 있다고 욕이나 하지 말게나. 자네 소식은 늘 듣고 있었네. 이제 일선에서 물러났다고 들었네만. 지금 보니 아직 팔팔하구먼."

"허허허! 마음만 청춘인 게지. 이제는 뒷방 늙은이 신세가 되었다네. 그건 그렇고, 자네를 여기서 보다니 뜻밖이구먼. 보아하니 사연이 있는 것 같은데……."

담담하게 권마를 대하는 것과 달리 백자운은 내심 놀라움을 감추지 못했다.

권마는 이십 년 전, 사혈맹의 맹주였던 두반성과의 일전에서 목숨을 잃었다고 알려져 있었다.

그런데 멀쩡한 모습으로 살아 있으니 놀라운 일이 아닐 수 없었다.

그것도 봉삼과 연관이 깊어 보이는 이곳에서 대면을 하게 되니 더욱 그랬다.

"사연이라고 할 것까지는 없고, 인연이 닿아 잡일이나 하면서 여생을 보내고 있네. 여기는 그저 오갈 데 없는 늙은이가 머무는 곳이라 생각하면 될 걸세."

"허허허! 천하의 권마가 오갈 데가 없다니, 농이 지나치구먼. 그런데 인연이라……. 혹, 그 인연이 장 소협과의 인연인가?"

백자운은 궁금하다는 얼굴로 권마에게 물었다.

순간 권마의 눈에 이채가 어렸다.

"도련님과 인연이 닿았던 모양이군."

권마가 나지막하게 중얼거렸다.

'도련님?'

당명의 귀가 쫑긋거리더니 기세 좋게 권마를 다그쳤다.

"봉삼이가 네놈 도련님이야? 호오! 도련님이라 그러는 걸 보니 봉삼이가 네놈 상전인가 보구나."

"이노옴! 말조심하거라. 봉삼이라니! 도련님께 무례를 저지르는 자, 이 주먹이 용서치 않을 것이야."

권마가 주먹을 들이밀며 겁박하자 당명이 입가를 말아 올렸다.

"이놈아. 너한테는 도련님일지 몰라도 나한테는 사질이다, 사질. 이제야말로 네놈과 나의 배분이 제대로 정립되는구나. 푸하하!"

"미친놈! 사질이라니, 무슨 얼토당토않은 이야기를……."

권마는 말할 가치도 없다는 얼굴로 당명을 무시하고는

백자운에게 물었다.

"저런 미친놈에게 물어봐야 제대로 된 말을 듣기는 힘들 테고…… . 자네가 말해 보게. 원주님을 찾는 이유가 뭔가?"

"허어! 명색이 손님인데 앉을자리라도 권하는 것이 예가 아니겠는가?"

백자운이 탐스러운 수염을 매만지며 의뭉을 떨자 권마는 당명에게 못마땅한 시선을 던지고는 입을 열었다.

"손님이 될지 불청객이 될지는 두고 보면 알겠지. 일단 들어가세. 첨지야! 손님 두 분하고 불청객 한 놈 모셔라."

"저, 저놈이."

당명은 발끈하려다 한숨을 내쉬며 발걸음을 떼었다.

"영감님!"

"왜?"

"그런데 불청객도 모셔야 합니까?"

"모시든 버리든 네 마음대로 하거라. 클클클!"

권마는 기특하다는 얼굴로 박첨지를 보더니 웃음을 흘렸다.

당명의 송충이 같은 눈썹이 부르르 떨렸다.

박첨지는 찔끔해서 슬쩍 시선을 피했다.

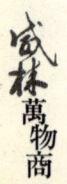

*　　　*　　　*

"끄응! 이거 생각보다 상처가 오래가겠는데."

봉삼은 옆구리에 칭칭 감긴 붕대를 만지작거리며 인상을 구겼다.

"그나마 그 정도로 그친 것이 천만다행입니다. 하마터면 목숨을 잃으실 뻔했습니다."

온몸에 붕대를 칭칭 감은 채 옆 침상에 누워 있는 적영이 봉삼의 옆구리를 걱정스런 눈으로 쳐다보며 말했다.

"사돈 남 말 하고 있네. 네 꼬락서니를 보고 그런 말을 해라. 무리하지 말라고 그렇게 당부했긴만 이렇게 된 게 각주인 비영이나 밑에 있는 조장이나 왜 그리 말을 안 듣는지…… 에잉! 진짜 마음에 안 들어."

봉삼은 적영을 힐끔거리며 투덜거렸다.

타박을 해 대는 봉삼을 보는 적영의 얼굴에 잔잔한 미소가 감돌았다. 비록 투박한 말투지만 자신을 걱정하는 봉삼의 절절한 마음이 느껴졌다.

덜컹!

객실 문이 열리며 낯익은 얼굴이 삐쭉 고개를 내밀었다.

무림맹을 나서며 헤어진 사영이었다.

"전주님!"

붕대를 칭칭 감고 있는 봉삼을 보더니 사영이 잰걸음으로 다가왔다.

"아니, 이게 웬 날벼락입니까? 어쩌다가 이렇게 되신 겁니까? 괜찮으십니까? 생명에는 지장이 없으신 거지요?"

호들갑스럽게 질문을 던지는 사영을 물끄러미 보던 봉삼이 고개를 절레절레 흔들었다.

"호들갑 그만 떨고 보고나 해라."

"힘드실 텐데 보고는 나중에 받으심이……."

사영이 의뭉스런 얼굴로 대꾸했다.

"쓰읍!"

"알겠습니다."

봉삼이 인상을 쓰자 사영은 헛기침을 한 뒤 보고하기 시작했다.

"크흠! 일단 이가장에 대한 처리 결과입니다. 아기들은 현재 암영과 칠조가 수소문을 해서 부모들에게 인계를 하고 있습니다. 산모들은 추영이 십조와 함께 안전하게 각자의 집으로 데려다 주고 있습니다. 그리고 이가장에 있던 재물은 아기들의 부모와 산모 들에게 골고루 나눠 주었습니다. 이상입니다."

"그럼, 애기손에 대한 것은 이것으로 일단락된 것이고, 비영은 애심원에 무사히 도착했나?"

"각주님의 상태가 위중해 이동하는 데 시간이 좀 걸리는 것 같습니다. 지금쯤이면 개봉 인근을 통과하고 계실 겁니다."

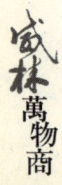

"파파께서는 어디쯤 계시지?"

"파파께서도 개봉 인근을 통과하고 계실 겁니다."

"다행이군. 아직 사흘의 여유가 있으니, 그나마 한시름 덜었군."

봉삼은 한결 여유가 생긴 얼굴로 침상에 몸을 눕혔다.

비영이야 파파가 알아서 치료를 해 줄 것이니 이제 애심 원으로 천천히 이동하면 될 듯했다.

하단전에 이어 중단전의 오행기까지 쏟아부은 탓인지 쉽 게 피곤이 몰려왔다.

스르르 김기는 눈꺼풀의 느낌을 만끽하며 삼을 청하는 데, 사영이 방해했다.

"저, 전주님."

"왜?"

봉삼은 눈을 감은 채 물었다.

귀찮다는 기색이 역력한 봉삼의 눈치를 살피던 사영이 조심스럽게 입을 열었다.

"비영각에서 보낸 특급 전서가 있는데요."

"특급 전서?"

순간 봉삼의 얼굴이 잔뜩 구겨졌다.

"이번엔 또 뭔데?"

사영은 찔끔한 얼굴로 주춤거렸다.

"그게 말이죠. 전주님이 파괴하신 귀혼강시 말고도 다섯이 더 있다는데요."

"뭐? 다섯이나 더 있다고?"

봉삼은 어이가 없다는 얼굴로 물었다.

"네. 섬서 쪽에서 설치고 다닌답니다. 거기다……."

사영은 잠시 말을 멈추고 봉삼의 눈치를 살폈다.

짜증스러워하는 봉삼을 보니 뒷말을 잇기가 힘들었다.

"거기다, 뭐?"

"…… 새로운 마물까지 합세해서 돌아다닌다는데요."

하아—.

봉삼은 천장을 올려다보며 깊은 한숨을 내쉬었다.

"하여튼 간에 이놈의 강호는 쉴 시간을 안 주는구나. 하긴, 언제 내가 편하게 쉬던 날이 있었나. 이게 다 팔자소관이지. 에허!"

한숨을 푹푹 쉬던 봉삼은 힘없이 일어나 만포대를 챙겼다.

〈「무림만물상」4권에서 계속〉

무림만물상

1판 1쇄 찍음 2010년 5월 19일
1판 1쇄 펴냄 2010년 5월 24일

지은이 | 마라도
펴낸이 | 정 필
펴낸곳 | 도서출판 **뿔미디어**

기획 | 이주현, 한성재
편집책임 | 장상수
편집 | 권지영, 심재영, 조주영, 주종숙
관리, 영업 | 김미영
출력 | 예컴
본문, 표지 인쇄 | 광문인쇄소
제본 | 성보제책사

출판등록 | 2002년 9월 11일 (제1081-1-132호)
주소 | 부천시 원미구 중3동 1058-2 중동프라자 402호 (우)420-023
전화 | 032)651-6513 / 팩스 | 032)651-6094
E-mail | BBULMEDIA@paran.com
홈페이지 | www.bbulmedia.com

값 8,000원

ISBN 978-89-6359-430-9 04810
ISBN 978-89-6359-373-9 04810 (세트)

참신하고, 끼와 재미가 넘실대는
신무협·판타지 소설을 모집합니다.

참신하고, 끼와 재미가 넘실대는 신무협 판타지 소설을 모집합니다.

많은 장르 소설 작품을 보아 오며,
"나라면 이렇게 할 텐데……"
라고 생각하며 떠올렸던 기발한 소재와 아이디어가 있다면,
마음껏 지면에 펼쳐 보시기 바랍니다.

뛰어난 문장력? 정교한 구성력?
그런 건 그다지 중요하지 않습니다.
재미와 참신함으로 중무장된 작품이라면 열렬히 대환영입니다!

소재에 제한은 없으며, 분량은 한 권(원고지 850매 내외)입니다.
작성 양식은 자유이며, 보내실 때는 꼭 파일로 작성하여 이메일로 보내 주시기 바랍니다.

다만, 호환 마마에 버금가는 미풍양속을 저해하는 단란한 내용은 사절입니다.
특히 엔터 신공은 절대불가! 최고 결격 사유입니다.

저희 도서출판 뿔미디어와 함께
즐겁고 유쾌하게 작가의 꿈을 키워 나가시기 바랍니다.
홈페이지로도 많은 참여 바랍니다.

홈페이지 오픈
www.bbulmedia.com

경기도 부천시 원미구 중3동 1058-2 중동프라자 402호
도서출판 뿔미디어 작품 모집 담당자 앞
전　화 : 032-651-6513　　　　FAX : 032-651-6094
이메일 : bbulmedia@paran.com